MALDAD

LA TRAMA

Maldad

Tammy Cohen

Traducción de Ana Isabel Domínguez
y M.ª del Mar Rodríguez Barrena

Barcelona • Madrid • Bogotá • Buenos Aires • Caracas • México D.F. • Miami • Montevideo • Santiago de Chile

Título original: *When She Was Bad*
Traducción: Ana Isabel Domínguez Palomo
    y M.ª del Mar Rodríguez Barrena
1.ª edición: septiembre de 2017

© Tammy Cohen, 2016
© 2017, Sipan Barcelona Network S.L.
    Travessera de Gràcia, 47-49. 08021 Barcelona
    Sipan Barcelona Network S.L. es una empresa
    del grupo Penguin Random House Grupo Editorial, S. A. U.

Printed in Spain
ISBN: 978-84-666-6142-3
DL B 16195-2017

Impreso por RODESA

Todos los derechos reservados. Bajo las sanciones establecidas
en el ordenamiento jurídico, queda rigurosamente prohibida,
sin autorización escrita de los titulares del *copyright*, la reproducción
total o parcial de esta obra por cualquier medio o procedimiento,
comprendidos la reprografía y el tratamiento informático, así como
la distribución de ejemplares mediante alquiler o préstamo públicos.

Para Michael

1

Anne

Imagina que pudiéramos ver el daño en nuestro interior. Imagina que se viera por dentro como el contrabando en los escáneres del aeropuerto. ¿Qué se sentiría al pasear por la ciudad con todo a la vista: todo el dolor, todas las traiciones y las cosas que nos restan valor, todos los sueños rotos y los corazones destrozados? ¿Qué se sentiría al ver las personas en que nuestras vidas nos han convertido? Las personas que somos, bajo la piel.

Me pasó por la cabeza cuando te vi en las noticias, hace un momento. Te reconocí enseguida. «Una persona muy normal —decían—. No puedo creer que alguien así pudiera hacer algo tan espantoso.»

Cuando esta tarde recibí el mensaje de Barbara Campbell que me pedía que encendiera la tele para ver las noticias, no terminaba de entender por qué. Las noticias estaban llenas de lo mismo de siempre: de la lucha por el poder entre los republicanos, del precio del petróleo, de Siria, de

Rusia. Nada era especial para mí. Me pregunté si Barbara empezaba a mostrar signos de senilidad. Se jubiló hace ya bastante, así que es posible. Luego recordé que, al vivir en Inglaterra, se refería a las noticias británicas. En fin, eso me dejó descolocada. Al final, tuve que llamar a Shannon y ella se pasó por casa tras salir del trabajo. Me lo arregló en cinco minutos al conectar un cable de mi portátil al televisor para poder ver la BBC en directo.

Esperé a que Shannon se fuera para encenderlo. Antes de salir, me abrazó largamente, fiel a su costumbre, y se lo agradecí de nuevo. Muchas hijas repudian el contacto tan estrecho cuando crecen, tal como hice yo cuando aprendí a reconocer en el jersey de mi madre el olor tan característico del licor que había bebido la noche anterior. Los padres siempre decepcionan a sus hijos, es parte de nuestro papel. Pero Shannon nunca me lo ha tenido en cuenta.

A juzgar por el mensaje de texto de Barbara, supuse que las noticias no serían buenas. Pero cuando vi las fotografías, cuando me enteré de lo que habías hecho... me costó lo indecible no servirme una copa grande de vino blanco y bebérmela de un trago, como si fuera un chupito de algo más fuerte en la barra de un bar. En cambio, inspiré una honda bocanada de aire e intenté contar hasta siete antes de soltarlo mientras, en la pantalla, una mujer ataviada con un impermeable azul recitaba los cruentos detalles de tu caso delante de un juzgado.

«Primera vista en el juzgado —pronunciaron los labios apretados de la mujer—. Se ha confirmado el nombre y la dirección.» Y: «El magistrado ha fijado día y hora para el juicio.» Después, la imagen cambió a una amplia calle londinense flanqueada por árboles, donde otra mujer dejaba un ramillete de flores junto a un impresionante montón que se agolpaba delante de una brillante verja negra, tras la que se alzaba una elegante casa de estilo georgiano. «Un crimen que ha sacudido la ciudad», dijo una voz. Y: «Provoca repulsa la especial crueldad del asesinato.» Acto seguido, la imagen volvió a cambiar y apareció un moderno edificio de oficinas en el centro financiero de Londres. Estaban entrevistando a un joven en la acera, delante de la entrada principal, que no dejaba de menear la cabeza con incredulidad. «Era una persona tan normal...», dijo.

Pero yo sé la verdad. Y «normal» desde luego no eres.

2

Paula

—Todavía no me lo creo.

Paula sabía que repetir lo mismo una y otra vez no iba a ayudar a Gill, pero la frase parecía habérsele quedado en la garganta. Cada vez que abría la boca, salía de nuevo.

—Gill, yo que tú no lo toleraría. Busca un abogado de primera y mételes una demanda.

Típico de Ewan. Siempre pensando que todo tenía remedio. Pero aún era joven. No había aprendido que, a veces, te pasan cosas contra las que no puedes hacer nada.

—Ya he hablado con un abogado de la empresa y el director de Recursos Humanos estaba presente —respondió Gill, sonriendo con valentía, aunque sus enormes ojos castaños relucían por las lágrimas que estaba conteniendo—. Sí, puedo emprender acciones legales, pero parece que la indemnización que me están ofreciendo con el preaviso de finalización del contrato es más de lo que podré conseguir si los denuncio por despido improcedente, así que no merece la pena.

—Pero es injusto —protestó Chloe, que ya había usado tres pañuelos de papel, que yacían estrujados delante de ella en la mesa, al lado de una copa de vino vacía.

—Todos formamos un equipo muy bueno. ¿Por qué quieren separarnos?

—Chloe, dicen que no hemos cumplido los objetivos —respondió Gill, con un deje trémulo en la voz—. Y necesitan un chivo expiatorio. Que soy yo.

Paula no creía que eso fuera del todo justo, aunque lamentaba la marcha de Gill. Llevaban ocho años trabajando juntas y eran amigas, sí, pero Gill llevaba un par de años de capa caída. Y la consecuencia era que tanto la productividad como los beneficios habían sufrido un bajón. De manera que presentarlo como una especie de sacrificio era pasarse un poco de la raya.

Sentada a la mesa frente a ella, Amira, que ya había tomado dos gin-tonics mientras Paula apenas había bebido un tercio de su tónica, se inclinó hacia delante con gesto conspiratorio, y el movimiento hizo que las puntas de su oscura melena rozaran la cerveza derramada sobre la mesa.

—Apuesto lo que sea a que Mark Hamilton te dio unas palmaditas en el hombro justo después de despedirte y te soltó: «Sin acritud» —le dijo a Gill—. ¿Me equivoco?

Gill dio un respingo al oír la palabra «despedirte» y Paula la compadeció. Amira podía ser muy insensible a veces.

—Sí, creo que dijo algo por el estilo —murmuró Gill—. Pero estaba tan pasmada que no me enteré de la mitad de lo que me decía.

—¿Y si nos negamos a volver al trabajo? —sugirió Chloe con las mejillas sonrosadas por la emoción y el pinot grigio—. No pueden despedirnos a todos, ¿verdad?

—Seguramente ya lo hayan hecho. Solo por estar aquí y no sentados a nuestras mesas como buenos empleados —ironizó Amira.

Paula se tensó. Apoyaba a Gill y no había necesitado que la animaran mucho para acompañarla al pub después de recibir la demoledora noticia del despido esa mañana. Pero no podía arriesgar su puesto de trabajo. No cuando era la única que llevaba un sueldo a casa. El sudor empezó a humedecerle la espalda del top y, con disimulo, se llevó una mano atrás para apartárselo de la piel. Hacía mucho calor. ¿O no? Tenía las hormonas tan revolucionadas que había perdido la capacidad de regular su propia temperatura y podía pasar del frío al calor y de nuevo al frío en cuestión de segundos. A veces se acaloraba tanto que tenía la impresión de que la sangre le hervía en las venas.

—Lamento la demora. El niño está otra vez en la barra dando por saco; no tendrá cole. —Charlie dejó en la mesa las bebidas que traía y se sentó en su silla. Después, adelantó una mano por encima de la mesa y rodeó la de Gill con sus delicados dedos—. No permitas que esos cabrones te aplasten —le dijo en voz baja—. Hay muchas empresas deseando contratarte. Todos vamos a recomendarte con entusiasmo.

Gill asintió con la cabeza, esbozando esa sonrisita que la gente pone cuando está conteniendo las lágrimas.

Se produjo un silencio, que Sarah rompió llegando a la mesa sin aliento y móvil en mano.

—Lo siento. Lo siento. Una urgencia con los niños. Ya está todo solucionado.

Charlie quitó su chaqueta de la silla de Sarah para que esta se sentara. En el pasado, Paula los envidiaba por la amistad tan estrecha que mantenían. Siempre iban juntos al pub después del trabajo para tomar algo y llegaban al día siguiente con resaca y vagos recuerdos de los pubs que habían visitado, los desconocidos con que habían hablado y las copas que habían tomado. Pero desde que Sarah tuvo a los niños, esas salidas eran agua pasada. Todo cambiaba una vez que se tenían hijos, ¿verdad?

La melena pelirroja de Sarah estaba un poco mojada; debía de estar lloviendo. Paula echó un vistazo a la mesa: Sarah, Charlie, Chloe, Ewan, Amira, Gill y ella. Ya echaba de menos al equipo tan unido que habían sido. Gill no había sido la más dinámica de las jefas, pero todos habían encajado muy bien. No había discusiones internas y tampoco dejaban que la política de la empresa los afectara. Un equipo de ensueño.

El móvil de Amira recibió un SMS y el estridente tono los sobresaltó a todos. Miró la pantalla.

—Mierda —masculló—. Un mensaje de Juliana, la de Recursos Humanos. ¿A que no adivináis quién va a ser la nueva jefa?

—¿Quién? —preguntaron a coro.

Paula miró de reojo a Gill, cuya sonrisa se tornó forzada, como si alguien le estuviera estirando los labios.

—Rachel Masters.

Paula intentaba mantenerse al margen de los cotilleos del sector, pero había oído ese nombre antes. Una mujer difícil, exigente, disociadora. Esos eran los adjetivos que precedían a Rachel Masters. Sin embargo, conseguía resultados, o eso parecía. Y eso era lo importante al final.

—Espera —dijo Sarah—. Creo que he oído algo sobre ella. Ha tenido problemas en su anterior empresa o algo así.

Gill asintió con la cabeza.

—Yo también —dijo con voz casi alegre.

Paula luchó contra un abrasador sofoco que ascendió desde algún punto debajo de las costillas, achicharrándole los pulmones, los hombros y el cuello. La ansiedad era como un niño contrariado pellizcándole las entrañas. Llevaban más de dos horas en el pub, desde que Gill regresara de la reunión con Mark Hamilton, pálida, temblando y acompañada por un guardia de seguridad que no le quitó la vista de encima mientras recogía sus pertenencias personales de su despacho acristalado, separado del resto de la oficina. Como casi era la hora del almuerzo, todos la habían acompañado al pub para que les contara qué pasaba. Pero, a esas alturas, la preocupaba lo que pudiera decir Mark Hamilton, el director general de la empresa, cuando bajara para hablar con el equipo y no encontrara a nadie en la oficina. ¿Y si llegaba acompañado por ella, por Rachel Masters? La inquietud se apoderó de Paula como si le estuvieran haciendo un molesto tatuaje. Ella era la asistente de la jefa. Debería estar dando ejemplo.

—Lo siento, Gill —dijo al tiempo que tanteaba en torno a la silla en busca del bolso—. Deberíamos regresar.

—No. Deberíamos quedarnos aquí. Demostrarle a Hamilton que no puede hacer lo que le venga en gana —replicó Ewan, y su ímpetu pareció quitarle parte de sus veintiocho años.

—Pronto vas a descubrir que en realidad puede hacer lo que quiera —repuso Amira—. Mark Hamilton Recruitment es su empresa. El nombre lo dice.

Al final, fue Gill quien tomó la decisión.

—De todas formas, necesito que os vayáis. Voy a tomarme la tarde libre. Después empezaré a hacer llamadas para buscar un nuevo trabajo. No estoy preocupada. Me han tanteado muchas veces a lo largo de los años.

Paula llevaba bastante tiempo trabajando con Gill y reconoció la bravuconada. Pobre Gill. Debía de ser un golpe terrible para su autoestima. Pero, gracias a Dios, se iba a casa y ellos podrían volver a la oficina. Miró con disimulo el reloj y el estómago le dio un vuelco.

—Vamos —animó a los demás mientras trataba de liberar el brazo, que se le había quedado trabado en la manga de la gabardina.

—Sí, marchaos —dijo Gill alegremente—. Llamaré un taxi para poder llevarme mis cosas. —Señaló la caja de cartón que contenía sus libretas de notas, unos zapatos de repuesto, una fotografía enmarcada de ella con sus dos sobrinos y otras cosas—. Mantenedme al día de lo que pase. Espero un informe con pelos y señales de cada uno de vosotros. Y pruebas gráficas de la infame Rachel Masters.

Cuando llegaron a la recepción, situada cinco plantas por debajo de su oficina, Paula iba sin aliento. Debería ponerse en forma en un gimnasio o algo, pensó, y librarse de los doce kilos que había engordado durante los dos últimos años sin notarlo siquiera, de tal forma que a sus cincuenta y cinco años apenas si se reconocía. Mantuvo la cabeza gacha en el ascensor, por temor a ver a su madre mirándola desde los tabiques de espejo.

¿Por qué se había puesto ese top tan viejo? Esa camiseta de manga corta azul, de un algodón tan fino que se le pegaba a la piel cuando sudaba. De haber sabido que iba a conocer a una nueva jefa, se habría esforzado un poco más con su aspecto. Y no se habría puesto esos pantalones negros. Al menos, la camiseta le cubría la cintura, ocultando que era elástica.

Entró en tromba por la puerta de la oficina, quitándose la gabardina y con los nervios de punta. Por favor, que no hubiera llegado ya Rachel Masters. Sin embargo, un rápido vistazo al ex despacho de Gill confirmó sus peores temores. La puerta estaba cerrada. Había alguien dentro.

Se sentó a su mesa durante cinco minutos sin saber qué hacer. Aunque las persianas venecianas estaban bajadas, había una separación entre dos lamas a través de la cual atisbaba a una mujer inclinada sobre la mesa que, hasta esa mañana, estaba ocupada por las cosas de Gill. Una lustrosa melena oscura le ocultaba parte de la cara. No podía verla bien, pero calculó que Rachel Masters era diez o quince años más joven que ella. Eso significaba que contaba con la ventaja de la experiencia. Rachel agradecería la ayuda de alguien como ella.

Envalentonada, Paula miró de nuevo hacia el despacho y empezó a relajarse. Rachel Masters parecía muy sola allí dentro. Seguramente estuviera más nerviosa que todos ellos, temiendo que alguien entrara y se presentara. Y, como su nueva asistente, debería ser ella quien lo hiciese.

Respiró hondo y echó a andar por la moqueta azul hacia el despacho de su nueva jefa.

—Adelante —le dijo esta después de que llamara.

Paula abrió la puerta y entró.

—Solo quería darte la bienvenida...

—¿Es normal que todo el equipo se tome un descanso de dos horas para almorzar?

Rachel ni siquiera alzó la mirada y Paula sintió que la sonrisa moría en sus labios.

—No. Solo estábamos...

—¿Puedes reunir al equipo, por favor? Me gustaría decir unas palabras.

—Por supuesto. ¿Ahí fuera?

Entonces fue cuando Rachel la miró con unos clarísimos ojos azules ribeteados por pestañas negras. Paula sintió que le ardían las mejillas.

—Bueno, a menos que nos sentemos unos encima de otros no creo que aquí podamos meternos siete personas, ¿verdad?

Los labios de Rachel, pintados de rojo, esbozaron una sonrisa tensa.

Paula notó que el sudor se le acumulaba en las axilas y se recordó que debía mantener los brazos pegados al cuerpo.

—Desde luego. Ya verás que somos gente amistosa.

Rachel seguía sonriendo, pero la expresión no le llegaba a los ojos.

—No he venido para hacer amigos.

3

Anne

Me quedé de piedra la primera vez que la vi. Así de inocente era yo. Creía que, de alguna manera, llevaría grabado en la piel lo que le había sucedido. Pese a toda mi educación, pese a todas las charlas, a todas las horas en la clínica y todas las noches que había pasado empollando libros, no creía que se pudiera salir indemne de algo así.

Cuando pienso en la muchacha que fui en aquel entonces, la que se coló por la entrada trasera del hospital universitario aquella primera mañana para esquivar el enjambre de periodistas reunido en la entrada principal, la que experimentó cierta timidez, pero también cierto orgullo al enseñarle la acreditación al policía que montaba guardia junto a los ascensores, no veo parecido alguno conmigo; de hecho, me parece una completa desconocida. Una mujer de principios, lo bastante ambiciosa como para preocuparse de que su melena rubia impidiera que los demás la tomasen en serio, pero también lo bastante vanidosa como para llevarla larga. Una mujer que no sonreía a menudo pero que, cuando lo hacía, dejaba claro que lo hacía con ganas.

Ahora mi sonrisa es como un tic facial. Ni siquiera me doy cuenta de que sonrío.

Mientras subía en el ascensor, tenía miedo, pero también estaba emocionada. Sentía un millar de mariposas en el estómago, de esas que te indican que te sientes orgullosa («Tengo que ser buena en mi trabajo»), pero también aterrada al mismo tiempo («¿Y si descubren que no soy buena en mi trabajo?»). Como le sucede a la mayoría de las mujeres que alcanzan cierto éxito, me preocupaba que los demás acabaran descubriendo que era un fraude.

No sabía por qué me habían escogido. Mi tesis doctoral acerca de los efectos a largo plazo de los traumas severos en niños me había granjeado cierta fama local, y la editorial de la universidad la convirtió en un libro que se vendió bastante bien para ser académico. Mi carrera estaba en alza, pero no era ni mucho menos una autoridad. Ahora, tantos años después, me siento todavía menos autoridad, pese a todos los títulos que llevo añadidos a mi nombre y a la placa que adorna la puerta de mi despacho, y pese a las estanterías llenas con las ediciones en otros idiomas de mis libros, exhibidos como trofeos. Si quitara una a una todas esas muestras y condecoraciones de reconocimiento, me pregunto si quedaría algo detrás.

En aquella época corría por el departamento el rumor de que el profesor Kowalsky y yo éramos amantes, y de que ese era el motivo de que me hubiera escogido como su ayudante para una de las dos evaluaciones. No se produjo rumor alguno cuando escogió a Dan Oppenheimer para que lo ayudara en la otra. Aunque estábamos al mismo nivel, Dan era mucho más ambicioso que yo y colaboraba con artículos muy bien valorados en varias revistas extranjeras. El hecho de que los rumores acerca de mi relación con Kowalsky seguramente los hubiera esparcido el propio Dan no conseguía mitigar el enfado que me causaban.

El profesor Kowalsky estaba esperando en el «vestíbulo». Y digo «vestíbulo» como si fuera algo muy importante, pero nada era importante en aquel entonces. Unos cuantos azulejos formando un cuadrado azulado, una luz central en el techo. Y Ed Kowalsky plantado allí, con una carpeta en las manos y todos los dientes a la vista. Intentaba aparentar que era una situación de lo más normal, pero las manos lo traicionaban, ya que no dejaba de pasarse los dedos por el pelo una y otra vez. Se sentía muy orgulloso de su pelo.

—Doctora Cater —dijo, antes de añadir—: Anne. —Me sujetó una mano entre las suyas como si estuviera sujetando una flor.

—Profesor Kowalsky...

—Ed, por favor.

—Ed. Solo quería decirte lo agradecida que te estoy por esta oportunidad. Un caso con tanta relevancia... seguro que mucha gente te ha pedido trabajar con contigo.

—Ay, por Dios, sí. —Porque así hablaba él—. Pero, como sabes, Anne, tienes el historial de investigación necesario y, más concretamente, disfrutas de experiencia práctica a la hora de tratar con niños pequeños que han pasado por un trauma. Por supuesto, había personas más cualificadas que tú que habrían hecho cualquier cosa con tal de echarle el guante a este caso, pero debo asegurarme de que la niña recibe la mejor atención. No puedo preocuparme por el ego profesional de nadie. No quiero entrar en una librería el año que viene y toparme con el caso analizado por alguien que estaba pensando en cualquier cosa menos en ayudar a la paciente.

En resumidas cuentas, me había escogido porque yo no intentaría aprovecharme de su caso. Era demasiado inexperta para suponer una amenaza. Aunque me daba igual. Me halagaba su reconocimiento. Y sí, me emocionaba la oportunidad de trabajar con una niña tan traumatizada e intentar ayudar a reparar parte del daño que había sufrido.

El pasillo del departamento de Psiquiatría de la Facultad de Medicina de La Luz era muy estéril. Desde aquel entonces está pintado de un amarillo claro y hay algunos cuadros colgados en la pared. Nos pasaron un memorando antes de que colgaran los cuadros para preguntarnos si eran lo suficientemente «no estimulantes». Fue una broma constante durante mucho tiempo. «Bonita chaqueta —decíamos—, pero ¿estás seguro de que es lo suficientemente no estimulante?»

A veces, cuando pienso en que sigo aquí tantos años después, me cuesta respirar. Tengo una bolsa de papel en el primer cajón del escritorio para respirar con ella cuando me atenaza el pánico.

La habitación 238 era la más adaptada a los niños de todas las consultas. Había sillones acolchados en tonos grises y una mesita auxiliar en vez de un escritorio, además de un archivador en un rincón, lleno de juguetes escogidos con sumo cuidado. En la mesita auxiliar había un montón de libros infantiles. El anuario de *Barrio Sésamo* estaba el primero, un poco desgastado en las esquinas de las tapas de cartoné. En la pared del fondo había una estantería con más libros, y una grabadora en una discreta posición en el extremo más alejado.

—Como sabes, nuestro papel es diagnosticar más que tratar —dijo Ed Kowalsky. Estaba junto a la ventana, cuyas persianas venecianas dividían la imagen del tribunal de cristal y cemento que había al otro lado de la calle en rayas horizontales uniformes. Percibí que estaba demasiado nervioso para sentarse. Volvía a tocarse el pelo. Una pasada, una palmadita y se lo peinaba. Una pasada, una palmadita y se lo peinaba—. Por eso, propongo que no tomemos notas durante las sesiones. Es evidente que las grabaremos y que, una vez que Laurie se haya marchado, hablaremos de la sesión y la registraremos como es debido.

Los telediarios hablaban de ella como «la menor» o «Menor L». Su hermano David, cuyo examen psiquiátrico lo llevaban a cabo Ed y Dan Oppenheimer, era «Menor D». Oír el nombre de Laurie me sobresaltó. Seguramente fuera la primera vez que pensaba en ella como una niña y no como un expediente médico. Saber que una persona real había pasado y visto todo lo que ella había pasado y visto me provocó una opresión en el pecho. ¿Qué efecto tendría algo así en una persona?

De repente, fui más que consciente de que aquello me superaba mucho.

Alguien llamó a la puerta.

—Adelante —dijo Kowalsky, y lo vi esbozar una sonrisa.

La primera en cruzar la puerta fue una mujer robusta de mediana edad, de cara redonda y con una pulcra melena castaña recogida tras las orejas. Llevaba una blusa suelta de color crema, con una tela de las que se arrugan con facilidad, y una falda a media pantorrilla que se frotaba contra las medias color carne, provocando un campo de electricidad estática alrededor de sus piernas. Llevaba un enorme bolso colgado de un hombro, y en la muñeca del otro brazo un reloj con pulsera de cuero. La mano que había al final de ese brazo, de dedos regordetes, sujetaba la mano de una niña.

—Hola a todos. Soy Debra Albright, de Servicios Sociales. Y esta es Laurie.

Vas a creer que digo esto ahora que he podido analizarlo todo, pero juro que cuando ese cuerpecito entró tras la asistente social, la temperatura bajó diez grados por lo menos. El frío me erizó la nuca pese al cálido día otoñal que hacía en el exterior.

—Hola, Laurie. —Ed se puso en cuclillas, haciendo que le crujieran las rodillas, y le tendió una mano.

La niñita esbozó una sonrisa tímida que fue como si le encendieran una luz bajo la piel. Sin soltar la mano de la asistente social, tendió la otra mano y estrechó la del profesor Kowalsky. Este me lanzó una mirada de reojo, tan breve que me la habría perdido de haber parpadeado, pero supe lo que quería decirme: pese a todo lo que le había pasado, pese a todos los horrores que había presenciado, Laurie no rehuía el contacto humano.

Era un indicio esperanzador.

Teniendo en cuenta todo lo que sucedió después, ahora me doy cuenta de lo atentos que estábamos a semejantes indicios, y de lo vulnerables que eso nos volvió.

Y peligrosos.

4

Amira

Paula parecía sofocada cuando salió. Amira agachó la cabeza al instante y frunció el ceño mientras clavaba la vista en el monitor, con la intención de parecer concentrada en el trabajo y disimular que había estado mirando a través de los cristales del despacho de la directora ejecutiva mientras trataba de leerles los labios para enterarse de la conversación.

—A ver, escuchadme todos un momento.

Paula se colocó con evidente incomodidad en un lateral de la oficina y trataba de proyectar la voz. Levantó una mano y la bajó con las mejillas coloradas, pero no antes de que Amira atisbara los círculos oscuros que su compañera llevaba en la camiseta azul claro. La pobre Paula lo estaba pasando mal de un tiempo a esa parte, aunque jamás se había quejado.

—¿Os podéis acercar todos, por favor? A Rachel le gustaría decirnos unas palabras.

—Sí, como por ejemplo: estáis despedidos —murmuró Charlie entre dientes.

Amira sintió que le daba un vuelco el corazón. Aunque todos habían hecho bromas sarcásticas sobre la pérdida del trabajo mientras volvían del pub, la verdad era que le asustaba mucho que pudiera sucederle a ella.

El susto ascendía a 225.000 libras. Esa era la hipoteca que había obligado a firmar a Tom para poder mudarse a un piso de su propiedad. Sin su sueldo, no podrían permitirse seguir viviendo en él. Y tal como estaban las cosas, tal como estaba el mundo laboral, no sería sencillo encontrar otro empleo en cuestión de días. Las cosas entre Tom y ella no iban muy bien, en parte por culpa del esfuerzo que suponía el pago de la hipoteca y también por la presión añadida que ejercía su madre, perennemente triste, que todavía no comprendía por qué se habían negado a seguir viviendo con ella. Estaba segura de que si ella perdía el trabajo, el desastre estaba asegurado.

La puerta del que Amira todavía veía como el despacho de Gill se abrió y apareció Rachel Masters. Era innegable que se trataba de una mujer atractiva. Melena lacia y negra hasta por debajo de los hombros. Pómulos afilados. Una camisa de seda beis tostado remetida por la cintura de una falda estrecha. Y unas piernas tonificadas en el gimnasio y resaltadas por unos zapatos de tacón tan altos que, de repente, uno comprendía lo bajita que debía de ser. Su cara tenía ese brillo saludable que solo se consigue con un maquillaje de buena calidad, y llevaba un perfume que Amira no lograba identificar. Almizcleño y amaderado, un poco agobiante. Debía de haberse echado un poco antes de salir, decidió Amira. Para infundirse confianza. Y parecía estar funcionando a las mil maravillas con Ewan. Aunque era alto, se irguió un poco más cuando la jefa pasó por delante y su apuesto rostro, de rasgos un poco aniñados, la siguió como si un hilo invisible tirara de él. Qué idiota. Claro que no se le podía tener en cuenta, así como tampoco se puede regañar a un cachorrito por ponerte las patas encima. Amira sabía que ella misma tenía la reputación de hablar con franqueza, así que sentía debilidad por Ewan y su falta de malicia.

—Me alegro de que hayáis decidido aparecer por fin.

La voz aguda y aniñada de Rachel los sorprendió porque no se correspondía en absoluto con su aspecto. Los observó uno a uno con suma atención, hasta que todos acabaron cambiando el peso del cuerpo de un pie al otro o clavando la vista en la moqueta.

—Soy consciente de que muchos estaréis molestos por la marcha de Gill y preocupados por vuestro futuro en esta empresa. No voy a edulcorar las cosas. El departamento se encuentra en una situación precaria. Gill no es la única responsable. Durante varios años ha realizado un trabajo encomiable, pero el sector ha cambiado muchísimo y el departamento ha sido incapaz de seguirle el ritmo. Mi tarea consiste en salir de esta situación para que seamos más eficientes y atractivos a los ojos de los nuevos clientes. Pero no voy a mentir: va a ser doloroso; y tal vez sean necesarios algunos ajustes de personal. Me han elegido para que sea yo quien tome las decisiones difíciles, y eso es lo que pretendo hacer. Espero contar con la cooperación de todos vosotros. Al fin y al cabo, nuestro objetivo es el mismo: un departamento exitoso y rentable del que nos sintamos orgullosos.

Rachel esbozó una fugaz sonrisa deslumbrante y siguió en su sitio, observándolos a todos. Amira se clavó las uñas en las palmas e intentó sostener la mirada de la nueva jefa cuando le llegó el turno, pero al final desvió la vista como si acabara de ceder en algo.

—Muy bien. Durante los dos próximos días os iré llamando a mi despacho para poder conoceros mejor y saber cuál es el papel que desempeñáis en el equipo. Después, ya veremos qué sucede.

Se dio media vuelta, pero Chloe se adelantó y casi le bloqueó el paso. Amira gimió al ver que la alta y estilizada asistente del equipo levantaba la mano como si fuera una niña en el colegio.

—Rachel, hola. En primer lugar, quería saludarte, y también preguntarte...

—No acepto preguntas en este momento. —La voz aguda de Rachel sonó tan cortante como si alguien acabara de cerrar una puerta—. Si necesitáis saber algo, podéis preguntarme cuando os llegue el turno de ir a mi despacho.

Las rosadas mejillas de Chloe adoptaron un rojo intenso mientras Rachel se alejaba de nuevo hacia su despacho, acompañada por el repiqueteo de sus vertiginosos tacones, y Amira se compadeció de la chica. A veces podía ser un incordio y era una aduladora de primera cuando quería, pero solo tenía veinticuatro años y le pagaban una miseria por ir a trabajar todos los días. Además, estaría muy avergonzada por el trato que acababa de recibir delante de Ewan, a quien se pasaba el día tratando de impresionar. Que Amira supiera, nadie le había dicho nunca que no a Chloe y, por un espantoso momento, pensó que la chica iba a echarse a llorar.

—Solo iba a preguntarle si debemos prepararnos para la entrevista de alguna forma.

—Ah, vaya, le estabas pidiendo deberes.

Charlie no pretendía ser desagradable, esa era su forma de ser, pero Amira sabía que Chloe lo malinterpretaría. En una ocasión, oyó cómo le decía a Paula que la actitud que Charlie mostraba ante las mujeres rayaba en el acoso sexual por su costumbre de llamarlas «corazón» o «cariño» cuando se dirigía a ellas. Paula señaló que usaba los mismos adjetivos para hablar con los miembros masculinos del equipo y que no debía darle importancia al asunto.

—Estoy segura de que no necesitas preparar nada, Chloe —le soltó Paula con brusquedad.

Amira la miró con curiosidad. Era raro que Paula hablara así. Normalmente, respondía a cualquier cosa con una mesura tan desquiciante que daban ganas de decir una barbaridad para hacerla reaccionar de alguna manera. Claro que, observándola con atención, Paula no parecía estar tan tranquila y relajada como de costumbre. Llevaba la melena castaña tan impecable como siempre, pero tenía mala cara y sus rasgos parecían difuminados.

Desvió despacio la mirada desde Paula hasta el despacho acristalado que debía obligarse a pensar que era de Rachel. Se sobresaltó al ver que la jefa la estaba mirando. La mujer se había sentado en su sillón y la observaba sin disimulo. Su rostro, libre de la sonrisa artificial que lucía antes, parecía de granito. E incluso desde la distancia era evidente que sujetaba con fuerza un bolígrafo cuyo pulsador accionaba sin cesar con un ritmo enervante.

Amira apartó la mirada, sintiéndose culpable, algo incomprensible. ¿Por qué no pensar que el cambio sería beneficioso? Era una pena que Gill hubiera tenido que irse, pero todos se lo esperaban. El informe anual de la empresa había resaltado los pobres resultados del departamento, y solo era cuestión de tiempo que responsabilizaran a alguien. Gill era la candidata obvia. De manera que el cambio en la dirección no era del todo inesperado. En ese momento, Amira decidió mantener la cabeza gacha y esperar a que las aguas se calmaran.

Pero mientras abría un archivo en PDF que le llegó a la bandeja de entrada remitido por la enfurruñada Chloe, no pudo desterrar el recuerdo de esos acerados ojos azules que acababan de atravesarla como si fueran ácido.

5

Sarah

Iba a llegar tarde de nuevo. Tuvo que dejar pasar dos trenes en la estación de Finsbury Park antes de lograr meterse con calzador en un vagón, donde terminó pegada a la axila de un sudoroso muchacho trajeado que se había puesto demasiado *aftershave* pero muy poco desodorante. Cuando hizo el transbordo en King's Cross, el metro se quedó parado una eternidad al salir del túnel de Liverpool Street, mientras el nivel de estrés de Sarah aumentaba a cada segundo. Estaba tan cerca de su destino que casi podría haberse apeado e ir andando, pero tuvo que quedarse aferrada a la barra mientras intentaba recordar lo que ponía el panfleto para combatir el estrés que les habían enviado a todos: había que pensar en tu lugar feliz. La cama... ese sería su lugar feliz.

En ese momento, subía a trompicones la escalera de la estación, deseando no haberse puesto aquella falda negra que no terminaba de sentarle bien después de haber tenido a su segundo hijo. La falda no había sido su primera elección. Para honrar a su nueva jefa se había puesto sus mejores pantalones, pero Sam le había avisado de que su hermanito Joe necesitaba que le cambiasen el pañal. Ella acababa de sentarse para beberse el té a toda prisa. Sin pensar en lo que hacía, se había subido al pequeño al regazo, para darse cuenta demasiado tarde del motivo por el que Sam había creído, con la sapiencia de un crío de tres años, que su hermano necesitaba que le cambiasen el pañal. Así que fuera los pantalones. Tuvo que sacar la falda de la cesta de la ropa sucia.

—Según pone en la etiqueta, los pantalones hay que lavarlos en seco —le dijo Oliver, que estaba agachado delante de la lavadora. Si Sarah no hubiera tenido tanta prisa, se habría echado a reír. Dos niños en tres años y él seguía creyendo que cierta ropa había que llevarla a la tintorería.

En las calles de la City, agachó la cabeza para protegerse de la persistente llovizna que había empezado a caer sin previo aviso mientras ella iba en el metro. La ducha de esa mañana había hecho exactamente lo mismo: lanzar por sorpresa chorros de agua horizontales hasta el otro extremo del cuarto de baño. Sabía muy bien que la lluvia le encresparía la melena pelirroja. Pese a todos los productos para el lavado que acumulaba en los estantes del cuarto de baño, para eterna frustración de Oliver, al pelo de Sarah le bastaba con un poquito de humedad ambiental para envolverle la cabeza como un estropajo de fregar sartenes.

Recordó con desagrado la elegante camisa de seda y la falda impecable de Rachel Masters. Sacó el móvil del bolso y miró la hora: 9.10. Gill siempre había sido muy comprensiva cuando llegaba tarde en alguna ocasión. Sabía que lo compensaría con creces llevándose trabajo a casa o quedándose hasta tarde los miércoles, cuando la madre de Oliver se llevaba a los niños. Aunque Gill no tenía hijos, nunca hacía que ella se sintiera mal por ello. Sarah recordó lo nerviosa que estaba cuando tuvo que decirle a Gill que estaba embarazada otra vez, a los pocos meses de volver al trabajo tras la baja por maternidad de Sam, y lo aliviada que se sintió cuando, tras un hondo suspiro, su jefa le dijo sin más: «Enhorabuena.»

Sarah intentó recordar si Rachel tenía hijos mientras repasaba los diversos rumores que les habían llegado en las últimas veinticuatro horas a través de conocidos en otras empresas donde su nueva jefa había trabajado durante su meteórica carrera. No creía que los tuviera. Pero eso no tenía por qué suponer un cambio de actitud. Su hermana trabajaba en el departamento comercial y una vez tuvo una jefa con cuatro hijos que, ansiosa por demostrar que ser madre no la había suavizado, se mostraba más dura con los padres que tenía bajo su mando que los demás jefes y se negaba a hacer la menor concesión. De modo que era imposible saberlo.

Sarah entró por las puertas de cristal que daban a la recepción, con sus plantas de plástico sobre el estrecho mostrador laminado, tras el cual se sentaba la recepcionista con extensiones en el pelo; Sarah nunca recordaba su nombre. La mujer llevaba pintadas de azul eléctrico unas uñas tan largas que tardaba una eternidad en pulsar las teclas del teléfono.

—Buenos días —la saludó Sarah, y pasó junto al mostrador al tiempo que se colocaba la tarjeta identificadora, con su cordón de plástico, al cuello. Tenía la desagradable sensación de que le faltaba el aire, como si le estuvieran pasando un rascador por los pulmones.

La recepcionista alzó la vista, pero no le devolvió el saludo.

En la quinta planta, Sarah salió del ascensor y cruzó la doble puerta que conducía a su oficina, un espacio diáfano. Dado que su mesa estaba en el otro extremo, tendría que pasar por delante del despacho acristalado de Rachel Masters. Echó un vistazo y vio la cabeza de pelo oscuro inclinada sobre el escritorio. Si se quitaba la chaqueta en la puerta y la llevaba en la mano izquierda, donde Rachel no la vería, podría aparentar que acababa de volver del servicio en vez de llegar quince minutos tarde al trabajo.

Una vez que por fin estuvo a salvo en su mesa, Sarah se atrevió a mirar de nuevo. Rachel seguía enfrascada en lo que fuera y no parecía haberse dado cuenta. Respiró hondo y sintió que el nudo de ansiedad que tenía dentro empezaba a deshacerse. Solo en ese momento se percató del extraño silencio que reinaba en la oficina.

—¿Qué pasa? —le susurró a Charlie.

Él la miró con expresión extraña, volviendo solo la cabeza hacia ella, el resto del cuerpo en la misma postura de estar trabajando.

—Nos ha puesto normas —contestó él en voz baja—. La nueva Führer. Al parecer, perdemos demasiado tiempo de cháchara cuando tomamos un café. Una vez que llegamos a la oficina, se espera que nos pongamos a trabajar sin preámbulos. Así. —Chasqueó los dedos.

—¿Qué ha dicho exactamente...?

Sarah dejó la pregunta en el aire al ver que se abría la puerta del despacho de Rachel, que salió y se detuvo junto a la mesa de Paula para hablarle. A Sarah se le paró el corazón al ver que, de repente, las dos mujeres se volvían para mirarla.

—Sarah, ven a mi despacho, por favor.

—Te va a caer una buena —musitó Charlie.

Sarah intentó sonreír, pero tenía la boca seca. Echó a andar hacia el despacho, consciente de que todos la observaban. Rachel había dicho que los llamaría uno a uno... ella seguramente fuera la primera. Ojalá hubiera tenido tiempo de tranquilizarse y poner su cabeza en orden. La idea era la de haberse sentado la noche anterior para redactar una lista con todo lo que había conseguido en su puesto y con las sugerencias para mejorar la productividad, la clase de cosas que les gustaba oír a los nuevos jefes. Pero Sam tuvo un berrinche porque no quería lavarse la cabeza y tardó una eternidad en conformarlo, y, después de eso, insistió en que le leyera dos capítulos de su libro en vez del único capítulo que solía leerle, y cuando por fin bajó a la planta baja, solo tenía fuerzas para servirse una copa de vino y ver la tele.

Delante de la puerta de Rachel, Sarah titubeó, ya que no sabía si llamar o no. Era innecesario, decidió, puesto que Rachel acababa de decirle que quería verla.

—Hola —dijo con voz cantarina, de la que se arrepintió de inmediato. Apartó la silla situada delante de la mesa de la jefa e hizo ademán de sentarse.

—No te molestes en sentarte, no vas a estar mucho tiempo aquí —dijo Rachel Masters. Tenía la cara oculta tras el pelo, con los ojos clavados en una carpeta que tenía en el escritorio. Al cabo, alzó la vista—. ¿Acostumbras a llegar tarde, Sarah?

Sarah se sobresaltó al ver aquellos ojos azules. Era como caer a un pozo de hielo.

—No. Es que hoy el metro ha...

—Me han informado de que la puntualidad ha sido un problema para ti en el pasado.

A Sarah se le llenaron los ojos de lágrimas al instante. Alguien la había apuñalado por la espalda. Alguien de la oficina. Una de las personas a las que consideraba sus amigas.

—¿Quién te lo ha dicho? —preguntó.

—Eso da igual. Lo importante es que seas consciente de que, con independencia del acuerdo que tuvieras con Gill, ahora soy yo quien manda. Espero que todo el personal, sin importar las circunstancias, llegue a su puesto de trabajo a las nueve en punto de la mañana y se marche a las cinco y media de la tarde. Y si por algún motivo llegas después de las nueve en punto, espero que vengas directamente a explicarme el porqué. ¿Entendido?

Sarah asintió con la cabeza, ya que no creía que le saliera la voz.

De vuelta en su mesa, encendió el ordenador e inició la sesión sin mirar a nadie. Era consciente de que todos le lanzaban miraditas, pero mantuvo los ojos clavados en la pantalla. Experimentaba esa ardiente quemazón de la injusticia, la hiriente punzada de las afiladas palabras no pronunciadas, de los argumentos de peso no expuestos. Además, ¿quién se creía Rachel Masters que era? Ella tenía treinta y siete años, pero Rachel le había hablado como si fuera una colegiala díscola.

Después de pasar media hora comprobando cuentas en la pantalla, por fin se armó de valor para sacar el móvil del bolso. Se lo puso en el regazo y le mandó un SMS a su marido.

> He llegado tarde y la zorra de la jefa me ha echado la bronca. Tengo ganas de llorar.

Nada más enviarlo, se sintió mucho mejor. Se imaginaba riéndose del asunto esa noche con Oliver, mientras se tomaban una copa de vino. Tal vez Rachel Masters tuviera un puesto con más poder que ella, pero desde luego no tenía lo que Sarah: una familia, un marido, personas que dependían de ella y de las que ella dependía a su vez.

Aun así, cuando fue al servicio una hora más tarde (temiendo que la acusaran de perder el tiempo por tener la vejiga floja después del parto), no pudo evitar mirar con suspicacia a sus compañeros. Siempre se habían llevado bien. Habían tenido sus más y sus menos, como cuando desapareció del frigorífico el batido de M&M's de alguien o aquella vez que Amira no le pasó un mensaje y Sarah casi perdió un cliente importantísimo; pero, en general, eran un grupo que se llevaba bastante bien. Sin embargo, en ese momento, mientras se abría paso entre las mesas de sus compañeros, evitando sus miradas, una pregunta se repetía en un bucle continuo en su cabeza:

«¿Has sido tú?»

6

Anne

Los estudiantes suelen subir a la cuarta planta y enfilar el pasillo decorado con fotos enmarcadas de la facultad para llamar a mi puerta. Cuando esto sucede, intento parecer cercana y digo «Adelante» con la voz más agradable que soy capaz de poner. Verás, es que tengo la reputación de ser una persona que se preocupa tanto por el bienestar emocional de los estudiantes como por su estimulación intelectual. Vienen a verme con preguntas sobre fechas límite para la entrega de trabajos, listas de lectura o material de consulta; pero, en realidad, de lo que quieren hablar es de si la psiquiatría es lo adecuado para ellos o de cómo combatir la añoranza por el hogar que los embarga a tal punto que no pueden pensar en otra cosa que no sea la cara de sus madres mientras los despedían, o el bar donde sus amigos de toda la vida quedarán el viernes sin que ellos estén presentes, o el hecho de haberse quedado rezagados porque un novio o una novia sin corazón los ha destrozado para siempre.

Yo los escucho, los compadezco y les digo que no están solos. Les ofrezco ejemplos de otros estudiantes que han pasado por la misma situación que ellos, que también han llorado por los mismos motivos y que, al final, han conseguido grandes logros. Y se van sintiendo un poco más fuertes. Algunos incluso me envían después algún mensaje de correo electrónico para decirme que hablar conmigo ha marcado la diferencia, que mis palabras supusieron un antes y un después en sus vidas universitarias. Les respondo que yo solo estaba en el sitio y el momento oportunos y que no fue nada. Pero sé que no todo el mundo puede hacer lo que yo hago. Y nadie parece darse cuenta de que, en mi caso, no es algo innato. Nadie parece darse cuenta de que, para mí, esa preocupación es como una bata de laboratorio que me he puesto sobre la ropa.

Me gustan mis estudiantes y los compadezco, porque han llegado al punto de sus vidas en que comprenden que no son el centro del mundo, en que su solipsismo se diluye al descubrirse anónimos en la universidad. El problema es que la empatía no forma parte de las habilidades que me enseñó mi madre para enfrentarme a la vida. El consumo de una botella de vodka al día suele hacer que las personas solo se preocupen por sí mismas.

Soy popular, pero sé que muchos de mis colegas más jóvenes desean que me jubile. Codician mi trabajo porque lo ven como un peldaño hacia algo más, un estadio intermedio y necesario para el desarrollo de sus carreras profesionales. Y aquí estoy yo, sentada en una piedra en mitad del arroyo de sus vidas. Pero no les he dado motivos para que me aparten. Soy mayor, pero vivimos en una época en que la edad se protege legalmente, aunque en privado se insulte y se desprecie. Sigo publicando artículos de vez en cuando y dando conferencias, aunque la última fila se queje a veces de que no se me oye. No me voy porque no tengo otra cosa de la que ocuparme. Ahora que Shannon se ha ido de casa y desde que Johnny y yo nos divorciamos, esto es lo único que tengo.

Pero la joven a la que el profesor Ed Kowalsky le presentó a Menor L en aquella habitación sin ventilación hace tantos años era una persona distinta. No era tan cínica, y se esforzaba mucho.

—Me alegro de conocerte, Laurie. —Me incliné hasta que mis ojos quedaron al nivel de los suyos, mientras intentaba no pensar en lo que esos ojos habían visto.

¿Cómo fue aquella primera sesión? Lo que en realidad quería saber era hasta qué punto estaba traumatizada la pequeña. Parecía una niña de cuatro años normal. A ratos habladora y a ratos silenciosa, tímida, hasta que desplegaba de nuevo una vitalidad arrolladora.

Acordamos que durante aquella primera sesión no le formularíamos ninguna pregunta referente al caso, nos limitaríamos a observar y dejar que ella nos guiara; pero, al final, fue ella quien sacó el tema. Ed le preguntó por sus juegos preferidos y ella sonrió, llevándose las manos a la cara con los puños apretados por la emoción.

—Oooh, el escondite. —Dio un saltito.

—¿Y dónde te gusta esconderte?

—En la cocina, bajo la mesa. O en el armario de la habitación. Pero en el sótano no, allí no. —Sacudió la cabeza.

Ed no me miró, pero yo lo sentí. La tensión invadió la estancia como una corriente de aire frío. Debra, la asistente social, se abrazó con sus brazos regordetes.

—¿Por qué no te puedes esconder en el sótano, Laurie? ¿Qué hay allí?

Percibí el trabajo que le estaba costando a Ed mantener la voz serena y contenida.

Laurie, que hasta entonces estaba de pie, mirándolo, se dio media vuelta. Y me sorprendió descubrir de repente que yo era el objeto de su mirada.

—La cosa —contestó—. La cosa está allí.

A partir de ese momento, no habló mucho.

—Está cansada —dijo Debra, y se colgó en uno de sus anchos hombros el bolso de loneta.

Me avergüenza confesar que, después de que la niña se marchara de la estancia, me invadió un súbito alivio.

7

Paula

Las cifras se movían por la página como hormiguitas negras. Paula se frotó los ojos. Siempre le pasaba cuando estaba cansada. La noche anterior fue la tercera seguida que se pasaba casi en vela. Llevaba meses durmiendo fatal por culpa de los espantosos sofocos que la despertaban de madrugada, empapada de sudor, y desde que Rachel Masters llegara su insomnio había empeorado. Se acostaba temprano, pero luego pasaba horas despierta, preocupada por el trabajo. Los sofocos, cuando la asaltaban, eran demoledores: una oleada de intenso calor que le aceleraba el corazón. Apartaba el edredón y se quedaba tumbada en la cama como si se estuviera derritiendo al sol. A través de las delgadas paredes oía los ronquidos de Ian y se preguntaba cómo era posible haberse separado de un hombre y que, de todas formas, siguiera quitándole el sueño noche tras noche.

Sentada a su mesa, intentó de nuevo concentrarse en el

papel. Era un recibo del que se había quejado un cliente, una empresa de *catering*. Ellos le habían proporcionado diecisiete empleados para que trabajaran en una serie de actos que organizaba el cliente. Sin embargo, este aseguraba que habían enviado a casa a tres de esos empleados temporales antes de tiempo, porque no cumplían las expectativas. A veces pasaba. Contrataban a jóvenes que querían ahorrar para tomarse un año sabático o para pagar la universidad. No se esforzaban mucho.

En su mesa, le vibró el móvil y apareció un mensaje de texto en la pantalla.

> No había pan ni zumo de naranja. He comprado. Me debes 3,50 £.

Miró el reloj en el ordenador: 12.50. Al menos Cam vería la luz del día. Era una mejora comparado con el día anterior. Recordaba lo inocente que fue en otro tiempo, cuando pensaba que dejaría de preocuparse por su hijo una vez que fuera a la universidad. Nadie le había dicho que volvería a casa después de graduarse. Aun así, al menos había tenido momentos de independencia, a diferencia de Amy, que había suspendido la selectividad y que de todas formas se echó atrás al ver las matrículas anuales de 9.000 libras. «Prefiero empezar a trabajar del tirón», dijo. Paula sabía que su hija se había imaginado algo muy glamuroso, como trabajar en publicidad o relaciones públicas. En cambio, trabajaba seis noches a la semana en el pub del barrio.

—Paula, ¿tienes un momento?

El estómago se le cerró de golpe. Le sucedía cada vez que Rachel hablaba con ella: era una reacción refleja de su organismo. Siguió a su nueva jefa al despacho, consciente de pronto de lo desaliñada que era su túnica beis oscuro. Parecía un saco de patatas al lado del ajustado vestido naranja y azul marino de Rachel, que tenía una cremallera hasta el mismísimo cuello que resaltaba su trasero respingón y su espigada cintura.

—Siéntate.

Como si fuera un perro. Pero, cómo no, se sentó en la silla tal como le indicó Rachel con una ligera inclinación de la cabeza. ¡Guau, guau!

—He estado repasando los informes y la verdad es que no sé cómo Gill permaneció tanto tiempo en su puesto. Esto está hecho un desastre. Correspondencia con nuevos clientes a los que no se les ha hecho el seguimiento, trabajadores que siguen contratados pese a las continuas violaciones del reglamento. ¿Cómo narices has permitido que las cosas lleguen a este extremo, Paula?

Ella se había limitado a quedarse en su mesa y hacer todo lo que Gill le decía, y a actuar como cortafuegos para que Gill no soportara las molestias de los cientos de preguntas y quejas que les llegaban todos los días... ¿Y encima la iban a culpar a ella?

—Yo no estaba al mando. —En cuanto lo dijo, se sintió culpable. Gill era su amiga. Debería defenderla en vez de dejar que Rachel Masters la pusiera verde. La mujer llevaba allí poco más de dos días y ¿ya se creía con el derecho de juzgar a alguien que había realizado ese trabajo durante ocho años?

—¿Intentaste al menos que se hicieran algunos cambios? ¿O eres de esas asistentes que hacen todo lo que le dice el jefe sin pensar?

A Paula se le estaba formando un nudo en la garganta, pero tenía cincuenta y cinco años y ya trabajaba en Recursos Humanos cuando Rachel Masters todavía iba al colegio. ¿Cuántas veces le había repetido Gill a lo largo de los años que era muy afortunada por contar con una mano derecha tan competente? Debería ser capaz de explicarle que se habían esforzado al máximo en unas circunstancias muy difíciles, sobre todo en los últimos meses. Pero, al mismo tiempo, si Gill iba a ser el chivo expiatorio, lo último que quería Paula era que la descabezaran con ella.

—No siempre estaba de acuerdo con Gill. De hecho, en más de una ocasión intenté convencerla de que hiciera algunos cambios, pero... en fin... al final era ella quien tenía la última palabra.

Era verdad en cierto sentido. A lo largo de los años, Paula había propuesto varias ideas para mejorar la marcha del departamento, y Gill no siempre las había implementado.

—Me encantará oír algunas de esas ideas a su debido tiempo —dijo Rachel—. También me gustaría que redactaras una lista, de forma confidencial, por supuesto, con el personal que crees que trabaja de forma eficiente y con el que crees que es un peso muerto.

—¿Peso muerto?

—Así es. Seguro que tienes algunos candidatos en mente. Ahora, si eres tan amable, dile a Ewan Johnson que venga a verme.

Paula se puso en pie, con las palabras que no había dicho quemándole la lengua. Debería defender a Gill, negarse a hablar mal del personal de su equipo. Rachel tenía que saber que eso de «divide y vencerás» no era un buen sistema de gestión en el departamento.

—Ahora mismo.

8

Ewan

Ewan tragó saliva. Por regla general, no se ponía nervioso; pero, claro, no recordaba la última vez que había reaccionado ante una mujer como lo había hecho al ver a Rachel Masters. Llevaba tres días siguiéndola con la mirada por la oficina como si fuera un perrito abandonado. Y no se trataba de que fuera especialmente guapa. Era atractiva, pero no más que muchas mujeres que conocía. Tenía la impresión de que se le había metido en la cabeza por alguna entrada secreta y, desde entonces, le resultaba imposible dejar de pensar en ella.

—¿Qué tal? —le preguntó mientras se sentaba con las piernas un tanto separadas y se obligaba a sostener su mirada.

—Muy bien, gracias, Ewan.

¿Había sonreído? Con ella, era difícil asegurarlo.

—Bueno, háblame un poco de ti.

Normalmente, le encantaba hablar de sí mismo. Si alguna vez fuera a «Mastermind», el programa de televisión, se elegiría a sí mismo como tema del que era especialista, eso le decían sus compañeros de piso. Sin embargo, en ese momento no se le ocurría nada que decir.

—Bueno, yo... soy de Coventry, o como nos gusta decir a los que somos de allí, de Cov. —La miró para ver qué reacción mostraba, pero la cara de Rachel era una máscara educada que no delataba lo que pensaba—. Me aceptaron en la Universidad de Manchester, pero decidí quedarme en Cov. En aquel entonces ya estaba cansado de estudiar y quería vivir un poco. —Le parecía importante que ella supiera que tuvo opciones. Que había elegido quedarse en casa en vez de ir a la universidad—. Mi primer trabajo fue de comercial, concretamente en un centro de atención al cliente. A los seis meses había escalado puestos hasta llegar a ser el número uno en ventas a nuevos clientes. Mi jefe me aseguró que podría haber seguido ascendiendo, pero prefiero un contacto más directo con el cliente. Quería un trabajo donde el contacto fuera de tú a tú.

La frase le salió de forma inocente. No lo dijo con segundas intenciones, pero en ese momento sintió que se ruborizaba. Por debajo de la mesa, estiró la pierna izquierda de forma tan automática que ya no sabía si lo hacía por rigidez o por costumbre.

Rachel estaba cómodamente sentada en su sillón, tomando notas en un cuaderno Moleskin que desde luego no había salido del armario del material de la empresa. Ese día llevaba unas gafas de montura grande y negra que hacían que sus ojos parecieran enormes. Se preguntó cuántos años tendría. Siempre le habían gustado las mujeres mayores que él, porque no perdían el tiempo con tonterías. Nunca se le había dado bien leer entre líneas.

—Llevas casi un año siendo consultor de sistemas. ¿Estás satisfecho con el puesto?

Ewan mantuvo la sonrisa en los labios y la mirada fija en ella; aunque, por debajo de la mesa, se estaba clavando el extremo puntiagudo del bolígrafo en el muslo.

—Mmm... Obviamente, mi objetivo es llegar a ser consultor sénior, pero sé que no debo intentar correr antes de aprender a andar.

La cara de Rachel expresó algo que podría haber sido decepción. Ewan se arrepintió al instante de haberle dado una respuesta tan trillada y ambigua.

—¿Dónde te ves dentro de cinco años?

Eso le gustó más.

—Básicamente, donde tú estás sentada ahora mismo.

Rachel enarcó una ceja.

—En ese caso, seguro que tendrás algunas ideas sobre cómo dirigir el departamento, ¿verdad?

Ewan asintió con la cabeza, sin saber muy bien adónde quería llevarlo.

—Así que podrás decirme sin problemas quiénes son los eslabones débiles.

Se refería a los compañeros. Bueno, todos sabían quiénes eran. Paula era un encanto, pero estaba anclada en el siglo pasado en lo tocante al desarrollo del trabajo y, además, se negaba a implementar cambios, porque se limitaba a esperar sentada que le llegara el momento de la jubilación. Y por muy bien que se llevara con Sarah, era un peso muerto en lo referente al trabajo; siempre llegaba tarde y se pasaba la mitad del tiempo hablando por teléfono con las canguros y los familiares que se encargaban de cuidar a sus hijos. Pero esas dos mujeres eran sus amigas. Compañeras de trabajo, en todo caso. No podía darles semejante puñalada trapera. ¿O sí?

—Estoy seguro de que hay cosas en las que todos podemos mejorar. —Sabía que se estaba yendo por la tangente.

Y Rachel también. Se quitó las gafas y se apoyó en el respaldo del sillón.

—Eso es cierto, sin duda, pero no es lo que te he preguntado. Muy bien, Ewan, de momento eso es todo. Si se te ocurre algo, mi puerta está siempre abierta.

Se levantó, desinflado del todo, como si le hubieran pinchado con un alfiler y se hubiera quedado sin aire.

—Ah, Ewan: si dices en serio lo de sentarte aquí, ten en cuenta que el trabajo no es un concurso de popularidad.

9

Anne

Habían llevado a Menor L con una familia de acogida que vivía en un barrio residencial de la periferia. El profesor Kowalsky había decidido que la segunda sesión tuviera lugar en casa de la familia de acogida, donde podríamos ver cómo Laurie interactuaba con otras personas, así como hablar en privado con la madre de acogida acerca de cualquier preocupación que esta tuviera.

Ed sugirió que fuéramos en su coche. Se suponía que iba a recogerme en casa, pero llamó para decirme que se le había hecho tarde y que me reuniera con él en el hospital, donde estaban cuidando de Menor D, y donde Dan Oppenheimer y él, junto con varios profesionales más, estaban llevando a cabo una serie de pruebas. Me dijo que lo esperase en el vestíbulo, pero la curiosidad pudo conmigo. Ya había asumido que seguramente nunca conocería al hermano menor de Laurie, David. Kowalsky era firme en su decisión de que ambas evaluaciones fueran independientes, de modo que ni Dan ni yo pudiéramos influir el uno en el otro. Sin embargo, ¿qué daño podría hacer que lo viera? Me dije que sería una oportunidad para conocer mejor a Laurie, porque así vería lo que ella había visto. Pero, en el fondo, sentía curiosidad, como los demás. Quería ver lo que la falta de amor podía hacerle a un niño, ver esa sutil marca que dejaría en su piel.

A esas alturas, semanas después de que arrestaran a los Egan, el interés por el caso había disminuido. Los equipos de televisión que habían acampado a las puertas del hospital habían recogido los bártulos y se habían ido. De modo que, armada con mi pase de la facultad de Medicina, pude pasar por el mostrador de recepción y subir al tercer piso sin problemas. Allí se acabó mi suerte. La puerta del pasillo donde se suponía que estaba David se abría con un código. Pero justo cuando estaba a punto de darme la vuelta, vi a través del cristal de seguridad que se abría una puerta al final del pasillo.

Una muchacha salió sujetando de la mano a un niño pequeño que andaba con dificultad, a trompicones. Los dos se quedaron parados, esperando en el pasillo de espaldas a mí. Me apresuré a apartarme cuando la desgarbada figura de Dan Oppenheimer salió de la misma habitación, seguido del profesor Kowalsky. Mientras los tres adultos hablaban y Oppenheimer anotaba algo en una libreta, el niñito volvió la cara y, durante un segundo, nos miramos a los ojos. De repente, me quedé sin aliento mientras contemplaba aquellos ojos que habían presenciado tanto horror. Sé que suena fantasioso, pero tuve la sensación de que nos reconocimos. Después, con la misma rapidez que había aparecido, la muchacha se lo llevó por el pasillo. Yo corrí escaleras abajo, con los nervios a flor de piel tras el encuentro.

En el asiento del acompañante de la camioneta de Ed, intenté desterrar la inquietante visión de Menor D. La camioneta tenía dos sillitas de bebé en el asiento trasero y la tapicería estaba cubierta de pelo blanco de perro.

—Perdona el desorden. La familia... ya sabes —dijo Ed.

No, no sabía.

El trayecto duró unos veinticinco minutos y recuerdo que me sentía nerviosa. Ir sentada en el asiento delantero con ese hombre al que apenas conocía, con su amplia sonrisa, rodeados de las pruebas de una vida familiar normal y sana, me parecía demasiado íntimo. Mientras adelantábamos a otros coches, me imaginé qué imagen daríamos: una pareja normal y corriente que salía a dar una vuelta en el vehículo familiar. Tal vez para ir a una reunión de padres en el colegio o para comer fuera, mientras disfrutaban de un inusual tiempo libre para estar juntos. Ed tenía unos quince años más que yo, una diferencia de edad respetable. La idea de que me confundieran con su mujer me provocó un sudor incómodo, de modo que ladeé la cabeza para no mirarlo mientras me enroscaba en un dedo un mechón de pelo, encrespado por el calor, con gesto nervioso.

La casa de la familia de acogida se encontraba en una calle sin salida llena de viviendas unifamiliares de unos treinta o cuarenta años de antigüedad. El vecindario era agradable, nada ostentoso. Algunos jardines estaban descuidados y otros tenían el césped amarillento, allí donde había estado el mobiliario de jardín. Los coches en los senderos de entrada eran de buena calidad, pero no lujosos. Cuando nos acercamos a la puerta de entrada, oímos que un perro ladraba en el patio trasero de algún vecino.

—¡Hola!

Jana Green no era lo que me esperaba. Me había imaginado a una mujer mayor, corpulenta y rolliza contra la que un niño atormentado podría acurrucarse, con un delantal alrededor de un vientre redondeado y suave. Pero Jana era toda huesos. Llevaba la larga melena castaña recogida en una trenza suelta que le caía por la espalda, dejando al descubierto unos pómulos afilados como cuchillas. Vestía una camiseta blanca y unos vaqueros cortos que dejaban al aire unas piernas delgadas con espinillas increíblemente largas. Generaba una clase de tranquilidad que era energía en sí misma, como un campo de fuerza a su alrededor.

—Lisa, mi hija mayor, se ha llevado a los más pequeños a tomar un helado para que así podamos hablar en paz. No tardarán mucho. Espero que os parezca bien.

—Ay, por Dios. Una idea estupenda, señora Green.

—Por favor, llamadme Jana.

—Jana.

Ed Kowalsky repitió la palabra como si fuera un sabroso aperitivo, y así me di cuenta de que él también estaba recalibrando la imagen mental de la vida hogareña de Laurie en vista de esa inesperada realidad. En vista de Jana y sus pantalones cortos.

No sentamos a una mesa, en la zona de comedor de la cocina.

—No os importa, ¿verdad? —nos preguntó—. Detesto las formalidades.

Ed sacó una grabadora del maletín que llevaba y dijo:

—No te preocupes, Jana. Solo es para futuras referencias, nada más. Bueno, ¿cómo dirías que lo lleva Laurie de momento? Sé que ha pasado poco tiempo.

Ella cogió la taza de café y empezó a tamborilear sobre el asa con sus largos y delgados dedos. *Toc, toc, toc.*

—Está estupenda. Increíble, teniendo en cuenta que... A ver, es evidente que tiene sus momentos. En fin, solo tiene cuatro años y medio. ¿Cómo no va a tenerlos?

—¿Momentos? —Formulé la pregunta más para oír mi voz que por necesidad de hacerla. Era evidente que Jana nos lo iba a contar de todas formas.

—A veces se enfada. El berrinche sin motivo que se espera que ya no tenga a su edad. Pero dadas las circunstancias...

—Entiendo —la interrumpió Ed—. ¿Y ha hablado de su casa en algún momento? ¿De sus padres? ¿De su hermano?

—Ha preguntado dónde están. Pero no parece muy interesada en encontrarlos. Es como si fuera algo que le pasara por la cabeza de vez en cuando, ya me entendéis. Ah, os tengo que enseñar una cosa.

Soltó la taza y salió presurosa de la habitación. Sin ella, el ambiente parecía desolado. Ed y yo nos sonreímos con tirantez y apartamos la vista enseguida.

—¡Aquí está! —Traía un folio tamaño A3 que dejó en la mesa con cuidado. Era el dibujo de un niño, con colores primarios. Había una casa cuadrada roja con un tejado triangular y tres monigotes que hacían de personas, dos grandes y uno pequeño. Una verja negra a un lado y un larguísimo perro salchicha junto a ella—. Dijo que eran ella y sus padres —explicó Jana, y señaló el trío de personas con sus cuerpos de palo y sus cabezas redondas y sonrientes.

—Interesante. Así que no dibujó a su hermano —comentó Ed.

—Ah, sí lo hizo. —Deslizó el dedo por el papel hasta llegar a la figura que yo había tomado por un perro—. Está tumbado —añadió.

—Ah —musitó Ed.
—De modo que eso —dije, señalando los barrotes negros— no es una verja.
—No —confirmó Jana—. Es una jaula.

10

Amira

—¿Un almuerzo de trabajo? ¿Qué es eso, si se puede saber?

Amira no podía dejar de darle vueltas al asunto. Y cada vez que lo pensaba, se le ponían los nervios de punta, como si le estuvieran pinchando con alfileres el pecho y los brazos.

—Tranquila. —Tom ni siquiera apartó la vista del portátil—. Solo quiere reuniros a todos en un entorno más informal. Es muy típico. Nueva jefa. Tiene la impresión de que debe imponer sus reglas en la oficina. Y ahora quiere mostraros una faceta más relajada, para crear vínculos con el equipo. Vamos, está sacado del *Manual del nuevo jefe*.

Sin moverse del sofá donde estaba tumbada, Amira extendió un brazo y cogió la copa vacía de la mesita auxiliar.

—¿Ves esto? —Sin embargo, Tom no la miró—. ¡Eh! ¿Lo ves?

Él la miró de reojo y apartó la vista.

—Prefiero crear un vínculo con esta copa antes que con Rachel Masters —le dijo Amira—. Me pone los pelos como escarpias. Temo que llegue el momento de hablar con ella a solas mañana.

—Sí, bueno, pues tendrás que hacerte a la idea. Mira la parte positiva, con la hipoteca que estamos pagando solo tendremos que trabajar durante los siguientes cien años más o menos.

Tom parecía amargado, y los pinchazos de los brazos aumentaron hasta parecer puñaladas. Amira sabía que odiaba su trabajo de auditor. Pero había sido él quien tomó la decisión de dejar la música. Ella no lo había presionado. Así que no era justo que ahora quisiera hacerla sentir culpable. En cualquier caso, el grupo de música siempre había sido un sueño poco realista. Vivían en Londres, donde el simple hecho de respirar ya te costaba cincuenta libras. No se podía vivir de los frutos de la creatividad. Y su madre la habría vuelto loca si hubieran seguido viviendo con ella más tiempo, siempre hablando de lo moderna que era y de lo distinta que era de sus propios padres, que se habían aferrado a la moralidad más tradicional, poniendo siempre cara de sufrimiento, o suspirando al tiempo que soltaba la temida frase: «Tu padre siempre soñó que tú...», seguida de cualquier verbo que fuera justo lo contrario de lo que Amira hubiera dicho que iba a hacer.

Amira echaba de menos a su cariñoso y corpulento padre todos los días, aunque faltaba un mes para que se cumplieran ocho años de su muerte. Lo recordaba como un hombre amable con una risa estridente y explosiva cuando veía algún programa tonto de la televisión o bromeaba con alguno de sus numerosos parientes de Irlanda, y no como a la figura encorvada y desilusionada que su madre trataba de proyectar.

Cuando se levantó a la mañana siguiente, seguía intranquila y, además, le dolía la cabeza por la resaca. Lo achacaba a esas enormes copas de vino que les habían regalado para celebrar la mudanza. Con tres ya te habías tomado una botella sin darte cuenta.

Dudó a la hora de vestirse, sin saber qué ponerse, y se demoró tanto delante del espejo probándose ropa y descartándola que salió tarde de casa y tuvo que correr para llegar a la estación, echando pestes por los zapatos de tacón que había decidido ponerse en el último momento.

Así no era como había imaginado su vida laboral. Siempre había supuesto que haría algo útil. Algo que marcara la diferencia, como colaborar en algún proyecto humanitario, de apoyo o algo así; pero, en cambio, había acabado trabajando en Recursos Humanos, con la idea de que solo era algo temporal, mientras decidía lo que quería hacer de verdad. Seis meses se habían convertido en un año y después en dos, y a esas alturas ya habían pasado cinco y allí estaba, inmovilizada en su sitio por culpa de la monstruosa hipoteca que había firmado.

Mientras entraba por la puerta de doble hoja de la oficina, se sorprendió una vez más al percibir el nuevo ambiente que reinaba. Con Gill, la gente se acercaba a las mesas de los demás mientras tomaba café y charlaba antes de empezar con las tareas del día. En ese momento, todo el mundo estaba sentado en su sitio, con los ordenadores encendidos y las miradas en las pantallas. Los pocos que se atrevían a pasar por delante del despacho de la nueva jefa, camino de la cocina, lo hacían con la cabeza gacha. Mientras que antes se turnaban a fin de preparar café para todos (aunque a algunos les tocaba hacerlo más que a otros, la verdad fuera dicha), ahora iban a la cocina de uno en uno y se preparaban su propia taza sin perder mucho tiempo, ya que solo se tardaba unos minutos en hacerlo y se podía regresar a la oficina llevándola en la mano.

Mientras esperaba a que Rachel la llamara a su despacho, le escribió un SMS a Tom.

Estoy cagada. Siento la culpa en el cuello.

Sin embargo, cuando le dio a enviar se dio cuenta de que lo había escrito mal y el corrector le había cambiado «cuchilla» por «culpa». Genial. Tom intentaría encontrar algún significado profundo en un mensaje que no pretendía serlo. Se planteó enviarle otro para corregirlo, pero lo descartó. Que imaginara lo que quisiera.

—¿Amira? —Paula acababa de aparecer junto a su mesa, tan silenciosa como un fantasma—. Rachel quiere verte.

Amira sonrió, pero Paula no estaba mirándola a los ojos, tenía la vista clavada en un punto situado junto a su hombro izquierdo. Parecía cansada, pensó. Sus ojos claros parecían más claros todavía por las ojeras oscuras que tenían debajo. Debía de ser estresante vivir en esa casita adosada, separada de su marido y con unos hijos adultos que, por lo que tenía entendido, la ayudaban bien poco. Ojalá Paula se hiciera respetar un poco. Debería haberle dado la patada a Ian cuando se divorciaron, aunque estuviera en la ruina. De esa manera, él se habría visto obligado a echarle coraje, a renunciar a la tienda de discos que jamás iba a proporcionarle ganancias y a buscar un trabajo de verdad.

Amira cruzó la oficina con la sensación de que todos estaban mirando sus zapatos de tacón, algo inusual en ella, y que la estaban criticando por esforzarse demasiado.

Rachel Masters estaba en modo eficiente, alineando unos documentos que tenía delante y que resultaron ser copias de los informes anuales de Amira, más algunos informes añadidos sobre sus progresos e incluso su currículum original, el que envió cuando solicitó el puesto.

Halagó las valoraciones de su desempeño y las observaciones positivas que le habían hecho sus supervisores. Y después soltó el bolígrafo de plata grabada que había estado girando entre sus elegantes dedos y añadió:

—Amira, ¿puedo hablar contigo con absoluta franqueza?

Amira parpadeó.

—Por supuesto. —Intentó que su voz sonara firme, pero parecía tener algo atascado en la tráquea.

Rachel miró de reojo hacia la oficina, donde los demás estaban trabajando en sus mesas, y después se inclinó por encima del escritorio.

—Este departamento lleva años ofreciendo malos resultados. Me han traído para que quite de en medio a los que no hacen nada y para premiar a los que aportan de verdad. Ya sé que es un tema delicado, porque lleváis mucho tiempo trabajando como un equipo, pero quiero anunciarte que, dentro de poco, se podrá aspirar al puesto de asistente de dirección y me gustaría que lo solicitaras.

—Vaya, gracias. No sabía que... Vaya, ¿vas a crear un segundo puesto de asistente? —Amira no recordaba la última vez que había usado la palabra «vaya» y acababa de decirla dos veces seguidas.

Rachel la miró a los ojos. En una ocasión, la casa de sus

padres se hundió y tuvieron que colocar vigas de hierro en los cimientos de piedra para evitar que fuera a mayores. Pues así sentía los ojos de Rachel en ese momento, como dos vigas de hierro que la atravesaran.

—No. Solo hay un puesto de asistente de dirección.

—Pero Paula... Ah.

Cuando cayó en la cuenta, se quedó sin palabras. Los ojos de Rachel seguían taladrándola, como dos trozos de cristal que la mantuvieran clavada a la silla.

—Ahora entiendes la necesidad de ser discretas. Quiero gente en la que pueda confiar, Amira. No digo que vayas a conseguir el puesto con total seguridad; pero, por lo que veo, podrías ser una estupenda asistente. Espero que al menos lo consideres.

Mientras atravesaba con rapidez la oficina de vuelta a su mesa, evitó el contacto visual con sus compañeros. Una vez que estuvo a salvo en su mesa, se vio sorprendida por el intenso rencor que la asaltó de repente y que parecía surgido de la nada. ¿Cómo se atrevía Rachel Masters a ponerla en semejante tesitura? Llevaban años trabajando juntos sin el menor problema y ella llegaba metiendo cizaña. Sin embargo, la ira no tardó en cambiar de objetivo y se enfadó consigo misma. ¿Por qué no había dicho algo? ¿Por qué no había defendido a Paula y le había dicho a Rachel que se metiera el ascenso por donde le cupiera? ¿Había perdido la ética por completo?

El móvil vibró al recibir un mensaje de texto de Tom.

¿Cómo está la culpa?

Por un instante, tuvo la impresión de que Tom había percibido desde la distancia lo víbora que había sido, pero luego recordó que el corrector le había cambiado la palabra en el mensaje que ella le había enviado.

Con el rabillo del ojo, vio que Paula se levantaba de su mesa. Al instante, clavó la vista en el monitor y fingió estar muy ocupada leyendo la respuesta de un cliente tecnológico a quien le había enviado un buen número de currículums. Su mesa estaba situada en la ruta que había que seguir para salir a la recepción y los servicios, de manera que no se inmutó al ver que Paula se acercaba a ella. Sin embargo, se le cayó el alma a los pies cuando vio que se detenía a su lado.

—¿Cómo te ha ido? —le preguntó Paula con una sonrisa tan tensa que sus labios parecían un papel doblado. Amira se percató de la tensión que le provocaba el gesto.

—Bueno, ya sabes —contestó—. Me he acojonado un poco.

La expresión de Paula se relajó.

—¿Tú también? Sí, es un poco intimidante. A lo mejor se serena un poco cuando baje al restaurante.

Mientras Paula se alejaba, luchó contra el impulso de ir detrás de ella para explicarse. Ella no tenía la culpa. No había animado a Rachel ni había insinuado que iba a solicitar el puesto. Y no pensaba tomarlo en cuenta siquiera. Ni hablar. Sin embargo, mientras Paula salía por la puerta hacia la recepción, Amira tuvo la impresión de haberla traicionado. Sentía el peso de la culpa en el estómago como si fuera una piedra.

11

Charlie

—No me va la comida en cajas.
—¡Chitón! Vas a tener que tragarte los principios y a aguantarte por una vez.
—No lo entiendo. ¿Qué tienen de malo los platos?

Charlie detestaba la cadena de restaurantes con esas mesas de madera de estilo escandinavo, los coloridos diseños étnicos y la carta supuestamente saludable, consistente en platos decorados con granos de granada y alfalfa, que se llamaban «superalimento tal» o «superalimento cual» y se servían envueltos en una masa húmeda que era una bomba de hidratos de carbono.

Sarah y él eran los últimos miembros del personal en pedir la comida. Los otros ya estaban sentados a una larga mesa junto a la ventana, cubierta de cajas de cartón y vasos de plástico con batidos. Rachel Masters se sentaba en un extremo, picoteando algo con hojas verdes con un grueso tenedor de madera. A su izquierda, Chloe se inclinaba hacia delante y decía algo con el sarpullido rojo que refulgía más que la llama olímpica y que siempre le salía en el pecho cuando estaba nerviosa. A Charlie le daba pena la muchacha. Podía ser muy tonta a veces y no tenía el menor respeto por los límites personales, pero era duro mantener el tipo en una oficina cuando se estaba rodeado de personas mucho mayores. Al otro lado de Rachel, Ewan sujetaba un enorme burrito con ambas manos mientras miraba por encima de su comida a su nueva jefa con una sonrisa expectante, a la espera de soltar un comentario borde o una mirada sugerente. Madre mía, pobre Ewan.

—Alguien tiene que atar en corto a Ewan y taparle la boca hasta que se calme —le susurró a Sarah mientras se dirigían a la mesa—. A ver si se tranquiliza.

—Creía que Chloe y él estaban liados.

—Vaya, así que es una «asaltabebés». —Rio Charlie cuando llegaban a la mesa.

—A lo mejor podrías contarnos el chiste a los demás. Nos vendrían bien unas risas. —Los brillantes labios de Rachel esbozaron una sonrisa, pero sus ojos permanecieron fríos.

De repente, Charlie sintió que sus labios se secaban. Llevaba años trabajando en Recursos Humanos. Era un miembro del equipo muy experimentado y eficiente. Gill le había dicho en privado que era el alma del departamento, de modo que ¿por qué tenía la sensación de que había vuelto a la guardería y estaba rodeado de niñas mientras rezaba para que lo dejasen en paz?

—Ah, solo nos reíamos de la comida —dijo Sarah.

Charlie se quedó de piedra al ver que a Sarah le temblaba la mano con que sujetaba la caja de su ensalada.

—Sí —se apresuró a decir él, acudiendo al rescate—.

A ver, ¿alguien en toda la historia del corredor de la muerte ha pedido alguna vez una última comida consistente en brotes de alfalfa o en quinoa?

Tanto Sarah como él soltaron las risas falsas que se oían en la tele, las que salen de la garganta y no de la barriga.

—Creí que sería agradable mantener una sesión para despejar el ambiente, lejos de la formalidad de la oficina —adujo Rachel, dirigiéndose a toda la mesa.

Si Chloe hubiera asentido con la cabeza con más fervor, seguramente se le habría caído.

—Soy consciente de que las cosas han sido difíciles estos últimos días. Las transiciones siempre son peliagudas. Pero quiero que acudáis a mí con cualquier pregunta, problema o queja. Es mejor airearlas para poder tratarlas sin tapujos en vez de ir susurrándolas por las esquinas, algo que solo consigue crear mal ambiente.

¿Lo estaba mirando a él? Hubo un momento en que, más que ver sus ojos, los sintió clavados en su persona, como unas uñas crueles. Se removió en su asiento, incómodo, e hincó el tenedor de madera en la comida. Pollo orgánico, de granja y seguramente regurgitado por un yogui experto en reconstruirlo después como una masa arcillosa.

—Se me ha ocurrido que hoy sería un buen día para que todos propongamos algo que creamos que podría mejorar el departamento. De uno en uno.

A ver, ¿tenían que salir a la pista como en un circo?

Sarah y él intercambiaron una breve mirada; ella tenía una ceja levísimamente enarcada. Mmm, ¿cuándo se las había depilado por última vez? Charlie echaba de menos a la Sarah AC (antes de los críos), cuando los dos acostumbraban a salir juntos después del trabajo para ir a bares de gais, donde analizaban a los hombres y cantaban refritos de musicales del West End. Por aquel entonces, Sarah ya salía con Oliver, pero estaban encantados de mantener sus grupos de amigos. No tenía nada contra Oliver, pero Sarah era más graciosa cuando no estaba con él. En ese momento, al pensar en aquellos días, al pensar en ella con aquellos rebeldes rizos pelirrojos, su sonrisa de dientes torcidos y su debilidad por los cócteles con licores dulces que promocionaban a dos por el precio de uno durante la «hora feliz», se le antojaba otra vida totalmente distinta, como unas vacaciones que, tras volver a casa, cuesta creer que has tenido. A lo largo de los últimos cuatro años, Sarah había ganado dos hijos, unos diez kilos más y un ceño perpetuo en la frente. Ya casi nunca salían juntos, y cuando lo hacían, ella se pasaba casi todo el tiempo contestando llamadas de Oliver en las que le preguntaba dónde estaba tal o cual juguete o por qué Sam se negaba a cenar lo que ella había dejado preparado o por qué Joe no dejaba de llorar. Casi siempre volvían a casa más estresados de lo que salían.

—Sarah, ya veo que te mueres por compartir algo con los demás. A ver qué tienes que decirnos.

Con el rabillo del ojo, Charlie observó las manos de Sarah. Se las estaba retorciendo en el regazo. Se las apretaba y luego las retorcía, se las apretaba y las volvía a retorcer.

—¿Yo? ¡Ja! Típico... ¡tenía que ser yo! —Sarah solía hacer eso cuando estaba nerviosa, soltar un montón de palabras alocadas con tal de decir algo—. Vale. Así que ¿qué cosa podría mejorar el departamento...? —También solía hacer eso: repetir la pregunta para ganar tiempo.

«Vamos —la animó él en silencio—. Ten fe en ti misma.»

—Bueno, creo que el sistema de seguimiento temporal podría ser más eficiente de lo que es ahora. Me refiero al seguimiento posterior con los clientes para eventos puntuales, para recoger sugerencias y asegurarse de que todo fue bien. Llevamos usándolo un año y medio, pero todavía no está afinado.

Rachel seguía mirándola con una sonrisa tan desagradable y brillante como la luz que tenían encima.

—Gracias, Sarah. Es un comienzo estupendo. Así que lleváis usando este programa año y medio. ¿Quién fue el responsable de su implantación?

Sarah miró a Rachel con pasmo, como si de repente hablara en otro idioma.

—Vamos. A alguien se le tuvo que ocurrir, ¿no? Fue hace año y medio. ¿De quién fue la idea?

Una fina película de sudor perló el labio superior de Sarah.

—No... no lo recuerdo.

—Seguro que alguien se acuerda.

Rachel echó un vistazo por la mesa sin perder la sonrisa. Ewan se encogió de hombros con gesto exagerado, Amira miró al techo como si intentase hacer memoria. Solo Chloe, que llevaba muy poco tiempo para saber del tema, estaba tranquila. El silencio se hizo en la mesa, tan tenso que se podría cortar. A la postre, Paula habló.

—Pues creo que fue idea mía, la verdad. —La voz le salió muy chillona, como si no estuviera acostumbrada a hablar.

—Genial. Así que podrás decirnos si Sarah tiene razón o no.

—No era mi intención... —dijo Sarah, incapaz de contenerse, pero luego fue como si no tuviera ni idea de cuál era su intención.

—Estoy de acuerdo en que al sistema le vendría bien alguna... mejora —comenzó Paula—, pero no creo que sea el responsable de la baja productividad del departamento. En todo caso, el problema está en la estructura de personal. La pirámide está mal, es demasiado ancha en el centro. Las cosas se atascan en el centro porque nadie tiene claro quién se encarga de qué. Tendría que haber una cadena de mando mucho más definida.

«¿Demasiado ancha en el centro?» Básicamente, lo que estaba diciendo era que había demasiados mandos intermedios, algo que, en efecto, señalaba a Sarah, Amira, Ewan y el propio Charlie. Durante unos segundos, Charlie intentó encontrarle otro sentido a las palabras de Paula, pero, a juzgar por la expresión de Amira y Sarah, no lo tenía. Ewan se estaba comiendo su burrito con ansia. Tal vez no había llegado a la conclusión lógica tras las palabras de Paula, o tal vez creía que él estaba a salvo por algún motivo. ¿Habría dicho Rachel algo? Desde luego que parecía estar haciéndole mucho la pelota. De todas formas, Ewan tenía un ámbito distinto de responsabilidad, la de contratar personal informático, de modo que tal vez no se viera afectado.

Paula, que había mostrado una expresión desafiante, aunque algo ruborizada, mientras defendía su sistema para el seguimiento posterior a un evento puntual, tenía la cara cenicienta en ese momento, como si acabara de caer en la cuenta de lo que implicaban sus palabras. Charlie empezaba a experimentar una sensación muy rara en la boca del estómago. ¿A qué jugaba Paula? No podía creer que el día anterior hubiera estado delante de Rachel Masters, indignado por la situación de Paula cuando Rachel le preguntó sin tapujos si le interesaba su puesto. En fin, pues claro que se había indignado. Era algo muy rastrero. De todas formas, había accedido a no contárselo a nadie y había mantenido su palabra, aunque más por lealtad a la propia Paula que a su nueva jefa.

—No me sentiría cómodo hablando de un cambio de puesto cuando hay una persona que realiza esa función —le había dicho a Rachel—. Sobre todo, cuando se trata de alguien con quien he trabajado estrechamente durante varios años.

Si esperaba que Rachel se mostrase avergonzada, se había llevado una desilusión.

—Muy honorable, no lo pongo en duda, Charlie. Sin embargo, me gustaría dejar claro que considero ineludible un cambio de personal. Es inevitable que algunos puestos queden vacantes en dicho cambio.

Después de esa conversación, deseó haber descubierto su farol, haberse mostrado más combativo. Paula llevaba años en la empresa. Era incluso más antigua que la moqueta de recepción, y ya era decir. Rachel no podía librarse de ella sin más. Había que seguir unos protocolos muy estrictos, dar avisos verbales y escritos, someterse a reuniones disciplinarias. Y tampoco podía decirse que Paula fuera mala en su trabajo, solo le faltaba un poco de chispa. Tal vez estuviera predispuesta a hacer las cosas tal como se habían hecho siempre porque funcionaban y no hacía falta arreglarlas. Pero, aunque no fuera la asistente de dirección más dinámica del mundo, era de fiar, tenía experiencia y Gill y ella siempre lo habían apoyado.

Ahora, después de lo que Paula había dicho, o insinuado, acerca de que había demasiados mandos intermedios, Charlie se preguntó si se habría enterado de que le habían ofrecido su puesto. Pero ella no era así, ¿verdad? Paula nunca había sido vengativa.

Charlie miró a Amira, que a su vez intercambiaba una

mirada con Sarah con los ojos como platos. La tensión en la mesa era como un convidado de piedra que se negaba a marcharse.

En el extremo más alejado de la mesa, Rachel Master se llevó un tomate cherry a la boca. Un hilillo de jugo rojo se le escapó de los labios y se lo lamió con la punta de la lengua.

12

Anne

Algunos días, le echo un vistazo a mi vida, a mi precioso despacho, ese lugar donde desempeño un trabajo que me reporta respeto y estatus, a mi inteligente hija, a mi bonita casa y a mi interesante grupo de amigos, tan ecléctico, y creo que no habría llegado aquí sin mi madre. Otros días, le echo un vistazo y llego a la conclusión de que podría estar mucho mejor. Mi madre me ha traído hasta aquí. Y aquí me mantiene.

«Trabaja con ahínco —me decía. Y añadía—: Trabaja más. Ahora eres atractiva, pero la belleza desaparece. Nadie te dará nada gratis.»

Así que heredé de ella el empeño y la determinación para llegar hasta aquí. Y también heredé de ella las dudas sobre mí misma que me impiden avanzar y la convicción de que la cura está en el fondo de una copa. La única diferencia entre nosotras es que ella cedió a esa convicción mientras que yo lucho contra ella, año tras año.

Pero durante los días en que la historia de Menor L ocupaba las portadas de los periódicos, yo me encontraba en la fase de negación. La adicción era un fallo de la voluntad, no un producto de la genética, pensaba mientras bebía despacio la única copa de vino que me permitía al día. Trabajar con Menor L era la oportunidad para alejarme definitivamente del alcance de mi madre, o más bien del alcance de lo que me había legado. Sería una puerta a un jardín de rosas al que ella jamás había podido acceder, una vía de escape que me alejaría de su perpetuo y paralizante descontento. Cada vez que Dan Oppenheimer y sus colegas cuchicheaban sobre mí cuando pasaba a su lado por la cafetería (esos antiguos rumores sobre por qué me había elegido Kowalsky, unas razones que estaban más relacionadas con mi larga melena rubia que con mis méritos profesionales), me recordaba adónde me encaminaba y la estrechez de miras que iba a dejar atrás.

Ed Kowalsky y yo teníamos una responsabilidad muy concreta. Íbamos a evaluar a Laurie durante semanas, o meses, para establecer el daño psicológico que había sufrido. Basándonos en dicha evaluación, estableceríamos una serie de recomendaciones para su futuro. Dicho sin rodeos: Laurie tenía cuatro años y medio. Si llegábamos a la conclusión de que había sufrido un daño profundo o incluso irreparable por lo que había visto y experimentado en la Casa de los Horrores (tal como la prensa había bautizado a su domicilio familiar), recomendaríamos su ingreso en una institución psiquiátrica infantil donde viviría bajo la tutela permanente del Estado. Sin embargo, si llegábamos a la conclusión de que el trauma emocional era superficial y reversible, recomendaríamos una adopción. Al mismo tiempo, Kowalsky, asistido por Oppenheimer, también evaluaba el estado del hermano de Laurie, con el mismo objetivo.

En aquel entonces, las cosas eran distintas. Desconocíamos todo lo que sabemos ahora sobre los efectos a largo plazo de los traumas infantiles y sobre las distintas formas de manifestarse durante la adolescencia o la madurez. Fue una época anterior a la controversia sobre el «síndrome de los falsos recuerdos inducidos», un estudio durante el cual muchos adultos que se sometieron a tratamiento psicológico afirmaban haber recuperado recuerdos de abusos infantiles. Por entonces, creíamos sinceramente que si un niño era lo bastante pequeño y se recolocaba en un ambiente estable y cariñoso, podía crear una nueva serie de recuerdos y dejar atrás el pasado. Pensábamos que la mejor opción para crear una nueva vida pasaba por cortar de raíz todos los vínculos con el pasado y empezar de cero. Si Laurie y su hermano conseguían la aprobación para ser adoptados, ya habíamos hablado de entregarlos a alguna familia en el extranjero (separados, por supuesto), donde nadie conociera su historia y donde las oportunidades de que encontraran por casualidad algún detalle de su pasado fueran mínimas. En aquellos días anteriores a internet era posible perderse y mantenerse perdido. O perder a los demás.

Así que había muchas cosas que dependían de nosotros, y esa responsabilidad nos pesó mucho durante el tercer encuentro con Laurie. En aquella ocasión, Jana la acompañó a la facultad de Medicina junto con su hijo Barney, un año más pequeño que Laurie. Su hija mayor, Lisa, estaba en el colegio. Durante el primer cuarto de hora, hablamos de temas sin importancia mientras observábamos jugar a los niños. Yo estaba interesada en observar cómo se relacionaban entre sí. Al fin y al cabo, Laurie había crecido como si fuera hija única. No estaba acostumbrada a compartir nada. De ahí que yo llevara un juego de construcción con alegres bloques de colores.

—Aquí tenéis algo con lo que jugar mientras Jana y yo hablamos —dije como si tal cosa, con la intención de que Laurie no se sintiera observada.

Mientras Jana, Ed y yo hablábamos del otoño tan agradable que estábamos teniendo y de lo terrible que era el tráfico en los accesos a la ciudad, yo observaba a Laurie de reojo. Estaba concentrada construyendo una torre con la punta de la lengua entre los labios. De vez en cuando, alargaba el brazo para coger un bloque del montón y lo añadía a la torre. Barney la observaba con atención.

—Yo juego —dijo al tiempo que tendía una mano regordeta para coger un bloque.

Laurie no replicó porque estaba concentrada intentando que su torre no se derrumbara. El labio inferior de Barney empezó a temblar.

—Yo juego —repitió, y colocó la mano con fuerza sobre la parte superior de la torre de Laurie, un gesto que la envió al suelo.

Mientras Jana hablaba con Ed sobre las vacaciones familiares en Vermont que habían disfrutado ese verano, yo esperé tensa para ver la reacción de Laurie. La niña se puso en pie y dio un paso hacia el pequeño. Percibí que Jana estaba atenta a lo que sucedía, aunque siguió hablando.

—¡No, Barney! —Laurie estaba enfadada. Sin embargo, no pasó nada fuera de lo normal. Mostraba un enfado habitual en una niña que aún no tenía cinco años. Se agachó y empezó a recoger los bloques que habían quedado desperdigados por el suelo, alrededor de las zapatillas deportivas de Barney.

—Lo siento —dijo el niño, y se agachó también para recoger los bloques.

Los tres adultos soltamos el aire que habíamos estado conteniendo.

—La verdad es que es muy buena —susurró Jana mientras los dos niños conferenciaban sobre la mejor manera de construir la torre de nuevo—. Es muy paciente con él. Solo hubo un incidente...

Ed Kowalsky, que parecía distraído y casi aburrido a esas alturas, se volvió en la silla para mirarla como si fuera un juguete al que alguien le hubiera dado cuerda.

—¿Un incidente?

Jana miró de reojo a los niños. Ese día iba más arreglada. Llevaba un vestido largo azul que ondeaba en torno a sus piernas, dejando a la vista el brazalete de cuentas y cuero que llevaba alrededor de un tobillo, y las bailarinas también de un azul desvaído. El vestido, sin mangas, resaltaba la largura de sus brazos morenos; y vi que los ojos de Ed, magníficos detrás de las gafas, miraban con insistencia la elegante curva de su clavícula, tan lisa como una navaja.

—¿Por qué no llamamos a Kristen para que se lleve a los niños a tomar un refresco? —sugirió él—. Kristen es una de mis becarias —le explicó a Jana—. Los niños la adoran.

En ese momento, me miró y comprendí que con «¿Por qué no llamamos?» se refería a que lo hiciera yo. Mientras salía al pasillo, me esforcé por recordar que había sido él quien me había ofrecido esa oportunidad, y que lo justo era que me pidiera cosas que él no quisiera hacer. Sin embargo, me escocía. De la misma manera que me escocía su forma de mirar a Jana. Vamos a dejar algo claro: Ed Kowalsky no me atraía de ninguna manera. Era un hombre casado y mayor que estaba por encima de mí en el departamento. Pero me había acostumbrado a un cierto nivel de... admiración. Que hacía que me sintiera un tanto poderosa. Y era irritante descubrir que dicho poder solo estaba en mi cabeza.

Kristen era una chica rellenita con una cara redonda que siempre parpadeaba antes de hablar, como si intentara deshacerse de una imagen que acababa de pasarle por la cabeza. Una vez que se llevó a los niños hacia los ascensores para bajar a lo que alegremente llamábamos la «cafetería» de la primera planta, pero que en realidad solo eran unas máquinas expendedoras con unos sillones tapizados con una tela azul y naranja descolorida, Ed pulsó el botón de la grabadora y nos inclinamos hacia Jana, en parte para oír mejor lo que estaba a punto de decir y también porque era el tipo de persona a quien los demás quieren acercarse de forma instintiva.

—Hubo dos incidentes sin importancia —dijo al tiempo que se colocaba la larga y sedosa coleta sobre un hombro para acariciarse las puntas. El sol se colaba por las rendijas de las persianas, de manera que su cara estaba cubierta por las bandas de luz y sombra.

—Cualquier cosa que nos digas será útil, Jana —le aseguró Ed mientras echaba el cuerpo tanto hacia delante que pensé que iba a acabar apoyando la cabeza en su regazo—. Cualquier información que nos des nos ayudará a crear un dibujo de lo que hay en la cabeza de Laurie. Y es la única manera de que podamos ayudarla.

—El primer incidente sucedió hace unos días. Laurie estaba jugando con Barney y, vuelvo a repetir, normalmente es muy buena, pero ese día estaba cansada y un poco irritable, y él estaba jugando con algo que ella quería, así que le dio un tortazo. Sin hacerle daño, pero supongo que mi regañina fue bastante severa. El caso es que salió corriendo escaleras arriba, y cuando fui en su busca descubrí que se había encerrado en el cuarto de baño. Intenté convencerla de que abriera la puerta, pero me dijo que era mala y que a los niños malos había que encerrarlos. Después guardó silencio un buen rato, y cuando salió fue como si nada hubiera pasado.

Ed y yo intercambiamos una mirada. El relato era inquietante, pero al mismo tiempo no nos resultó sorprendente.

—¿Y el segundo incidente?

Kowalsky se inclinó aún más, y tuve la impresión de que iba a sacar una pajita gigante para absorber a Jana de golpe.

—No creo que sea nada, la verdad. Es que el otro día estaba regañando a Lisa, mi hija mayor, por algo que había hecho. Ya no recuerdo el motivo. Laurie estaba con nosotras, coloreando o haciendo algo, pero ni siquiera me percaté de su presencia. Y de repente, Lisa me dice: «Mamá, ¿qué le pasa a Laurie?» Y cuando miro, la veo allí de pie con una cara rarísima.

—¿Rarísima? —repetí, para que se explicara.

Jana se encogió de hombros.

—Bueno, no rarísima. Solo tiene cuatro años. Más bien era inquietante. Como la expresión severa de alguien mucho mayor que ella. Pero el problema eran sus ojos. Carecían de expresión, como si no hubiera nada.

—¿Dijo algo? —quiso saber Ed.

—Murmuró algo, creo que algo parecido a Lisa es mala o Lisa ha sido mala. Pero no fue tanto lo que dijo como la expresión vacía de sus ojos.

—¿Cuánto duró? —le pregunté.

—Madre mía. Pues no mucho. Minutos. Puede que incluso menos. Y después siguió tan normal. Repito que la mayoría del tiempo es una muñeca.

—¿Y sigue sin mostrar curiosidad por sus padres? ¿Por su hermano? —Pronuncié la última palabra de forma atropellada, como si fuera una mentira.

—Tal como he dicho, los menciona de vez en cuando, pero siempre relacionados con algún objeto. Como cuando vio a una mujer que llevaba zapatos rojos y dijo: «Mamá tiene unos zapatos rojos.» O la otra noche, cuando yo estaba leyendo y comentó: «Papá tiene muchos libros en su despacho.» Pero no habla de ellos interesándose por su paradero. Debra, la asistente social, le ha dicho que a veces los padres no son muy buenos con sus hijos y que, cuando eso sucede, tienen que marcharse una temporada. Y parece haberlo aceptado sin protestar. Es un poco aterrador. —Hizo una pausa y se mordió el labio inferior con delicadeza.

—¿Aterrador? —repitió Ed.

—Bueno, Lisa y Barney lo son todo para mí. Si me separaran de ellos, sería como si mi vida hubiera acabado. Me resulta difícil creer que nos separaran y que ellos pensaran en mí solo cuando vieran un par de zapatos de cierto color.

Después de que Jana se fuera con los dos niños, excitados y enfurruñados tras haberse tomado el refresco, Kowalsky y yo escuchamos la grabación de la sesión y tomamos notas en silencio. Al final, él se acomodó en su sillón y empezó a juguetear con su bolígrafo retráctil.

—Me alegra saber que Laurie parece capaz de categorizar sus experiencias —dijo. *Clic, clic, clic*—. Eso sugiere que en el futuro podría ser capaz de separar la parte de su psique donde reside el daño.

Asentí con la cabeza, porque estaba programada para

reaccionar así cuando hablaba alguien mayor que yo y no porque en el fondo estuviera de acuerdo con él.

—Pero, profe... digo, Ed, ¿no crees que pueda ser peligroso que esté reprimiendo sus pensamientos y no disociándose de ellos? ¿No podría llevar esa supresión a sufrir problemas psicológicos graves a largo plazo?

Él se echó hacia atrás y cruzó una pierna, colocando el tobillo sobre la rodilla, una pose un tanto vulgar.

—Entiendo que hayas podido llegar a esa conclusión, pero sabes muy bien que el resultado óptimo para Laurie sería que fuera capaz de separar las cosas que le han sucedido y analizarlas como si le hubieran sucedido a otra persona.

—Pero esos patrones de comportamiento que ha comentado Jana... La reacción anómala a las situaciones que implican un castigo...

—No creo que podamos denominarlo «patrón de comportamiento», Anne. —*Clic, clic*—. Jana ha recalcado que fueron incidentes aislados. Tal vez algo de lo que se dijo, una palabra o incluso una mirada, fue el detonante de una respuesta aprendida. Pero lo más probable es que esos detonantes vayan desapareciendo una vez apartada del origen. No puedo decir que esté satisfecho, pero la situación merece un moderado optimismo.

Creo que fue entonces cuando empecé a preocuparme. Sí, mi nombre aparecería en el informe junto al de Ed, pero ¿y si las conclusiones que aparecían eran solo las suyas?

13

Chloe

Nunca había sentido el desagrado de nadie. En el colegio, fue una de esas niñas que los profesores designan para acompañar a los nuevos alumnos. Capitaneó el equipo escolar de *netball* y cuando ganaron el torneo del condado, puso especial cuidado en recalcar que la victoria no era obra suya, sino mérito del equipo. Les gustaba a los chicos, la perseguían, aunque en secreto desearan que se soltara un poco más el pelo.

De resultas, las cosas solían llegarle como caídas del cielo. Tres exámenes de acceso decentes, que no brillantes, le permitieron entrar en una escuela universitaria pública con bastante prestigio en North London («He estudiado en la pública», decía con modestia, aunque se callaba que sus padres habían pagado más de un millón de libras por una casa en el diminuto distrito escolar de turno) que la llevó a conseguir la licenciatura en Literatura Inglesa por la Bristol University... aunque le faltaron décimas para conseguir acceder a una universidad mucho mejor, les decía a los demás al tiempo que se encogía de hombros, en plan «qué remedio». No había pensado en trabajar en Recursos Humanos, pero su madre tenía un conocido que le consiguió un puesto de becaria y luego Gill le ofreció un trabajo. En realidad, ella quería dedicarse a la producción televisiva, pero había tiempo de sobra para eso. El otro motivo por el que se había quedado en el departamento era Ewan.

Chloe ya había tenido novios. De los quince a los dieciocho años estuvo saliendo con Alex Macdonald, y cortó con él por teléfono una vez a salvo en Bristol, cuando empezó a recibir las atenciones de un chico que había sido modelo para una marca de ropa pija. Luego, durante los dos últimos años en la universidad, salió con un estudiante norteamericano de intercambio e incluso habló de mudarse con él tras licenciarse, pero de alguna manera las cosas se enfriaron cuando él volvió a Illinois. Solo cuando conoció a Ewan Johnson en su primer día en la oficina se enamoró de verdad.

Y él parecía dejarse querer.

Aquel primer día se comportó como si fuera su misión enseñarle dónde estaba todo, cómo poner el papel en la impresora sin que se lo tragase con un espantoso ruido. Salió con ella para invitarla a un sándwich y le contó quién era quién en la oficina. Le advirtió que Amira se molestaba si olía a Pot Noodle en el microondas, y que Paula se enfadaba si alguien usaba su taza especial.

Tenía veintiocho años, cuatro más que ella, pero a lo largo de los siguientes días y las siguientes semanas se alió con ella en plan «somos los más jóvenes». Establecieron una señal que significaba «nos vemos en la cocina para un café» y tomaban una copa juntos después del trabajo al menos una vez a la semana. Y aunque todavía no le había tirado los tejos, coqueteaba con ella sin tapujos.

Sí, había cosas con las que no se sentía del todo cómoda. Había crecido en una familia donde se consideraba vulgar hablar de dinero, pero Ewan especulaba en voz alta acerca de cuánto ganaban los demás en la oficina y cuánto quería ganar él cuando tuviera treinta años. Bebía demasiado y podía ser muy machista, como cuando hablaba de Paula como una «viejecita encantadora», aunque era más joven que la madre de Chloe, que se habría enfurecido por esa descripción. También era muy gallito, y no dejaba de insistir en que Charlie estaba coladito por él, aunque Chloe nunca había visto indicios de que así fuera. Y desde luego que tenía un tremendo complejo de inferioridad por no haber ido a la universidad. «¿Acabar con una deuda de cincuenta mil libras para tener que volver con los papis y mandarles currículums suplicándole trabajo a gente como yo? No, gracias.»

Sin embargo, pese a esos defectillos, estaba coladita por él. Cuando la miraba con esos ojos verdes, tenía la sensación de que el resto del mundo desaparecía, como si aplicaran uno de esos efectos especiales para difuminar los bordes. Era guapo, la hacía reír como una loca y, a diferencia de la mayoría de sus amigos, no vivía en casa con sus padres, sino en un piso compartido en Clacton, que a ella se le antojaba lo más de lo más. Todo eso influyó para que, cuando Gill la llamó a su despacho tras un período de tres meses como becaria sin apenas sobresaltos y le preguntó si le gustaría quedarse como asistente del departamento por un salario que más adelante su padre describiría como «una miseria», aferrara la oportunidad con las dos manos. Y también explicaba que el insólito pero evidente desagrado que le tenía Rachel Masters le resultara tan inquietante.

—Me odia —le dijo a Ewan con un gemido mientras seguían a los demás de vuelta a la oficina, tras el almuerzo de grupo con Rachel. Se habían rezagado porque Ewan decía tener una pierna dormida.

—No es verdad. Lo que pasa es que es muy directa, nada más. Me gusta esa forma de ser. Es un cambio positivo. No podemos andar con esas chorradas de «no vamos a decir lo que pensamos para que nadie se sienta herido» —repuso él con un falsete irritante.

—Te gusta, eso es todo.

Chloe mantuvo una sonrisa tensa, de modo que él no se diera cuenta de lo mucho que le había costado decir esas palabras. Le dolía la cara por el esfuerzo mientras lo animaba en silencio a negarlo.

—Pues claro que me gusta. Como a todos los tíos del edificio. Bueno, menos a Charlie, claro, pero él tampoco cuenta. Está buenísima...

Chloe emitió un sonido que esperaba que sonara a risita, pero las arterias y venas que conectaban su corazón estaban tensas como cuerdas de guitarra.

—... para ser una vieja. —Ewan sonrió, y fue como si el sol saliera tras un largo y gris invierno. Chloe se relajó.

Recordó la escena en ese momento, mientras escribía con letra cuidada «Regalo de despedida de Gill» en un sobre acolchado grande, y experimentó una vez más la increíble sensación que había tenido cuando se sentó a su mesa aquel primer día, delante de un ordenador que no le resultaba familiar, mirando con los ojos entornados el pósit amarillo que el chico de Sistemas le había dejado con su nombre de usuario y su contraseña. Estaba intentando hacer acopio de valor para encender el ordenador cuando Ewan la miró desde su mesa contigua y le sonrió, y algo pitó en algún sitio.

Eran las 8.50 de la mañana, diez minutos antes de que comenzara la jornada laboral, y la oficina tenía un aura extraña, como la de esa especie de museo viviente que puede percibirse en las casas solariegas con muchas habitaciones vacías, aunque la familia siga residiendo en ellas, y llenas de sutiles indicios de su presencia por todas partes. Rachel Masters ya estaba en su despacho cuando Chloe llegó cinco minutos antes. ¿Tenía vida más allá del trabajo?

Algunos miembros del equipo comercial ya estaban sentados a sus mesas, ocultas por una partición gris, y Chloe decidió empezar su colecta allí, para lo cual se coló con discreción al otro lado de la partición con el sobre, donde la recibieron con gruñidos fingidos. Cuando volvió a salir minutos más tarde, con el sobre bastante cargado, la oficina ya se había llenado. Sarah estaba allí, con el mismo aspecto agobiado de siempre. Amira aferraba su tazón, porque siempre necesitaba al menos dos cafés cargados para funcionar debidamente. Se llevó una decepción al ver la mesa de Ewan vacía, pero luego oyó una carcajada familiar y siguió el sonido hasta el despacho de la jefa, donde su objeto de deseo estaba de pie en el vano de la puerta abierta, apoyado con pose descuidada en la jamba.

—Me pregunto si le ha llevado una manzana —susurró Charlie mientras rebuscaba en el bolsillo unas monedas para meterlas en el sobre.

—¿Una manzana?

—Ya sabes, para la seño. —Charlie la miró como si fuera tonta de remate.

Tras un comienzo algo titubeante, Chloe había acabado por encariñarse con Charlie, pero deseaba no sentirse siempre tan tonta cuando hablaba con él.

Amira sacó un billete de diez libras de la cartera.

—Siento ser una tacaña, pero ¿puedes darme cinco de vuelta? —Parecía avergonzada y hablaba en voz baja—. Es que ahora vamos muy justos y Tom me pregunta en qué gasto hasta el último penique.

—Tranquila, sin problemas.

Chloe sentía pena de Amira. No sabía cuánto ganaba; pero, aunque sabía que debía de ser más de lo que ganaba ella, era imposible que le llegara para pagar la hipoteca, la factura del gas, los impuestos municipales y sabría Dios qué más. El padre de Chloe una vez se sentó con ella y repasó el extracto de la cuenta bancaria para que supiera cuánto pagaba al mes. «Ahora eres adulta y ha llegado el momento de que sepas cuánto cuestan las cosas», le dijo su padre en aquella ocasión, pero se le nubló la vista antes de haber repasado siquiera la primera hoja. Aun así, sabía que la cifra total era mucho mayor que la ridícula cantidad que ingresaban en su cuenta cada mes.

—¡Chloe! —Ese característico chillido atravesó sus pensamientos como un puñal—. Tengo curiosidad... ¿te importa decirme qué estás haciendo?

Rachel Masters estaba en la puerta de su despacho, con los brazos en jarras. Ewan había vuelto a su mesa y estaba mirando lo que pasaba, lo mismo que los demás. Un terrible silencio se hizo en la oficina.

—Estoy recolectando dinero para el regalo de Gill.

—¿Qué hora es?

Chloe tragó saliva y miró el reloj que había en la pared más alejada.

—Las nueve y cinco.

—En realidad, las nueve y siete, lo que significa que has estado malgastando en eso siete minutos de la jornada laboral. Supongo que ya tienes al día todas tus tareas, como la lista de direcciones de correo electrónico que me estás preparando.

Chloe estaba paralizada, como si le hubieran salido raíces en los pies y se hubieran clavado en el suelo. Le ardía la cara y no estaba segura de poder hablar.

—No, pero...

—He sido yo quien le ha dicho a Chloe que haga la colecta. —La voz de Paula sonó rara y más seria de lo normal en el tenso ambiente.

Chloe sintió un tremendo alivio cuando Rachel Masters dejó de mirarla y clavó la vista en su asistente.

—¿Y le has dicho específicamente que lo haga en el horario laboral?

Las mejillas de Paula adquirieron un rojo intenso que combinaba fatal con el jersey burdeos que llevaba.

—No, claro que no. Supuse que tendría el tino de hacerlo durante la hora del almuerzo.

Chloe sintió que le escocían los ojos al oír un comentario tan desagradable y tan impropio de Paula. Por favor, que no se echara a llorar.

—En fin, Chloe, te sugiero que cojas ese sobre y vuelvas a tu mesa para hacer el trabajo por el que te pagan.

Rachel se dio media vuelta y los pies de Chloe por fin recuperaron la movilidad, lo suficiente para regresar a su mesa. Sentía los ojos de todos clavados en ella mientras andaba, pero se negó a mirar a nadie por temor a que una expresión lastimera desatara el llanto que le estaba costando contener.

El ordenador le pitó, anunciando la entrada de un correo electrónico. El nombre de Ewan Johnson apareció en negrita en su bandeja de entrada.

Se ha pasado un poco. ¿Estás bien?

Se mordió el labio antes de contestar:

No; es una estúpida. Voy a buscarme otro curro.

Segundos más tarde le llegó la réplica.

Se pasa, pero para eso está aquí.

Nada de «Por favor, no lo hagas». Ni un «Te echaré de menos si te vas».
Chloe minimizó la bandeja de entrada y abrió la lista de direcciones de correo electrónico que tenía a medio hacer para la jefa. Miró los nombres hasta que las letras se convirtieron en borrones indistinguibles en la hoja.
Le escocían los ojos.

14

Paula

Paula intentó en una ocasión describirle la ansiedad a Ian, cuando todavía estaban casados y él seguía obligado a fingir interés.

—Es como si mis nervios estuvieran formados por hormigas diminutas que casi siempre están dormidas pero que, cuando se despiertan, empiezan a moverse y entrechocarse, y eso hace que se despierten más y se muevan cada vez más rápido, y de repente hay cientos de ellas correteando por mi interior y tengo la impresión de que estoy ardiendo y me dan ganas de abrirme el pecho y arrancarme la carne con las uñas.

Ian no volvió a preguntarle más.

Normalmente, mantenía la ansiedad controlada gracias a la medicación que le recetaba el médico, que a veces hacía que se sintiera como si mirara el mundo desde detrás de un grueso cristal y que se pasara las tardes bostezando. Sin embargo, las variaciones hormonales que sufría de un tiempo a esa parte habían reducido su efectividad. O eso o la dosis de la medicación no era suficiente para sus niveles de ansiedad. Fuera cual fuese el motivo, otra vez se despertaba por las noches con el corazón desbocado y la mente atormentándola con la letanía de catástrofes que la aguardaban: la bancarrota, la enfermedad, la muerte...

Hacía seis años, cuando Ian había dejado su trabajo en Sistemas Tecnológicos para montar en eBay una tienda de compraventa de discos de vinilo, lo apoyó. Sabía que estaba muy descontento en el trabajo y llegó a la conclusión de que o bien salía adelante con el nuevo negocio o, lo más probable, se cansaría cuando le resultara más difícil de lo que él imaginaba y acabaría buscando otro empleo a jornada completa. Lo que no se había planteado era que no hiciera ninguna de esas dos cosas. El negocio de discos no acabó de despegar, aunque él viajara de un lado a otro del país visitando tiendas benéficas y mercadillos; pero cuando intentó, a regañadientes, buscar un nuevo empleo, descubrió que sus cincuenta y tantos años eran un inconveniente. Poco a poco, dejó de viajar y se limitó a comprar y vender exclusivamente *online*, con una creciente apatía. Durante los dos años que llevaban separados, Ian había pasado gran parte de su tiempo encerrado en la habitación trasera donde dormía y trabajaba, aunque su contribución a la economía doméstica era escasa e impredecible. Ya habían rehipotecado la casa para obtener liquidez, de manera que, en ese momento, debían más que nunca por su casa adosada de estilo victoriano en South London, justo en la época en que habían imaginado que ya se habrían librado de la hipoteca. La pensión que él había acumulado la había gastado para poner en marcha el negocio, así que el futuro con el que una vez soñaron, recorriendo el Camino Inca o navegando por el Nilo, se había evaporado. Claro que tampoco iban a hacer ese tipo de cosas después de haberse separado. De todas formas, con los niños todavía en casa, el nido vacío que habían imaginado al regresar a su hogar después de sus largas estancias en el extranjero era una fantasía similar a la seguridad económica que habían dado por sentada.

Con razón se pasaba las noches dando vueltas en la cama con los ojos abiertos mientras su ex marido roncaba al otro lado de la pared y su hijo y sus amigos sacaban a rastras las sillas de la cocina al patio para fumarse unos porros y reírse, y sufriendo continuos episodios de calor abrasador y enfriamiento súbito, algo que convertía en hielo el sudor que le cubría la piel. Con razón llegaba por las mañanas al trabajo medio desquiciada por el cansancio y luchando por pensar en otra cosa que no fueran las leves náuseas que la acompañaban diariamente desde la aparición de Rachel Masters.

Ese día, sin embargo, las leves náuseas habían subido un nivel. Varios. No debería haberse implicado en la organización de la despedida de Gill. Aunque había trabajado a su lado durante todos esos años y la gente había supuesto que ella se encargaría de todo, debería haberse negado. Otra persona se habría encargado, alguien que tuviera menos que perder.

—Solo espero que todos seáis discretos —le dijo a Amira, a quien se encontró en el servicio—. Por mi parte, yo lo estoy llevando con total discreción.

—No sé por qué te pones tan paranoica. No vamos a hacer nada en horario laboral. Ni en la empresa. No pueden protestar por nada.

A Paula le resultó raro que Amira, con quien siempre

se había llevado muy bien, no la mirara a los ojos. ¿Estaría pasando algo? A lo mejor era cierto que estaba paranoica. Llevaba todo el día angustiada. A pesar de haberla elogiado al principio, desde entonces Rachel no disimulaba el desprecio que sentía por la forma en que Gill había llevado el departamento ni las sospechas que le provocaba cualquier asunto relacionado con la etapa de Gill como directora. Al organizar la despedida, aunque fueran a celebrarla en el pub situado cerca de la oficina, Paula tenía la impresión de que se estaba alineando más de la cuenta con su antigua jefa.

—¿Puedes ir un poco más temprano para asegurarte de que todo está organizado y que han reservado una parte del pub? —le preguntó a Chloe a la hora del almuerzo, cuando se encontraron en la cocina.

—Pues no. Tengo un montón de trabajo.

Chloe estaba enfadada con ella desde la mañana anterior, después de que Rachel le reprochara que estuviera recolectando el dinero para la despedida de Gill en horario laboral sin recibir apoyo por su parte. Más tarde, Paula se arrepintió de no haber respaldado a su joven compañera. No se sentía exactamente culpable, pero era evidente que Chloe se lo había tomado como una humillación pública, algo que no había sido su intención. El problema era que Rachel Masters la había puesto entre la espada y la pared, intentando hacerla parecer poco profesional. Por el simple hecho de recolectar dinero para despedir a una mujer que había trabajado con ahínco para la empresa durante ocho años.

—No te estoy diciendo que salgas antes del trabajo, solo que bajes a las cinco y media para poner unos aperitivos en las mesas. Amira y Sarah van a comprar el regalo, así que no puedo pedírselo a ellas. Además, es el tipo de tarea que suele hacer la asistente del equipo.

Chloe se sonrojó y se mordió el labio inferior con fuerza.

—Vale. Si tengo que hacerlo, lo haré. Pero, en ese caso, será mejor que vuelva al trabajo para no retrasarme.

Se marchó y Paula cerró los ojos un instante, consciente de su falta de tacto. No era normal en ella meter la pata tantas veces seguidas. Siempre se había mostrado atenta con los demás para no herir sus sentimientos y se había ganado, o eso esperaba, la reputación de ser una persona tranquila y diplomática. Pero, en ese momento, tenía la impresión de que se pasaba el día irritando a la gente.

Una vez de vuelta en su mesa, miró de reojo hacia el despacho de Rachel Masters. Como de costumbre, su jefa estaba concentrada trabajando con el ordenador, cuya pantalla miraba con el ceño fruncido. Las gafas que llevaba le otorgaban una perenne expresión furiosa.

Tres cuartos de hora después, los niveles de ansiedad de Paula aumentaron de nuevo. Amira y Sarah no habían regresado todavía. No era normal que tardaran tanto en comprar. Les había dicho que eligieran algo que oliera bien (velas perfumadas, aceites para el baño), o un vale de regalo. Solo era un detalle. Pero parecían haberlo convertido en una excursión épica.

Le envió un SMS a Charlie.

¿Sabes algo de SyA?

Su respuesta le llegó casi de inmediato:

Nada. ¿Se habrán fugado con el dinero? Puedes llegar muy lejos con 72,38 libras, un caramelo de menta fuerte y tres monedas extranjeras raras.

El reloj de su ordenador marcaba las 14.10. Llevaban fuera más de una hora. Con el rabillo del ojo, vio que Rachel Masters echaba un vistazo antes de devolver la atención al monitor.

A las 14.30, Paula estaba perlada de sudor, como si llevara corriendo desde la hora del almuerzo y no sentada a su mesa. Por fin, llegaron a las 14.43. Amira fue la primera en aparecer y se sentó a su mesa; por suerte para ella, estaba muy cerca de la puerta. La siguió Sarah, que entró tratando de esconder el abrigo para que no pareciera que acababa de regresar. Rachel Masters siguió con la cabeza gacha y Paula empezó a relajarse. ¡Tenía que aprender a controlarse! Intentar adelantarse a los erráticos movimientos de su jefa la sumiría en un estado de ansiedad constante. Abrió la agenda. Tenía una lista de llamadas que debía realizar ese día antes de marcharse. Mejor empezar pronto.

Sarah alzó la vista y la miró. Meneó la cabeza y articuló con los labios: «Una locura.» Paula se encogió de hombros para indicarle su extrañeza y Sarah metió la mano en su bolso y sacó una bolsita con el logo de una marca bastante cara.

Paula empezó a hacer las llamadas, pero apenas había cubierto un tercio de la lista cuando Rachel Masters abrió la puerta de su despacho.

—Sarah, ¿puedes venir un momento, por favor?

Las diminutas hormigas volvieron a moverse por su interior, aumentando su número hasta que sintió la picazón en las mismas venas. Si Sarah y Amira tenían problemas por haber regresado tarde del almuerzo, ¿le dirían a Rachel que había sido idea suya que salieran a comprar el regalo de Gill? Tres minutos después, Sarah salió del despacho de Rachel aferrando un sobre blanco en las manos y con la cara muy pálida, algo que resaltaba el tono rojizo que rodeaba sus ojos. Se sentó a su mesa evitando mirar a los demás, pero cuando extendió la mano para coger el ratón, Paula se percató de que estaba temblando. Miró a Amira y vio que parecía más seria de lo habitual. Al ver que Paula la miraba, se encogió de hombros levemente.

Pero, aunque Paula estaba preparada para que Rachel abriera la puerta y llamara a Amira, eso no sucedió. En cambio, la tarde continuó con un tenso silencio. Intentó sonreírle a Sarah en un par de ocasiones, pero sus ojos estaban clavados en la pantalla del ordenador como si fuera magnética. Al final, claudicó y le envió un correo electrónico.

¿Todo bien?

Veinte minutos después, le llegó la respuesta:

No. Me ha abierto un expediente disciplinario.

Paula miró fijamente las palabras. Durante todo el tiempo que llevaba trabajando en la empresa, solo se habían producido dos advertencias disciplinarias, y ambas por abusos serios. A una mujer que se había tomado una baja por estrés tan larga que nadie la conocía en la oficina, y a un chico que empezó desde abajo pero consideraba su puesto muy poco para él y se marchaba para hacer entrevistas de trabajo y visitar otras empresas. Sarah solo había llegado tarde un par de veces. Además, ¿por qué no había llamado Rachel a Amira?

La tensa y malhumorada tarde parecía no acabar nunca.

Al final, a las 17.30, Chloe recogió sus cosas con discreción y se levantó para marcharse.

—¿Te vas, Chloe? ¿Has acabado con la hoja de cálculo?

Paula ni siquiera se había percatado de que la jefa se había levantado, así que su voz aguda la sorprendió.

—No del todo. —Chloe tenía las mejillas coloradas—. Mañana llegaré temprano y la acabaré.

—Pero es que la necesito esta noche. Te lo dije.

Chloe se quedó junto a su mesa, indecisa. Al final, se sentó de nuevo y encendió su ordenador sin rechistar.

Paula llegó al pub donde iban a celebrar la despedida de Gill veinte minutos tarde y con la camisa blanca pegada a la base de la espalda, con lo incómodo que eso era. La invitada de honor estaba sentada sola a una mesa, bebiendo una copa de vino blanco. Para su sorpresa, a Paula se le llenaron los ojos de lágrimas al ver a su antigua jefa. De repente, todos los años que había pasado con ella le parecieron una edad dorada.

—Lo siento. No hemos podido salir antes.

Aunque solo había pasado una semana desde el despido de Gill, le parecía una desconocida, o alguien que viniera de visita después de una larga temporada en el extranjero.

—Ya estaba pensando que me habíais olvidado.

Pese a todo el tiempo que habían pasado juntas en los últimos ocho años, a ratos en ese mismo pub, Gill parecía incómoda. La camaradería de la oficina había desaparecido, reemplazada por una incomodidad creciente mientras Paula también tomaba una copa de vino blanco y se devanaba los sesos en busca de un tema del que hablar. Tenía la impresión de que mencionar cualquier cosa relacionada con la oficina sería insensible por su parte, dado que Gill acababa de ser despedida. Sin embargo, ¿qué otra cosa tenían en común? Paula había coincidido con el marido de Gill, Martin, en varios eventos. Era bajo, llevaba gafas y trabajaba en una empresa dedicada a la gestión del traspaso de bienes emplazada en Saint Albans. Habían hablado de algunos temas, sobre todo de la pesadilla que era circular por la North Circular y de que se encontraban mejores casas por menos dinero más allá de la M25. Sin embargo, nunca había visto a Gill en su entorno doméstico, nunca se había relacionado con ella fuera de las obligaciones del entorno laboral. Sabía que cantaba en un grupo de *swing* y que Martin y ella viajaban todos los años a España para hacer el Camino de Santiago. Pero sabía muy poco sobre su vida personal, como sus gustos, las cosas que la emocionaban, las que la desilusionaban, sus lamentos o esperanzas.

—Recomiendo encarecidamente una vida de mujer no trabajadora —dijo Gill mientras se sentaban a la gran mesa que habían reservado—. Levantarse tarde, salir a almorzar, ver la tele. Me encanta, de verdad. —Su sonrisa no flaqueó en ningún momento, como si la llevara pegada a los labios.

—¿No has buscado trabajo?

—He estado tanteando, ya sabes. Hablando con gente para decir que estoy disponible, pero no me corre prisa.

—¡Por supuesto! —exclamó Paula con una voz tan alegre que resultó poco natural. Le alivió ver que la puerta se abría y entraba Chloe acompañada por Amira.

—Lo siento —se disculpó Chloe, y abrazó a Gill con fuerza—. No me dejaba salir.

Paula recordó que Gill le había dado a Chloe su primer

empleo. Cuando eso sucedía, se creaba un vínculo especial, fuera cual fuese el resultado.

Gill se animó al instante y su sonrisa perdió la tensión que lucía.

—Bueno, ¿cómo es? Vamos, quiero que me contéis todos los cotilleos.

—Madre mía, es una bruja de cuidado.

Paula nunca había oído a Chloe hablar de forma tan apasionada. Amira y ella se habían servido sendas copas de la botella de vino y Chloe ya se había bebido la mitad de la suya.

—Venga ya, no es tan mala.

Paula miró a Amira, sin saber si la había oído bien, pero esta tenía la cabeza gacha y su lustroso pelo negro le ocultaba la cara como una cortina protectora.

—Se muestra más simpática con unos que con otros —puntualizó Paula—. Parece que le gusta mandar mediante la división. Por ejemplo, Amira y Sarah han llegado tarde después del almuerzo, pero solo Sarah se ha llevado la bronca. ¿Cómo es que te has librado, Amira?

La aludida se encogió de hombros. Y preguntó:

—¿Y cómo sabes tú que Sarah se ha llevado una bronca?

—Porque me mandó un correo electrónico diciendo que le había abierto un expediente disciplinario.

Las demás jadearon.

—No me lo creo —dijo Gill—. No hace ni una semana que me fui. —Su cara reflejaba preocupación, pero su voz tenía un deje emocionado—. En realidad, no me sorprende mucho. No pensaba decir nada, pero...

—¿Qué? ¿Qué? —Chloe, que ya se había bebido la primera copa de vino, estaba impaciente.

—Bueno, un buen amigo mío conoce a alguien que trabaja en la última empresa donde estuvo Rachel. Aunque no estaba en su departamento, parece que no le tenían mucho cariño.

—Pues yo pensaba que era la niña mimada —replicó Amira—. ¿No fue ella quien le dio la vuelta a la situación de la empresa?

Gill hizo un gesto despectivo.

—Sus resultados fueron buenos, pero molestó a mucha gente y pasó algo que la metió en problemas con los jefes, pero mi amigo no sabe exactamente qué fue.

Paula tuvo la impresión de que Gill disfrutaba echándole tierra encima a su sucesora. Eso hizo que se tensara. En algún lugar de su interior, el ejército de hormiguitas se puso en marcha de nuevo.

Charlie apareció de repente con otra botella de vino. Sarah llegó justo detrás de él, con los ojos hinchados y enrojecidos.

—Vuelve, Gill. Te necesitamos —dijo él al tiempo que hincaba una rodilla en el suelo a modo de fingida súplica.

—¿Estás bien? —le preguntó Paula a Sarah en voz baja mientras los demás se reían.

Ella negó con la cabeza.

—No. Me iré pronto. Solo he venido para saludar a Gill. Tengo que volver con los niños.

—Pero no lo entiendo. ¿Por qué tú y no Amira?

—Ojalá lo supiera. Aunque recuerda que Rachel ya me había advertido por llegar tarde. A lo mejor no le caigo bien.

—Estoy segura de que eso no es... —Paula se interrumpió y se quedó mirando la puerta con la boca abierta.

—¡Madre mía! —exclamó Chloe con esa voz tan clara que tenía.

—¿Qué?
Sarah, que estaba mirando a Paula, se dio media vuelta para ver qué estaban mirando todos y vio que Ewan se acercaba a la mesa, seguido por Rachel Masters.

15

Ewan

—Me preguntó adónde iba. No podía mentirle, ¿no? Y luego dijo que sonaba bien y me miró fijamente. Me dio pena. No es fácil ser la nueva.

Ewan empezaba a cabrearse. ¿Por qué se sorprendían tanto? Que sí, que Rachel no era precisamente popular en la oficina. Tenía que tomar decisiones difíciles. Por eso la habían puesto en ese puesto. Pero al menos iba de frente, en vez de decirles una cosa a la cara y otra a la espalda, como los demás jefes parecían hacer.

Cuando empezó a trabajar para la empresa, Ewan se emocionó al saber que iba a estar en un departamento casi exclusivamente compuesto por mujeres. Le gustaban las mujeres y, además, se imaginaba que tendría más oportunidades de subir en el escalafón en un ambiente femenino. No había contado con la cultura pasiva-agresiva que reinaba en la oficina. Si bien Gill y Paula parecían calmadas, de buenos modales y razonables, no tardó en descubrir que también eran muy cerradas. Cuando él hacía alguna sugerencia para mejorar algunos de los sistemas más que arcaicos que utilizaban en la oficina, le daban las gracias, le decían cosas positivas y luego no volvían a hablar del tema.

Y si insistía, ellas sonreían, le decían lo mucho que les gustaba que ofreciera sugerencias... y luego añadían algo que dejaba bien claro que su idea estaba más que enterrada. La política en la oficina era un campo de minas: nadie decía lo que pensaba de verdad, nadie tenía permitido alzar la voz. Había que empezar todas las frases con «entiendo a qué te refieres» o «respeto tu opinión», así que se sabía que iba a llegar un «pero» enorme. Al menos, Rachel iba de frente y lo decía a las claras.

—No tenías por qué invitarla. ¿No has pensado en lo que va a sentir Gill? Esa mujer le ha quitado el puesto. Su silla sigue caliente.

Que él supiera, Sarah nunca se enfadaba. Tenía la cara colorada y la melena pelirroja le caía a ambos lados de la cara, como si tuviera la piel demasiado caliente.

—No puedes culpar a Rachel por eso —repuso—. Ella no pidió que despidieran a Gill. Le ofrecieron un trabajo y lo aceptó. Como haría cualquiera de nosotros.

—Habla por ti —replicó Sarah.

Estaban en la barra, pidiendo más vino. Después de haber montado el pollo antes diciendo que tenía que irse temprano, Sarah no parecía tener prisa por marcharse. En cambio, se había pasado la última media hora hablando con el equipo comercial, que estaba sentado a otra mesa.

—Quedaría mal si me voy —le dijo—. Rachel creería que es por ella.

Eso era lo que menos le gustaba de trabajar en un ambiente mayoritariamente femenino. Todo el mundo ponía en duda lo que los demás pensaban. ¿Por qué no hacía Sarah lo que quería sin más y luego, si había consecuencias, las encaraba y si no, pues estupendo?

—Oye, Ewan... —lo llamó Rachel desde la mesa. Se derretía por dentro cada vez que pronunciaba su nombre—. ¿Me traes un vodka con tónica?

—Madre del amor hermoso —masculló Sarah.

Se reunieron con el grupo principal en la mesa y Ewan se percató de la hostilidad que proyectaban los demás. No era el tío más sensible del mundo, lo sabía, pero incluso él se daba cuenta de la tensión. Gill lucía esa sonrisa tirante que reconocía de varias reuniones a lo largo de los años, reuniones en las que las cosas no habían salido según lo planeado. Paula estaba sentada en el borde de su silla como si esta fuera una piña o algo así. Parecía muy acalorada y nerviosa. Seguramente no estuviera acostumbrada a salir de noche, supuso. Ya estaba talludita. ¿Qué tenía, cincuenta años? ¿Sesenta? Verla junto a Rachel era como ver un viejo gato callejero junto a un guepardo.

—Gracias —dijo Rachel al coger su copa. Llevaba la larga melena negra recogida, pero se le habían escapado unos mechones en las sienes y la nuca.

Ewan contuvo el impulso de soplar esos mechones, por darse el gusto de ver cómo le acariciaban la piel.

—¿Estás viendo porno? —le preguntó a Charlie, que estaba a su lado, para ocultar su bochorno. Charlie estaba inclinado sobre su móvil, dejando al descubierto la calva en la coronilla que tanto lo avergonzaba.

—*Grindr* —le contestó, refiriéndose a la aplicación para público gay—. Aunque bien podría ser porno. Mira a este guarro.

Le enseñó a Ewan la imagen de un hombre barrigón de

mediana edad sentado en un sofá, muy sonriente con las piernas abiertas y unos bóxers.

—Uf. Qué asco.

Charlie sonrió.

—Hay uno que está bastante bueno. Mira. ¿Qué te parece? —Le enseñó la fotografía de un treintañero de pelo oscuro y rizado y pómulos afilados.

—No es mi tipo, colega.

—Se llama Stefan. Vive aquí al lado. Y ahora está en casa.

—¿Y qué? ¿Piensas plantarte allí sin más? ¿Aunque no conoces a ese tío y podría ser un asesino en serie?

—La verdad es que es mi tipo.

—A ver, en serio, ¿no te preocupa? Podría ser un psicópata. A lo mejor ni siquiera es su foto. A lo mejor es un viejo gordo con camiseta de rejilla.

—Las camisetas de rejilla no tienen nada de malo.

Ewan sonrió, pero esa conversación no le resultaba tan cómoda como aparentaba. Charlie era un buen tío, aunque a él no se le iba de la cabeza que le había echado el ojo en secreto, pero ese aspecto de su vida era... En fin, sucio. Una vez, cuando Charlie se emborrachó en la fiesta de Navidad de la empresa, le confesó a Ewan que se sentía solo. A Ewan, que apenas llevaba en el puesto unos meses, le incomodó la indeseada confesión. «Seguro que encontrarás a alguien», dijo sin mucha imaginación antes de cambiar de tema. Charlie no había vuelto a mencionarlo. Tampoco se trataba de que Ewan tuviera algo en contra de Charlie, solo que no se sentía cómodo hablando de la vida personal de los demás. Siempre había sido así, siempre le había costado intimar.

—De todas formas, creo que me largaré dentro de un

rato. Para ver cómo es. Ya no aguanto el ambiente de esta fiesta.

Ewan casi esperaba que Rachel también se marchara. Seguro que se daba cuenta de que su presencia estaba aguando la fiesta. Pero se quedó en su sitio, bebiendo su copa con una pajita mientras hablaba de tonterías con Gill, como si no le hubiera quitado el trabajo, como si no hubiera sido culpa suya.

Paula se puso en pie para dar un discurso. Parecía nerviosa y Ewan se preguntó si había tenido que cambiar lo que pensaba decir por culpa de la presencia de Rachel. A esa mujer nunca se le había dado bien hablar en público. Cuando él se hiciera con su puesto, nadie conseguiría callarlo. De todas formas, seguro que podía decir de Gill algo más que «Era firme, pero también suponía un buen respaldo» tras ocho años, ¿no? ¿Qué era, un sofá?

Alguien del departamento comercial gritó algo y se oyó un coro de carcajadas. El equipo comercial estaba compuesto casi en su totalidad por hombres. A veces, Ewan se preguntaba si no sería más feliz al otro lado de la partición.

En cuanto el discurso terminó y le entregaron con mucha pompa el regalo (un vale por un masaje y una vela aromática) y se rieron de la tarjeta de despedida, Ewan se percató de que Charlie salía con discreción, móvil en mano. Al menos, él iba a pillar cacho esa noche. Habían pasado tres semanas desde que Ewan se liara con aquella chica en la celebración del cumpleaños de su amigo Jack. Sin embargo, por primera vez, la idea de otro rollo de una noche sin ataduras lo dejaba frío.

—Menuda cara. —Chloe se acercó a él por la espalda y se apoyó en su hombro—. A ver, seguro que sabe que nadie la quiere aquí.

Se le trababa la lengua y Ewan percibía el calor de su piel a través de la fina camiseta de algodón.

Estaba como una cuba.

—Vamos a por otra copa. —Sintió su ardiente aliento en la oreja—. El vino se ha acabado.

—Parece que te lo has bebido todo tú solita. Ay. —Se frotó el brazo allí donde ella le había dado un puñetazo.

—Lo siento. Deja que te acaricie para que se te pase.

Mientras ella le acariciaba el brazo, él se dio cuenta de dos cosas: la primera, que estaba incluso más borracha de lo que creía; y la segunda, que le estaba tirando los tejos.

—Cuidado. Me vas a dejar marca.

—Lo siento. —Pero no le apartó la mano, que él sentía en el brazo como una compresa caliente.

—Creo que deberíamos volver con los demás. No queda bien que estemos aquí solos.

Incluso desde su sitio, Ewan se daba cuenta del mal rollo que había en el grupo que seguía sentado a la mesa. Sabía que era ilógico sentirse responsable de Rachel, ya que se había invitado solita, pero no podía evitarlo. Como tampoco podía evitar ser consciente de ella a todas horas, dónde estaba, qué hacía y con quién hablaba. Sin embargo, Chloe seguía con la mano en su brazo y podía sentir cómo se le pegaba a la espalda. Casi sin quererlo, sintió que el deseo despertaba en su interior.

—Estoy demasiado borracha para sentarme de nuevo. Sé que todos me miran mal. Es como estar con mi madre, pero multiplicado por cuatro. Vamos, Ewan, vámonos a otro sitio. Por favor.

Él sabía que era una mala idea. Le caía bien Chloe. Se echaban unas risas juntos y le gustaba coquetear con ella, pero acostarse con una compañera de trabajo era complicado. Sin embargo, el deseo se extendía ya por todo su cuerpo y se descubrió pegándose a la chica de un modo inequívoco.

—No deberíamos... Trabajamos juntos... —intentó protestar, pero luego se rindió—. Solo una noche —le advirtió—. Para pasar el rato.

—Claro. Para pasar el rato. Sin ataduras.

No la creyó. Se había percatado de la forma en que lo miraba. Sin embargo, estar con Rachel Masters toda esa semana le había provocado bastante frustración y, de repente, la idea de volver a casa solo se le antojó demasiado deprimente.

—Vale, pero no podemos irnos a la vez. Sal tú primero y espérame fuera. Yo saldré dentro de cinco minutos y me reuniré contigo.

Chloe le dio un apretón en el brazo.

Volvieron a la mesa y Chloe montó un buen lío al recoger sus cosas y despedirse de Gill.

—Todavía no me creo que ya no estés. Has sido la mejor jefa del mundo —dijo con la lengua trabada, pasando de su nueva jefa, que estaba sentada al lado.

En cuanto se marchó, Rachel se volvió hacia Ewan.

—Llevo toda la noche queriendo hablar contigo, pero te han tenido monopolizado —le dijo en voz baja—. Ven y siéntate a mi lado, hazme compañía un ratito. Así podremos conocernos un poco mejor.

Ewan se sorprendió gratamente.

—Claro. Un placer. Pero no podré quedarme mucho tiempo. Tengo un compromiso.

—Cinco minutos nada más.

Pero los cinco minutos se convirtieron en diez y Rachel seguía hablando con él, preguntándole por su vida, riéndose de sus bromas e inclinándose hacia él para oír lo que le decía con todo el ruido que había en el pub, que se había llenado de repente. Sintió que le vibraba el móvil en el bolsillo, señal de un SMS. Un par de minutos después, volvió a vibrarle. Lo sacó y le echó un vistazo por debajo de la mesa. Chloe.

Dnd stas?

Ojalá no hubiera quedado con ella, ojalá pudiera quedarse con Rachel toda la noche. Pero no podía responderle el mensaje, no con Rachel sentada a su lado. Y tampoco podía dejarla en la calle, esperándolo.
—Tengo que irme. —Se esforzó en que se le notaba la renuencia en la voz.
—¿De verdad? Qué pena.
¿Estaba coqueteando con él? La idea hizo que el corazón le diera un vuelco.
Cuando se puso la chaqueta y se preparó para marcharse, ella le colocó una mano en el brazo. Él se sorprendió al sentir que le hincaba los dedos.
—Ándate con ojo, Ewan. —Aunque habló con la misma voz aguda de siempre, sus ojos lo miraron de repente con dureza y él sintió que se le erizaba la nuca—. Podrías llegar lejos en la empresa. No la cagues.
¿Sabía que Chloe lo estaba esperando fuera? ¿De ahí la advertencia?
Su cabeza, después de despedirse y de abrirse camino entre los grupos de bebedores que habían salido del trabajo, era un hervidero de preocupación, confusión y decepción.
—¿Dónde has estado? Ya creía que no ibas a salir. —Chloe

se apartó de la pared en la que estaba apoyada y lo miró lastimosamente.

La irritación se apoderó de él.

—Ven, si todavía quieres.

Cuando ella lo cogió de la mano unos metros más adelante, Ewan se imaginó que era otra persona.

16

Anne

Desde el exterior, la casa donde había crecido Laurie no se diferenciaba mucho de la casa en que vivía con Jana y su familia. Un barrio distinto, pero una calle semejante flanqueada por árboles y la misma sensación de que todo era como debía ser. La casa estaba situada en la esquina de la calle, separada de la calzada solo por el césped sin cortar y por los trozos de cinta de la policía, que seguían agitándose al viento desde la puerta del garaje y los postes del porche, para demostrar que allí sí había sucedido algo fuera de lugar.

—El sueño americano, ¿verdad? —dijo el hombre gordo que conducía el Pontiac mientras aparcaba junto a la acera.

El sargento Dean Cavanagh llegó conduciendo a la facultad de Medicina para recogernos, pero no percibimos su corpulencia hasta que se apeó del vehículo. Era enorme. A su lado, Ed Kowalsky parecía insustancial, como si el policía pudiera partirlo en dos si se lo proponía.

—Uno espera encontrarse un caserón fantasmagórico con torreones y demás, ¿verdad? Tal vez con unos cuantos murciélagos sobrevolándolo.

El sargento se subió los pantalones, de manera que la pretina le quedara justo debajo de donde le colgaba la barriga. Me fijé en la pistola que quedó a la vista cuando se le abrió la chaqueta. Hoy en día, no me habría impresionado. He tenido pistolas mucho más cerca. Pero allí, delante de aquella casa donde habían sucedido cosas espantosas, me eché a temblar al ver ese objeto metálico que brillaba al sol y desvié la mirada hacia la casa contigua.

—Uno se pregunta qué hacían exactamente ahí dentro, ¿verdad? —siguió Cavanagh, que malinterpretó mi mirada—. A ver, ¿cómo es que nadie oyó nada durante tantos años? ¿No oían gritos? ¿Ni chillidos? ¿No oían llorar a los niños?

—Según tengo entendido, los vecinos no sabían que había un segundo niño.

Ed trataba de parecer más alto, como si estuviera poniéndose de puntillas, casi a punto de sacar los pies de las botas marrones de ante. Me pregunté si lo hacía como respuesta a la pistola, si se sentía amenazado por su presencia. Fuera por el motivo que fuese, el policía no se inmutó.

—Uno ve lo que quiere ver y oye lo que quiere oír. A veces, es más fácil desentenderse de todo. ¿Me explico?

Todavía había un coche en el sendero de entrada, un Buick con una silla infantil en el asiento trasero. Al pasar junto a él, vi que Kowalsky titubeaba, y supe que estaba pensando en las sillas que había en su propio coche, en sus hijos; y, por primera vez, me pregunté qué efectos estaba teniendo el caso en él. Hasta ese momento, no me había parado a pensar en su mujer ni en las tres caritas que sonreían alegremente en la foto enmarcada que Kowalsky tenía en la mesa de su despacho de la universidad, situado dos puertas más allá del que yo ocupo hoy en día. Por primera vez, me permití pensar en la posibilidad de que tuviera una vida personal ajena a su relación conmigo, de que tuviera facetas ocultas tras la fachada que me mostraba. En aquella época, yo había empezado a desarrollar lo que luego se convertiría en un hábito, e intentaba compartimentar y ordenar acontecimientos en mi cabeza siguiendo un orden determinado, en vez de reaccionar cuando se presentaban, y esa evidencia de que el profesor Kowalsky podía tener una vida plena y oculta no acababa de encajar con la historia que yo había creado. Mi marido, Johnny, solía decirme que dejara de escribir el final de la historia antes de que hubiera tenido la oportunidad de desarrollarse. Cuando nos divorciamos después de tres años de matrimonio, consideró que había logrado vengarse.

Dos escalones daban acceso al porche desde el sendero de entrada. Yo llevaba zapatos de tacón bajo que me hacían andar con paso incierto y titubeante, y cuando coloqué el pie derecho en el primer escalón, lo experimenté por primera vez: la sensación de estar pisando el mismo sitio que habían pisado unos pies pequeños, de ver las mismas cosas que había visto ella... la pintura blanca descascarillada del poste bajo mis dedos, el desgarrón que la mosquitera de la puerta tenía en la esquina superior izquierda. En el extremo más alejado del porche crecía un jazmín descuidado, e imaginé cómo ella lo habría olido durante los días de verano, ese olor dulzón que habría llegado hasta ella cuando regresara a casa del colegio por las tardes. ¿Qué sentiría cuando subía esos dos escalones para llegar a la puerta principal?, me pregunté. ¿Tendría miedo? ¿Se preguntaría qué tipo de recibimiento la esperaba ese día? ¿Miraría hacia la parte inferior de la casa, hacia los ladrillos con las rejillas de ventilación, y sentiría una punzada de...? ¿De qué? La sensación de que pasaba algo malo, de que formaba parte de algo que las demás personas tildarían de inaceptable. ¿Empezaría a latirle el corazón en el pecho con rapidez? ¿Se aferraría a su mochila como si la conexión con el colegio y con todo aquello que era bueno, decente y normal pudiera protegerla de lo que sucediera en esa casa?

En un lateral del porche yacía volcado un patinete infantil. La barra era de color rosa y tenía una pegatina con un arcoíris. Del manillar colgaban serpentinas plateadas que habían conocido días mejores.

—Prepárense para entrar en la Casa de los Horrores —dijo el sargento Cavanagh. El porche de madera crujió cuando echó a andar. Tras sacarse una llave del pantalón, la introdujo en la cerradura de la puerta principal—. Antes ni me preocupaba en cerrar con llave la escena de un crimen, pero hoy en día todo el mundo quiere un recuerdo. Todo el mundo intenta participar de la aventura.

El sargento giró la llave y, cuando lo hizo, me vino a la cabeza un repentino recuerdo de mi niñez, de la época en que era unos pocos años mayor que Laurie, mientras abría la puerta de la casa con las manos tensas por la ansiedad y me detenía en el umbral para tratar de captar qué ambiente se respiraba en el pasillo, qué personalidad habría adoptado mi madre ese día. Mientras el sudoroso policía abría la puerta del todo, el temor que había estado invadiéndome poco a poco desde que aparcamos en la acera se apoderó por completo de mí y tuve que detenerme para respirar hondo.

—Anne, ¿estás bien?

Ed me aferró del codo y sus ojos me miraban con preocupación a través de las gafas.

—Claro. Estoy bien.

Me zafé de su mano y entré en la casa.

Algunos lugares tienen un olor característico, al igual que las personas, que se mete en la nariz y bajo la piel de quien lo aspira. Bueno, pues la casa de la familia de Laurie era así. Aunque no había nada en el pasillo que delatara que había pasado algo malo en ese lugar, solo el suelo de madera pulida, las paredes pintadas de un tono claro y la escalera de madera que ascendía pegada a la pared, se percibía un olor (rancio, astringente y triste) que me invadió las fosas nasales a tal punto que apenas podía respirar.

—¿Están buscando algo en concreto?

Cavanagh ocupaba el pasillo como si fuera un mueble descomunal. Me pregunté si él percibiría el olor; si lo hacía, su actitud no lo delataba.

—Solo vamos a echar un vistazo —contestó Ed. Su voz sonó débil y aguda.

—Claro. Bueno, pues aquí está el salón.

Lo seguimos hasta una puerta situada a la izquierda del pasillo y entramos en una estancia amplia que podría haber sido agradable de no ser por las gruesas cortinas de las ventanas que, junto con las persianas, impedían el paso del sol. Había dos sofás, uno de tres plazas y otro de dos, y un sillón de cuero con un escabel. Todos miraban hacia un televisor pequeño emplazado en el rincón. Los sofás eran de un color extraño, como si tuvieran dos tonalidades, y hasta que me acerqué no me percaté de que la tapicería verde original estaba cubierta por una funda transparente azul oscuro que se ajustaba perfectamente. Había una foto enmarcada de la familia en una pared, el tipo de foto que la gente suele hacerse en un estudio fotográfico y que luego regala a los abuelos o convierte en tarjetas de felicitación navideñas. Solo había tres personas en la fotografía.

Había visto imágenes de Noelle y Peter Egan en las noticias, pero había evitado cualquier tipo de reportaje que detallara la historia a fondo por temor a que eso me influyera a la hora de tratar con Laurie; de manera que esa era la primera vez que los miraba con detenimiento. Si alguna vez alguien te ha tirado del cuello de la camiseta y te ha echado agua helada por la espalda a modo de broma, sabrás exactamente cómo me sentí mientras contemplaba aquella foto. Allí estaba Laurie, un año más pequeña de lo que era en ese momento. Regordeta como es habitual en los niños de tres años y con el pelo recogido en dos trencitas a ambos lados de la cabeza que casi se quedaban tiesas. A su izquierda estaba su padre, que miraba a la cámara con unos ojos azules demasiado juntos. Sus labios esbozaban una sonrisa tensa, como si el fotógrafo le hubiera dicho que sonriera y ese fuera su mejor intento, casi como una sonrisa planchada. Me fijé en el hoyuelo que tenía en la mejilla, donde me imaginaba un tic nervioso, y en su nariz, larga y recta, tan larga que casi le llegaba al labio superior, tan delgado que parecía inexistente. Contemplé la mano que había colocado en el hombro regordete de su hija; una mano de dedos largos y carnosos que descansaban en esa piel blanca y perfecta. Recordé lo que esos dedos habían hecho y noté un regusto amargo en la boca.

A simple vista, Noelle Egan era más agraciada que su marido, incluso atractiva. Tenía unos pómulos definidos y una frente despejada, enmarcada por unos rizos oscuros. Pero si se examinaba con atención, se veía que llevaba una gruesa capa de maquillaje que le otorgaba el aspecto de una muñeca de cera y que el pelo le brillaba como si fuera de plástico. Había inclinado la cabeza hacia su hija y en sus labios había una sonrisa tan amplia que acababa casi junto a la oreja de Laurie, de tal manera que parecía que fuera a darle un bocado. Pero sus ojos, esos ojos maquillados con sombra azul y las pestañas puntiagudas y alargadas por el rímel negro... No soy una persona dada a exagerar. No habría llegado lejos en mi profesión si lo fuera. Pero los ojos de Noelle Egan eran los ojos más inanimados que había visto nunca.

—Es imposible imaginarlo, ¿verdad?

El sargento estaba tan cerca de mí que percibía el calor que desprendía su voluminoso cuerpo. Negué con la cabeza.

—Parecen normales y corrientes. Eso es lo que afirman los vecinos, los maestros y los empleados de la agencia inmobiliaria donde él era director de facturación.

Como si lo normal hubiera sido que fueran por ahí con cruces en la frente o cuernos, o precedidos por alguien que anunciara su presencia tocando una campana. Claro que no lo dije.

Seguimos hasta la cocina, una estancia grande pero estéril. Era evidente que la llegada de la policía había interrumpido el desayuno de la familia, pero hasta los platos que habían quedado en la mesa estaban ordenados, no había manchas de mermelada de fresa ni migas en la superficie de madera. Había un armario abierto, como si alguien hubiera estado sacando algo. En su interior, las latas y los tarros de cristal estaban ordenados por altura, y con las etiquetas visibles. El único elemento que delataba una vida familiar era la nota pegada al frigorífico por cuatro imanes negros. Era un folio impreso, una tabla. Cuando me acerqué, vi que en un lateral estaban los días de la semana y, en la parte inferior, las iniciales N, P y L. En la parte superior podía leerse CALENDARIO DE COMIDAS, en mayúsculas y subrayado.

—No parece el tipo de casa donde haya una mascota —comenté.

Cavanagh resopló, soltando el aire por su nariz chata.

—No hay mascotas.

De repente caí en la cuenta del significado y se me revolvió el estómago.

17

Amira

—¿Me estás diciendo que quieres que te tenga en cuenta para el puesto?

Rachel enarcó una ceja, un gesto que cabreó a Amira nada más verlo, pero inspiró hondo e intentó hablar con normalidad.

—Sí, por favor.

Todavía no se creía lo que estaba haciendo. Justo hasta el último segundo se había dicho que podría cambiar de idea. Podría fingir que tenía otro motivo para pedir hablar con la nueva jefa: pedir unas vacaciones o que le explicase algún punto del nuevo contrato de *catering*. Incluso mientras abría la boca, casi se esperaba que saliera algo distinto de sus labios. En cambio, se oyó diciendo que sí, que le interesaba el puesto de asistente de dirección. No había dicho «el trabajo de Paula», pero las dos sabían que se referían a eso. En ese momento, su cuerpo gritaba «traidora».

Todo era culpa de Tom.

Cuando volvió a casa el día que Rachel la tanteó para el puesto de asistente de dirección, seguía indignada; pero, en vez de apoyarla, Tom cerró el pico y torció el gesto.

Durante toda la noche, fue como si un nubarrón lo siguiera por el piso, hasta que por fin, cuando se acostaron, ella estalló.

—¿Qué? —preguntó.

—¿Cómo que qué?

—¿Qué te pasa? Has estado de morros toda la noche. ¿Qué he hecho mal ahora?

—Nada.

—Y un cuerno.

—Vale. Si tanto te interesa, me cabrea tener que levantarme todos los días para ir a un trabajo que odio para pagar la hipoteca de este sitio (algo para lo que me convenciste, que no se te olvide), y que encima no baste. ¿Sabes que hay noches que me quedo despierto, martirizándome con todo el dinero que debemos y con cómo vamos a pagar las facturas, los impuestos y el agua y todo lo demás? El agua... ¿Quién sabía que había que pagar por el agua, joder? Y ahora vienes a casa y dices que te han ofrecido un puesto con un aumento de sueldo, pero tu superioridad moral te impide considerarlo siquiera.

Le salió todo en un torrente, como si hubiera estado conteniendo las palabras hasta que ya no pudo más. Tuvieron una pelea monumental que acabó cuando ella le dijo que, de no ser por ella, en diez o quince años habría acabado siendo otro músico frustrado sin oficio ni beneficio.

Al día siguiente, se sintió fatal y deseó poder borrar lo que había dicho. Aunque eso no quitaba que sus palabras tuvieran parte de verdad, sabía que había sido muy borde, que lo había dicho para hacerle daño. Lo peor era que sabía que Tom tenía razón. Había insistido en solicitar una hipoteca, aunque sabía que iban a endeudarse por encima de sus posibilidades. ¿De verdad tenía derecho a renunciar a más dinero por el sentido de la lealtad? La lealtad era un lujo que no se podía permitir, sobre todo por las tarjetas de crédito que había obtenido en varias tiendas y de las que Tom no sabía nada. Al final, se disculpó y le prometió que se lo pensaría.

—Además, Paula tampoco se iba a enterar —añadió Tom—. Podrías pedir esa condición para aceptar el puesto, que lo hagan de forma que parezca que te han elegido después de la marcha de Paula.

—Te refieres a su despido.

Pero una vez que le dijo a Rachel que le interesaba el puesto, Amira se sentía fatal y tenía la sensación de que su jefa lo sabía y estaba disfrutando de la situación.

—Me alegro de oírlo, Amira. Te mantendré informada del tema.

A Amira le dio un vuelco el estómago, consciente de que el tema era el despido de Paula de la empresa, del modo en que se produjera. Aunque tampoco Paula y ella eran confidentes ni nada de eso.

Aunque trabajaban bien juntas, en el ámbito personal tenían muy poco en común. Pero formaban parte de un equipo. Y los miembros de un equipo no iban dándose puñaladas traperas.

Cuando salió del despacho de Rachel, Amira rodeó la mesa de Paula mientras fingía comprobar si había algo en la impresora, para no tener que mirarla a los ojos. Saber el futuro inminente de Paula le sentaba como un tiro. El trayecto desde la impresora la llevó junto a la mesa de Sarah, y fue un alivio y una decepción a la vez comprobar que estaba concentrada en unos documentos. Sarah y Amira eran amigas, amigas de verdad. Se sentía mal por no haberle contado a Sarah la propuesta de Rachel. Pero, al pasar junto a ella, Sarah la agarró del brazo.

—¿Te estaba echando la bronca? ¿Por llegar tarde ayer?

Durante un segundo, Amira pensó en mentir. Sabía que no era justo que solo Sarah se hubiera metido en líos por haber tardado tanto en comprarle el regalo a Gill. Pero se dio cuenta de que, si fingía que a ella también la habían regañado, Sarah querría enterarse de los detalles y la cosa se complicaría.

—No. Hemos estado repasando las cuentas de marzo.

La cara de Sarah se congeló y dejó caer la mano en la mesa.

Amira regresó a su puesto, sintiéndose todavía peor que unos minutos antes. Le mandó un SMS a Tom.

> Le he dicho a R que me interesa el puesto. Me siento fatal.

Esperó la respuesta, pero no recibió ninguna.

18

Sarah

—Tres citas. ¿Crees que es demasiado pronto para empezar a redecorar su salón?

—¿Y si esperas hasta que sepas cuál es su apellido?

—Qué antigua eres...

Sarah no recordaba la última vez que había visto tan feliz a Charlie. Era como si brillara desde el interior, con las luces a la máxima potencia. Por regla general, era un encanto de persona, un poco reservado, que cultivaba una mezcla de cinismo y amabilidad, de cordialidad y resignación. Sin embargo, en ese momento relucía con una energía emocional tan poderosa que daban ganas de apartar la mirada, como si se estuviera viendo algo indebido.

Sarah se sentía un poco nerviosa por él, un poco asustada por ese recién descubierto entusiasmo que rayaba en la locura. Aunque Charlie tenía más amigos que cualquier otra persona que ella conociera, eso no evitaba que se sintiera solo, y le había dicho tantas veces lo mucho que envidiaba su vida familiar que no soportaba confesarle que a veces la asfixiaba, que tenía la impresión de estar ahogándose por las expectativas que los demás habían depositado en ella, por las exigencias de los demás.

—Supongo que habrá borrado su perfil en *Grindr* ahora que ha encontrado al amor de su vida, ¿no?

La expresión de Charlie se ensombreció y Sarah contuvo el aliento. Se había colocado en una posición demasiado vulnerable. Estaba clarísimo. Los tiernos ojos castaños de Charlie se mostraron inseguros de repente.

—A lo mejor es un poco pronto para insistir en la exclusividad, ¿no crees? —replicó.

—Lo tomaré por un no.

—No quiero forzar el tema. No quiero echarme encima de él en plan yihadista y soltarle algo como: «Vas a eliminar tus perfiles en las redes sociales y te vas a poner velo para que los demás hombres no te miren.» La verdad es que soy poca cosa para él. Se quedó un poco planchado cuando le dije a qué me dedicaba. Va detrás de alguien con una cuenta bancaria más abultada y con un título profesional que impresione.

—Y que le dé de comer.

—¡Ay! En fin, ¿cómo estás? Pareces un poco estresada, cariño, y no te lo tomes a mal. ¿Es por lo del expediente disciplinario?

—Sí. No paro de darle vueltas. «Considéralo como la última advertencia», me dijo. Es tan apocalíptico... Tengo la impresión de llevar la espada de Damocles encima a todas horas.

Aunque esa era la verdad, no lo era toda. Pero Sarah no podía decirle a Charlie lo que la molestaba realmente, porque eso implicaría usar palabras, y una vez que las dijera en voz alta, tendría que enfrentarse al tema... y la idea de hacerlo conseguía que su sistema nervioso empezara a vibrar como el torno de un dentista. Aunque trataba de no pensar en eso, el esfuerzo que requería la dejaba intranquila y nerviosa. Envidiaba la pasión recién descubierta de Charlie y su falta de lazos sentimentales, lo que significaba que solo respondía ante sí mismo. Si lo hubieran amonestado con un expediente disciplinario injustificado e inmerecido, podía decirle a la empresa que se lo metieran por donde les cupiera, pero en su caso tenía que pensar en Oliver, Sam y Joe, así que le tocaba aguantarse.

Oliver había intentado apoyarla en el tema de la mierda que estaba pasando en el trabajo, pero el ceño fruncido que lucía llevaba una temporada siendo más evidente, de manera que había acabado asegurándole que las cosas no estaban tan mal. Detestaba verlo preocupado. De un tiempo a esa parte, lo veía muy envejecido.

—Menuda pájara, ¿eh? Me refiero a Rachel —dijo Charlie. Estaba apoyado en la encimera de la cocina mientras esperaban a que el agua hirviera en la tetera, así que parecía más bajo, aunque no era un hombre alto precisamente.

Sarah tuvo el impulso de acercarse y abrazarlo, pero se contuvo. Era un hombre de cuarenta y dos años. Tratar con niños era algo que llevaba tan metido en el cerebro que le requería un esfuerzo no darles besos en las coronillas a sus amigos y compañeros, y para no sonarles los mocos a los desconocidos en el metro.

—No me puedo creer que se quedara el viernes por la noche hasta el final —siguió.

—Lo sé. Paula dice que la situación llegó a tal punto que hasta Gill se buscó una excusa para marcharse.

—¿Tú crees que está bien de la cabeza? —preguntó Charlie—. No sé, igual tiene alguna especie de trastorno y es incapaz de interpretar correctamente las situaciones sociales.

—No intentes justificarla.

—No lo hago. A lo mejor no es culpa suya. A lo mejor tiene Asperger o algo. O a lo mejor está poseída por el diablo, como decía aquel correo electrónico.

Charlie se refería a un mensaje que habían recibido Paula y él desde una dirección extraña consistente en letras al azar y números.

> **Rachel Masters es un ser maligno. Destruye a las personas.**

Habían discutido la idea de enseñarle el mensaje al departamento de Recursos Humanos, a Mark Hamilton o incluso a la misma Rachel; pero, al final, Paula había decidido que debían borrarlo. Lo había tildado de «cotilleo malicioso». Sarah sabía que seguramente tuviera razón, pero cuando Charlie se lo reenvió y lo leyó, se echó a temblar.

—En fin —dijo Charlie—, pronto descubriremos cómo es de verdad. Te has enterado de lo último, ¿no?

El agobio que sentía Sarah aumentó.

—No me lo cuentes.

Pero Charlie estaba muy animado por la idea de compartir con otra persona lo que fuera que estuviera a punto de suceder y, sin hacer caso a sus protestas, dijo con voz chillona:

—¡Un fin de semana de convivencia empresarial!

—Por Dios, dime que estás de broma.

—Pues no. Es la gran idea que ha tenido el equipo directivo.

—No me lo creo. Rachel no habrá accedido, ¿verdad?

—Creo que no le han dejado alternativa. Iremos todos, órdenes de arriba. Anda ya, Sarah, será divertido. Nos levantaremos al amanecer y daremos cinco vueltas al circuito disfrazados de personajes de dibujos animados, corriendo por parejas. Después, volveremos para hacer inspección de las habitaciones y luego nos reuniremos en el salón para revelar nuestros miedos más profundos a través de la catarsis del baile interpretativo. ¡Qué ganas!

De regreso en su mesa, Sarah intentó desterrar el temor que se había apoderado de ella por las noticias de Charlie concentrándose en la jornada que le quedaba por delante. Tenía una pizarra blanca en la mesa donde los viernes por la tarde anotaba todas las reuniones y las llamadas importantes que debía hacer para que cuando llegara el lunes supiera exactamente qué debía hacer. Frunció el ceño al mirar la letra negra y diminuta. Estaba tan nerviosa por lo de la despedida de Gill que había redactado la lista a la carrera a última hora del viernes y algunas líneas ni siquiera se entendían. Por suerte, la reunión de esa tarde con White & Co. a las tres estaba clara. Y menos mal, porque habían cambiado tantas veces de fecha que ya estaba despistada. Si no fuera su cliente más importante, habría protestado, pero no le había quedado más remedio que claudicar y reorganizar su agenda para incluirlo cada vez que llamaban para avisar que cancelaban la reunión. Sarah estaba orgullosa de la relación que había creado con la cervecera más importante del país. El director adjunto la llamaba por su nombre de pila. Probablemente sería su baza más importante para presionar cuando tuviera que negociar con Rachel Masters.

Las oficinas de la cervecera se encontraban en Milton Keynes, así que, como era habitual, la reunión se celebraría en un comedor privado en un elegante pub situado en West London. Aunque había reservado cuarenta minutos de su tiempo para llegar a la reunión, le quedaban por delante tres horas de trabajo. Se negaba a pensar en el fin de semana de convivencia o en esa otra cosa que le oprimía el pecho cada vez que le pasaba por la cabeza. Trabajó durante la hora del almuerzo, algo habitual esos días. Ya había avisado a Paula que pasaría casi toda la tarde fuera, y sabía que Paula había informado a Rachel. Tras la debacle de la compra del regalo de Gill el viernes, nadie se arriesgaba a llegar tarde.

A las dos, cogió el bolso que había dejado en el respaldo de la silla y fue a los servicios. La cara que la miró desde el espejo en la iluminada estancia tenía un penoso tono grisáceo, así que sacó rápidamente el estuche rojo de maquillaje de las profundidades de su bolso y empezó a aplicarse la base, y después un tubito que había comprado *online* después de verlo anunciado en un suplemento dominical como un producto milagroso. Supuestamente debía darles un brillo saludable a sus mejillas, pero ella tenía la impresión de que el efecto era más bien como si llevara una capa de sudor. Kevin Bromsgrove, el director adjunto de la cervecera, era un hombre tradicional que valoraba mucho las apariencias, así que merecía la pena hacer un esfuerzo por arreglarse. Cuando abrió la puerta para salir a la oficina, se sentía humana de nuevo. Había usado la sombra verde que resaltaba su pelo rojo y, sin que sirviera de precedente, había conseguido aplicarse el delineador sin que pareciera que llevaba tres días sin desmaquillarse.

Sin embargo, cuando vio a Rachel Masters al lado de su

mesa con una expresión furibunda, el buen humor la abandonó como un globo que se desinfla.

—¿Se puede saber qué pasa? —Las facciones angulosas de Rachel estaban demudadas por la ira.

—No te entiendo.

—Acabo de hablar por teléfono con Kevin Bromsgrove. Por lo visto, hace veinte minutos que deberías estar en Notting Hill.

—No; te confundes. La reunión es a las tres de la tarde. Mira. —Señaló la pizarra y se avergonzó al comprobar que el dedo le temblaba.

—Obviamente, lo has escrito mal. ¿Qué pasa contigo? Es uno de tus mejores clientes.

Sarah empezó a sentirse mal.

—Es imposible que me haya equivocado. Sé que lo copié tal cual de la agenda. Lo hice con cuidado porque habíamos cambiado la fecha muchas veces. Mira.

Cogió la agenda semanal y empezó a pasar hojas con rapidez.

—Aquí está —dijo al llegar a la página donde había anotado cosas la semana anterior—. Dice claramente... oh.

Kevin Bromsgrove. 14.00 h.

Recordó que lo había escrito bien y que lo había confirmado tres veces con la secretaria de Bromsgrove, a quien había llamado por teléfono. Después, recordó anotar la hora en la pizarra blanca con la agenda abierta ante sus ojos. Lo comprobó dos veces. Tres. Ella no cometía esa clase de errores.

—Saldré ahora mismo. Puedo llegar en veinticinco minutos...

—Es demasiado tarde. Se ha ido.

Más que hablar, Rachel escupió las palabras como si fueran pepitas de manzana.

Sarah se sintió como si fuera Joe o Sam cuando hacían una travesura, con los labios temblorosos y cara de susto. Una vez que Rachel regresó a su despacho, Sarah se dejó caer en la silla y escondió la cara en sus temblorosas manos. Nadie se acercó.

19

Anne

Después de la sorpresa que nos habíamos llevado en la inmaculada cocina con el espeluznante calendario de comidas pegado en el frigorífico, en el que se veía la L anotada el lunes y el miércoles, como prueba de la colaboración forzosa de Laurie, Kowalsky y yo no nos separamos. Me alegré de que estuviera allí, como si sus gafas, sus pantalones de pana y sus botas de ante con suela de goma pudieran contrarrestar de alguna manera el calendario del frigorífico, la amargura del ambiente, el estricto orden de los armarios de cocina y los ojos inanimados de Noelle Egan.

—¿Subimos? —preguntó el sargento Cavanagh como si fuéramos posibles compradores y él nos estuviera enseñando la casa.

Cuando llegamos al distribuidor superior, ya estaba jadeando. El policía se detuvo al llegar arriba, apoyándose en el poste de la barandilla.

—Hagan lo que quieran. Yo me quedo aquí. La verdad es que el dormitorio de la cría me pone los pelos de punta.

Sentí una opresión extraña en el pecho cuando entré en la primera habitación, así que fue un alivio ver que era casi todo material de oficina. Había un enorme escritorio junto a una pared, con la superficie despejada. Un sillón giratorio de cuero estaba colocado con precisión al otro lado de la mesa. En la pared delante del escritorio había un muestrario de bordado en el que se podía leer «El precio de la grandeza es la responsabilidad», y «Winston Churchill» bordado en letras más pequeñas por debajo.

—Supongo que el tal Egan se tenía en mucha estima. —Ed intentó aligerar el ambiente, pero su voz sonó impostada.

—¿Supones que es su despacho? Bien podría ser el de ella.

Estaba haciendo de abogado del diablo, claro. Los dos sabíamos que esa era la guarida de Peter Egan. Aunque había intentado no ver las noticias, tendría que vivir en otro planeta para no haberme enterado de su obsesión por el orden, de que tenían que cambiar las sábanas todos los días, de que sentía fascinación por la guerra y coleccionaba medallas de militares caídos que compraba en eBay o en subastas privadas y que la policía había encontrado en estuches especiales de cuero. Aunque estaba prácticamente vacía, la estéril estancia resultaba opresiva por su presencia. Recordé aquellos ojos tan juntos, aquella sonrisa tan forzada... y me estremecí.

La siguiente puerta era el dormitorio principal. La cama era estrecha para un matrimonio y, cómo no, estaba perfectamente hecha: la colcha, con sus florecillas rosas y amarillas, no tenía ni una arruga y los cuadrantes a juego estaban alineados a la perfección. Me pregunté en qué lado dormiría cada uno. Intenté imaginarme a la pareja de la fotografía que había visto en la planta baja yaciendo el uno al lado del otro, a sabiendas de lo que habían hecho, a sabiendas de lo que era capaz el otro. Me pregunté si alguna vez hablaban del tema. ¿Alguna vez expresaron remordimiento, culpa o llegaron a preguntarse cómo habían llegado a eso? ¿Se despertaron en mitad de la noche consumidos por el sentimiento de culpa y se miraron mientras se preguntaban con quién se habían casado, en qué se habían convertido? ¿Les quitaba el sueño saber lo que había en el sótano?

Conocía la respuesta.

—¡Miren en el armario! —gritó el sargento Cavanagh desde el distribuidor.

Ed abrió con cautela la doble puerta del armario blanco que ocupaba la mitad de la pared más alejada. Los dos nos quedamos sin aliento al ver el contenido.

—Uau. Desde luego que eran de lo que no hay —dijo Ed.

La barra estaba llena de ropa. En la parte izquierda había seis o siete trajes en diferentes tonos de gris, con la misma cantidad de camisas blancas. En la parte derecha había vestidos y blusas de alegres colores. Todas las perchas estaban colocadas de la misma manera. Y todas y cada una de las prendas de ropa estaban envueltas en una funda de plástico individual.

—Como el maldito Howard Hughes, ¿no? ¿Me equivoco? —El sargento estaba en el vano de la puerta, observándonos.

Su cuerpo bloqueaba la única salida, de modo que el agobiante dormitorio se volvió más claustrofóbico todavía. Sentí cómo el sudor brotaba en mis axilas y, cuando me moví, la ligera tela de la falda se me pegó de forma muy desagradable a los muslos. Miré una vez más la inmaculada cama hecha, con las almohadas ahuecadas sobre las que Noelle y Peter Egan habrían apoyado las cabezas para dormir pese a todo lo que habían hecho.

—Perdone. —Aparté a Cavanagh con tanta fuerza que casi se cayó.

—¿Seguro que estás bien, Anne? —preguntó Ed al tiempo que me seguía.

Asentí con la cabeza, ya que no creí que me saliera la voz.

La tercera puerta del pasillo, la más alejada del distribuidor, estaba cerrada.

—Es la habitación de la niña —explicó el sargento—. No se preocupen, no hay nada verdaderamente malo dentro. Es solo la sensación que me da al entrar. ¿Tiene hijos?

Me llevé una sorpresa al darme cuenta de que me miraba a mí. Sentí que me ardía la cara y supe que estaba ruborizada.

—¿Yo? No. O sea, todavía no.

Cuando miro a ese yo más joven a través del paso de los años, quiero echarme a llorar. O eso, o cogerla en brazos y llevármela a un escondite donde nada pueda hacerle daño, donde no le afecten las cosas que acabarían convirtiéndola en lo que soy ahora. En aquel entonces, de verdad creía que lo tenía todo por delante. Siempre fui muy ambiciosa laboralmente: Harvard, Yale, Stanford... Creía que podría escoger el lugar que quisiera. Pero más que el trabajo, pensaba en todo lo demás que me esperaba: un marido, críos con hoyuelos... dispuestos a cogerlos de un estante cuando quisiera. ¿Adónde se va esa suposición de que tenemos opciones? ¿Me flaqueó el valor porque las opciones se esfumaron o fue al revés? ¿Fue cuando me di cuenta de que, al fin y al cabo, Johnny no iba a rescatarme de mí misma? ¿Cuando me enteré de que no habría más hijos después de Shannon? Ya no lo sé. Solo sé que cuando aquel policía barrigudo me preguntó si tenía hijos, me sentí avergonzada. Estaba trabajando en el caso más importante de mi vida y creía que perdería credibilidad si me exponía de esa forma, si exponía mis aspiraciones personales y mis suposiciones, si mostraba mi lado más vulnerable.

—Bueno, yo sí soy padre —continuó Cavanagh—. Tengo una hija y un hijo de la misma edad que estos críos, ¿entiende? Cuando entro en ese dormitorio, empiezo a pensar en mis hijos y el corazón me palpita, la tensión me sube por las nubes y me cabreo y me pongo muy triste, y no es bueno para mí. Tengo que evitar esa clase de estrés. Cuando eres padre, es como si llevaras el corazón por fuera, a la vista de todos. Y cuando se presenta un caso como este, tienes que protegerte. Pronto lo descubrirá, doctora.

De modo que se quedó en el distribuidor mientras nosotros entramos en el dormitorio, y enseguida comprendí lo que quería decir con eso de que se ponía triste. Se podía ver en la cama bien hecha y en las tres muñecas que había en un estante junto a la cama, todas metidas en su caja original. También se veía en la fotografía enmarcada de la pared, una copia más pequeña de la que había en el salón de la planta baja. Y se veía en los tres pares de diminutos zapatos alineados prolijamente bajo la cama.

Recordé mi dormitorio de pequeña. Una vez, cuando tenía ocho años, mi madre me mandó a pasar una noche a casa de sus padres, y cuando volví había pintado un enorme arcoíris en una pared. No era perfecto, algunas franjas de colores eran muy gruesas y otras eran muy finas, pero me encantó. Mi padre enarcó las cejas al verlo, como hacía siempre, y masculló algo, pero para mí era perfecto. Eso fue antes de que mi padre muriera y me diera cuenta de que las rachas entusiastas de mi madre las propiciaba el vodka, y mucho antes de que todo su entusiasmo se ahogara por completo en una botella de alcohol de 42º grados, llena de desencanto.

Cuando tienes ocho años, crees que la vida estará llena de grandes muestras de amor, pero, al echar la vista atrás, no creo que nada pudiera compararse siquiera a aquel arcoíris. No hasta que Shannon llegó a mi vida.

—Es un dormitorio muy impersonal —comentó Kowalsky, y supe que estaba pensando en los dormitorios de sus hijos. Desde que entramos en esa casa, había abandonado la postura protectora y sonriente, y en su lugar había un hombre apocado que parecía haber encogido físicamente—. Anne, ¿qué te sugiere que esta niña haya conseguido eliminar todos los rasgos de su personalidad?

—¿Que ha aprendido a ocultar su verdadera naturaleza?

—¿O tal vez que ha aprendido a adaptarse?

Nos quedamos allí un rato, echando un vistazo a todo, y creo que fue un alivio para los dos que el sargento nos preguntara si ya habíamos visto suficiente.

—Vale, amigos —dijo mientras seguíamos su corpachón escaleras abajo—. ¿Preparados para la *pièce de résistance*?

Pronunció *pièce* como si fuera «pis».

Al final del pasillo, bajo la escalera, había una puerta. Me había fijado en ella al entrar. Cuando Cavanagh giró el pomo, contuve las imperiosas ganas de gritar «¡Quieto!».

De repente, fue demasiado. Sabía que si traspasaba esa puerta, sería como cruzar el Rubicón. Pese a mi educación, mi ambición y mi curiosidad, no estaba preparada. No quería ver lo que los seres humanos éramos capaces de hacerle al prójimo, ni lo que éramos capaces de soportar. Pero el sargento ya estaba entrando por la estrecha puerta.

—La puerta estaba cerrada a todas horas. ¿Ven lo gruesa que es? Está reforzada con acero por dentro.

Nos apiñábamos en una estancia flanqueada por estanterías llenas con enseres de la casa: herramientas, una plancha, botes abiertos de pintura, bombillas en una caja, paquetes de detergente... Como era de esperar, todo estaba pulcramente ordenado en diferentes estantes para distintas categorías de objetos, todos con las etiquetas visibles. En un extremo de la estancia se encontraba lo que a simple vista parecía otra pared con más estanterías. Solo cuando Cavanagh metió la mano por debajo del estante superior y descorrió un cerrojo, me di cuenta de que era una puerta camuflada. A la izquierda había una botella de plástico, sujeta en un colgador hecho a medida. Cuando el corpulento policía se agachó, con evidente esfuerzo, para descorrer otro cerrojo en la parte inferior de la puerta, eché un vistazo a la etiqueta de la botella. Limpiador antiséptico de manos. Sentí que se me formaba un nudo en el estómago.

Nos apartamos cuando la puerta se abrió y quedaron a la vista unos escalones que daban a lo que parecía un agujero negro sin fondo. Incluso el sargento Cavanagh se quedó callado ante la vaharada de aire húmedo y maloliente que se alzó del agujero, que nos recibió con el abrumador olor de los listones de madera podrida. La única luz procedía de las rejillas de ventilación que había visto fuera, y que se encontraban en la parte superior, a la izquierda, unas rejillas de ventilación cubiertas por gruesos cristales de seguridad.

—Hay un interruptor por alguna parte —dijo Cavanagh a la postre, mientras tanteaba la pared a la izquierda de la escalera.

Oí un chasquido y, de repente, la estancia quedó iluminada con una desagradable luz blanca. Cerré los ojos de forma instintiva y, cuando los abrí, el mundo se puso patas arriba, y desde entonces nunca ha vuelto a ser el mismo.

20

Chloe

Era miércoles por la mañana y Ewan llevaba casi dos días pasando de ella. No pasando exactamente, pero la miraba como si fuera de jabón y sus ojos resbalaran, y replicaba a sus comentarios con voz alegre y la vista clavada en algún punto situado sobre su hombro.

Chloe se subía por las paredes.

Siempre se había sentido segura de su atractivo para atraer a los hombres que le interesaban. Después de pasar la noche de la despedida de Gill acurrucada con Ewan en su cama, a la mañana siguiente se percató de que él parecía un poco callado, pero lo achacó a la resaca. Ella misma tenía la impresión de que el cráneo le estaba comprimiendo el cerebro.

Así que intentó no interpretar negativamente el hecho de que Ewan no se levantara de la cama y se limitara a despedirse con un «Adiós, nena» mientras ella salía de su casa, ni que no le preguntara qué planes tenía para el fin de semana. Al ver que no la llamaba ni le enviaba mensaje alguno el sábado, supuso que todavía estaba resacoso. Le alegró poder acurrucarse en pijama con su madre en el sofá para ver la tele mientras su padre veía un partido de fútbol dando gritos en la habitación de al lado y recordar las cosas que había hecho con Ewan entre sus sábanas sucias.

El domingo por la tarde empezó a irritarse. Una extraña sensación le corroía las entrañas, como si algo intentara salir de su cuerpo. Buscó excusas. Una ristra de excusas que había ido uniendo como una guirnalda de margaritas: estaba muy ocupado; no quería parecer demasiado ansioso; estaba sentado mirando el teléfono, esperando a que ella lo llamara.

A las ocho de la tarde, le envió un mensaje de texto. A esas alturas, llevaba horas dándole vueltas y lo había reescrito un montón de veces en la aplicación de notas. Sin embargo, sus dedos se detuvieron sobre la pantalla antes de darle a enviar. Había elegido un tono alegre y bromista sobre la resaca que había sufrido y le preguntaba por el estado de su cabeza. Justo después de enviarlo, experimentó un instante de supremo arrepentimiento. Debería haber esperado un poco más, había jugado sus cartas demasiado pronto. Colocó el teléfono debajo de un cojín del sofá y trató de concentrarse en la tele, donde un actor ataviado con ropa del siglo XIX pero con barba canalla del XXI hacía un alarde de sus emociones en la ladera de una colina, algo que le recordó a Ewan y lo extraño y peligroso que le había parecido el tacto de sus bíceps. Cogió el teléfono otra vez para comprobar si le había llegado algún mensaje.

Por fin, veinticinco minutos y diecisiete miradas de reojo más tarde, recibió un SMS.

> Sí. Ayer no me sentía muy bien, pero hoy estoy mejor. Gracias. Hasta mañana.

La repentina euforia que la invadió al oír el tono que anunciaba el mensaje se desinfló. Porque había esperado que su mensaje provocara una noche de intercambio de mensajes íntimos, ese tipo de intercambio que se hace con una sonrisita mientras se teclea y con una sonrisa de oreja a oreja mientras se lee la respuesta. Pero ese no era el tipo de mensaje que animaba a enviar otro. Era impersonal y desconsiderado.

Hizo que se sintiera descartada.

Pasó toda la noche con un nudo en la garganta y soñó que corría sin parar huyendo de un peligro desconocido, respirando entrecortadamente como si le faltara el aliento. A la mañana siguiente, fue a trabajar con los ojos hinchados y el corazón endurecido. Pero, milagrosamente, Ewan se mostró atento otra vez. Le llevó un cruasán en una bolsa de papel marrón y le quitó una miguita del pelo con delicadeza. Cuando fue a la cocina, regresó con una taza de café para ella, y aunque le había echado azúcar, olvidando que no le gustaba, y la taza estaba manchada con el café derramado por el borde, se la bebió solo porque habían sido sus dedos los que habían echado el azúcar y sus manos las que habían sujetado la taza.

—Estás estupenda para lo mal que estabas el viernes por la noche —le dijo después de llevarle el café a su mesa.

—Es que tengo un metabolismo muy rápido.

Lo miró para ver si sonreía, y tuvo que apartar la mirada por temor a explotar de orgullo al comprobar que, efectivamente, lo estaba haciendo.

Solo después de que Ewan se marchara a su mesa se preguntó por ese aparente cambio de actitud. Era casi exagerado después del silencio del fin de semana, como si lo estuviera haciendo a propósito. De haber estado en otro lugar que no fuera la oficina, se habría preguntado si lo hacía para poner celosa a otra, pero estaban en la oficina y era lunes por la mañana, y Ewan la había mirado con esos ojos que tenían motitas doradas que reflejaban la luz del sol que entraba por las rendijas de las persianas.

La felicidad la invadió mientras atacaba las tareas de la deprimente mañana del lunes que Rachel le había asignado y enumerado en una larga lista impresa que le había dejado sobre el teclado para que la viera nada más llegar. Era consciente de la presencia de Ewan a pocos metros de distancia, pero se concentró en el monitor, satisfecha solo por el hecho de que estuviera allí. De repente, le llegó un correo electrónico.

¿Comemos juntos?

Sonrió para sus adentros, pero no le respondió de inmediato, segura de que podía hacerlo sufrir un poco, dado que le había demostrado su interés. Su pasado de niña consentida le había otorgado la sensación de tener derecho a comportarse así. Fueron a la tienda de bocadillos que había en la esquina, aunque salió de la oficina tratando de no comprobar si Rachel los miraba. Pidió un *panini* gratinado, pero se arrepintió en cuanto le dio un bocado y la *mozzarella* derretida le cayó por la barbilla. Habían almorzado en ese sitio muchas veces, pero en ese momento se sentía un tanto avergonzada, ya que estaba segura de que los demás clientes percibían las chispas que saltaban entre ellos.

Después, sin previo aviso, Ewan dejó de hablarle y se dispuso a comerse su muslo de pollo con gesto reservado, lo que obligó a Chloe a hablar más de la cuenta para compensar. Mientras regresaban a la oficina, pensó que él tal vez intentaría cogerle la mano y se aseguró de que estuviera accesible, dejándola cerca de la suya, pero lo vio sacar el teléfono y cogerlo con las dos manos, de manera que apartó la suya y se rascó la nariz como si ese hubiera sido su propósito inicial.

—¿Te apetece tomar algo después del trabajo? —Había estado ensayando la pregunta durante todo el camino de vuelta a la oficina, pero aun así se quedó pasmada al oírla de sus propios labios.

—Vale.

No era la entusiasta respuesta que había imaginado, pero tampoco era un no rotundo, así que volvió a su mesa delirante de felicidad; y aunque se desanimó bastante por tener que pasarse la tarde facturando, la emoción por lo que podía suceder vibraba en el aire en torno a su mesa.

A media tarde, justo cuando Chloe estaba sopesando la idea de ir a la cocina para prepararse un té con la esperanza de que Ewan la siguiera, Rachel abrió la puerta de su despacho.

—Ewan. Ven un momento.

Ese día, Rachel llevaba una blusa azul celeste, una estrecha falda gris y unos altísimos zapatos de tacón de ante de un gris más oscuro, con pulseras que le rodeaban sus estrechos tobillos. De repente, Chloe se sintió desarrapada con su top caqui, los pantalones pitillo marrones y las botas del mismo tono que tanto le había costado elegir antes de ir al trabajo.

Las venecianas del despacho de Rachel estaban cerradas, de manera que no veía lo que sucedía en el interior. Esas persianas blancas tenían algo inquietante, como si fueran una barrera infranqueable. De todas formas, fue a la cocina con la esperanza de que Ewan hubiera salido cuando el agua estuviera lista y pudiera escaparse un momento para estar con ella y contarle lo que quería Rachel Masters. Tal vez incluso hiciera una de sus imitaciones, como solía hacer con Gill. Pero cuando regresó a su mesa unos minutos después, la puerta del despacho de Rachel seguía cerrada.

Cuando Ewan salió por fin, ella estaba hablando por teléfono y no pudo ver su expresión. Intentó atraer su mirada, pero él fue a su mesa y se enfrascó en su ordenador. Atisbó el movimiento involuntario de su mentón, y eso le recordó la noche del viernes en su estrecha cama, haciendo que algo se le derritiera por dentro.

Le envió un correo electrónico.

¿Y?

Con el rabillo del ojo, lo vio mover el ratón y después fruncir un poco el ceño sin apartar la vista de la pantalla antes de pulsar el ratón de nuevo. En caso de que hubiera leído su mensaje, no respondió.

Sarah fue la primera en marcharse a las 17.30 tras recoger sus cosas con toda la discreción de que fue capaz. ¿De verdad pensaba que engañaba a alguien poniéndose el abrigo fuera de la oficina? Los demás empezaron a levantarse poco a poco hasta que solo quedaron Ewan y ella. Y Rachel Masters.

Chloe acabó dándose por vencida. Se puso en pie y cogió la chaqueta y el móvil con la esperanza de que Ewan se volviera para mirarla. Al ver que no lo hacía, se acercó a su mesa.

—Supongo que estás demasiado ocupado para que nos tomemos algo, ¿verdad?

Antes de mirarla, Ewan miró hacia el despacho de Rachel, donde las persianas seguían bajas.

—Lo siento —se disculpó al tiempo que daba unos golpecitos con el bolígrafo en la mesa.

Chloe titubeó, consciente de que debería marcharse, pero incapaz de alejarse.

—¿Va todo bien?

Ewan miró de nuevo hacia el despacho de Rachel.

—A ver, me ha echado la bronca, ¿vale? No ha mencionado tu nombre, pero me ha preguntado si quiero ascender en la empresa, porque un lío sentimental con una compañera de trabajo va a suponer un freno a mis aspiraciones. Y tiene razón, ¿sabes? Liarse con un compañero de trabajo es una pérdida de tiempo, ¿o no? —Y la miró como si le suplicase que le diera la razón.

Chloe esbozó su habitual sonrisa y asintió con la cabeza, arriba y abajo, arriba y abajo, arriba y abajo, pero su mente había dejado de funcionar en cuanto él dijo esa palabra. Lío. Así interpretaba la noche que habían pasado juntos. Ella había imaginado noches juntos viendo temporadas enteras de series de televisión acurrucados en el sofá con las mantas, escapadas a Roma o Berlín, sexo apasionado delante de una chimenea, o en una playa desierta con el sol reflejándose en las motitas doradas de sus ojos... y él lo veía como un mero «lío».

Desde entonces, apenas se comunicaban, evitaban mirarse a los ojos y se aseguraban de no cruzarse en la cocina. Ya estaban a miércoles y a Chloe le dolía la mandíbula por el esfuerzo de sonreír. Notaba un regusto extraño y metálico en la boca, y cuando miró hacia el despacho de Rachel Masters, experimentó una sensación tan brutal e intensa que ni siquiera se atrevió a analizarla, de manera que se la tragó. Y notó cómo la quemaba por dentro a medida que descendía.

21

Charlie

Se consideraba a sí mismo una persona ajena al amor. No se trataba de que fuera incapaz de sentirlo o fuera inmune. En absoluto. Era un romántico incurable, tal como sucedía con los cínicos empedernidos. No se trataba de que no creyera que el amor era posible, porque creía firmemente en que sí lo era, solo que creía que no lo era para él. Así que estaba condenado a vivir en un permanente estado de insatisfacción. Y, entonces, conoció a Stefan.

Stefan tenía una piel morena suave que brillaba al sol. Su cara era angulosa, cincelada, y parecía del mismo tono que la madera de haya o nogal. Cuando sonreía, era como si el sol saliera, de modo que ansiabas hacerlo reír otra vez y mantener esa sonrisa siempre en sus labios. Pero solo para ti. Y ese era el problema con Stefan. Que, en realidad, nunca era solo para Charlie.

Stefan era una de esas personas que conoce a todo el mundo. Tenía unos dos mil amigos en Facebook. El teléfono le sonaba a todas horas con SMS, mensajes de Instagram, tuits, mensajes de voz que empezaban con «Hola, cariño...». Era once años más joven que Charlie, y para él las redes sociales eran algo tan natural como respirar. Su perfil seguía abierto en *Grindr*, aunque juraba que ya no era tan activo como antes, si bien Charlie no lo creía.

Charlie nunca se había sentido tan feliz y asustado al mismo tiempo. Era como si alguien le hubiera quitado la epidermis dejando expuestas las terminaciones nerviosas. Stefan cancelaba sus citas a última hora, pero cuando quedaban, hacía que Charlie se sintiera como si fuera el hombre más ocurrente y más sexy del mundo. Al menos, durante un rato. Le decía que quería presumir de él, pero cuando salían, se dedicaba a coquetear con todo aquel que se encontraban... hombres y mujeres por igual.

Stefan se definía como un asistente de diseño *freelance*, pero Charlie no tenía ni idea de a qué se dedicaba. Las pocas mañanas que se levantaba en casa de Stefan después de que le hubiera permitido quedarse, lo dejaba dormido cuando se iba a trabajar. Parecía pasar los días yendo de un lado para otro, almorzando o tomando copas con unos y otros. Vivía en un piso alquilado en un vecindario muy de moda en Central London, pero esperaba que él pagara cuando salían. Le había preguntado por su trabajo, pero no se molestaba en disimular el tedio que asomaba a sus ojos cuando Charlie le respondía. A su vez, Charlie exageraba a la hora de describir su puesto y su nivel de responsabilidad en el departamento, a fin de poder soportar la imagen de sí mismo que veía reflejada en la desinteresada mirada de Stefan. Por primera vez en la vida, deseó tener un puesto de trabajo más impresionante y con un sueldo acorde. Se sentía triste y eufórico al mismo tiempo, y eso lo estaba desquiciando.

Además, se veía obligado a ir a la oficina todos los días y aguantar todos los chaparrones. Chloe parecía al borde de las lágrimas a todas horas o, si no, adoptaba esa fachada irritante por su exuberancia y su cordialidad, en plan «vamos a corrernos una buena juerga», claramente para irritar a Ewan, ¡como si él la mirara siquiera cuando Rachel andaba cerca! Amira estaba preocupada. Paula, histérica. Y Sarah, que era su aliada natural en el departamento, parecía un fantasma. Salía y entraba con tanta discreción como le era posible y se pasaba el día con la cabeza gacha sobre la mesa. Desde el desastre de su reunión con Kevin Bromsgrove la semana anterior, incluso había dejado de tomarse un descanso para almorzar. Estaba preocupado por ella. Tenía una expresión tensa y agobiada, pero cuando trataba de hablar con ella cada vez que se levantaba para ir a los servicios o a la cocina, ella le dejaba claro que no le apetecía hacerlo. Sus ojos se movían inquietos hacia el despacho de Rachel o hacia la puerta.

—Tengo que portarme lo mejor posible —le susurró el día anterior cuando por fin la encontró al lado de la tetera.

—No tardará en olvidarse de lo de Bromsgrove —le aseguró él para animarla—. Y entonces le tocará el turno a otro de ser el chivo expiatorio.

Pero Sarah no se dejó convencer.

—Hay algo más —dijo—. Y me asusta mucho que Rachel lo descubra.

—¿El qué?

Pero ella se limitó a negar con la cabeza.

—Es mejor que no lo sepas —respondió con un suspiro.

El martes por la tarde, Mark Hamilton bajó desde su despacho del último piso para hablar con ellos sobre las jornadas de convivencia.

—Va a ser muy divertido —dijo mientras sus ojos, tan extraños que parecían incoloros, parpadeaban con sus pestañas rubias y pasaban de una persona a otra como si estuviera invitándolos a darle la razón—. Lo está organizando una empresa especializada en este tipo de eventos. Será una mezcla de ejercicios cognitivos, juegos de mesa y actividades al aire libre.

Ante la mención de las actividades al aire libre, Charlie tuvo la impresión de que acababan de golpearlo en el abdomen, pero por dentro. No había cuatro palabras que provocaran más miedo en las entrañas de un hombre que en la etapa escolar sufría migrañas que solo aparecían los días que tenía Educación Física, y que jamás había superado el dolor de descubrir en la adolescencia que su recién divorciado padre no había aparecido durante dos domingos seguidos para disfrutar de su compañía porque había estado animando al hijo de su nueva novia en el campo de fútbol.

—Debe de ser agradable poder relacionarte con alguien a quien se le dan bien las actividades deportivas —le soltó con tono cortante.

Pero su padre, a quien Charlie había acabado viendo como una persona cariñosa a su modo, se limitó a decirle:

—Ah, bueno, eso es lo que tiene la familia, que no podemos elegir a sus miembros.

A Stefan le gustaba el *fitness*. En una muñeca llevaba una pulsera de plástico verde lima que medía sus pasos. A veces, si llegaba a la conclusión de que no se había ejercitado lo suficiente, se levantaba de un brinco del sofá, o de la cama en una ocasión, y se ponía a dar varias vueltas corriendo por la habitación, hasta que se detenía para hacer zancadas. La pulsera le indicaba las calorías que había quemado y lo bien que había dormido. Charlie temía que el resultado no fuera bueno, porque eso desanimaba mucho a Stefan. Odiaba esa pulsera con toda su alma, le parecía que era un reproche hacia su persona, una patada en la boca por ser como era.

Rachel escuchó el discurso de Mark con esa sonrisa tensa tan extraña que tenía. Después de que él acabara y regresara a su despacho, Rachel se acercó a Charlie, y a él se le quedó la boca seca de repente.

—¿Puedes venir un momento?

Se puso en pie a regañadientes. Se percató de que Sarah lo miraba de reojo con expresión cansada y se sintió culpable sin saber por qué.

—¿Has tenido oportunidad de meditar?

—¿Sobre qué?

Rachel frunció el ceño. Se había apoyado en su mesa y había cruzado los brazos, pero el descontento hizo que se tensara.

—Sobre el puesto de asistente. Espero que te lo tomes en serio, Charlie. Me das buena impresión. Espero no haberme equivocado.

—No. Por supuesto que no.

Charlie se maldijo por parecer tan servicial. Lo que debería hacer era decirle que se metiera el puesto de asistente por allí mismo. Era consciente de que Paula estaba sentada a su mesa, a escasos metros. Sí, no era la clase de asistente capaz de revolucionar el mundo. Todos lo sabían. Pero eso no significaba que Rachel pudiera quitársela de encima sin más.

—Charlie, los años pasan.

Eso le escoció. No era muy presumido, pero cuando empezó a perder pelo, se gastó un buen pico en un tratamiento hormonal que supuestamente estimulaba el crecimiento capilar. Pero estar con Stefan había hecho que se fijara más de la cuenta en las arrugas que tenía alrededor de los ojos y del ombligo. Era como si Rachel Masters estuviera golpeando aquello que le provocaba las mayores inseguridades.

—¿Esto es suficiente para ti? ¿De verdad? —Señaló las mesas de la oficina y las cabezas gachas, y Charlie añadió la atmósfera fúnebre que se había apoderado del equipo desde que ella llegara—. Te estoy ofreciendo la oportunidad de que avances profesionalmente y empieces a labrarte una carrera seria, antes de que sea demasiado tarde. ¿Quieres seguir ahí dentro de diez años, arrastrándote? El bueno de Charlie, dirán los jefes. Carece de ambición, pero al menos es responsable.

—Pero Paula...

Rachel resopló como quitándose un mosquito del labio inferior.

—Yo me ocupo de Paula. Obviamente, nos encargaremos de que reciba una buena indemnización. Tú solo tienes que pensar en si tienes lo que hay que tener para levantarte y salir del agujero donde estás. Necesito a alguien con un poco de entusiasmo como mano derecha. Si no eres tú, tendré que elegir a alguien nuevo. Y no garantizo que os gusten las novedades. ¿De qué tienes miedo, Charlie? ¿Qué te impide avanzar?

Por regla general, Charlie odiaba todas esas monsergas tan norteamericanas sobre avanzar, lograr los objetivos o hacer un esfuerzo titánico, pero las palabras de Rachel calaron en él de alguna manera. Se vio a través de los ojos de Stefan, un trabajador de categoría media en un sector no muy emocionante, que se limitaba a trabajar sin más hasta que le llegara la jubilación. Pero si lograba ser asistente de dirección, podía acabar dirigiendo su propio departamento en un año o dos. Charlie no se hacía ilusiones sobre el glamur o la falta de glamur del sector en que había acabado, pero si lograba ascender a director, en teoría sería más fácil cambiarse a otro puesto directivo en un ámbito empresarial más estimulante.

—En caso de estar interesado, ¿qué tendría que hacer?

Después, se sintió mal. Al pasar junto a la mesa de Paula fingió que no se percataba de la forma en que ella lo miraba, enarcando un poco las cejas con gesto interrogante. El subidón de adrenalina experimentado en el despacho de la jefa cuando se visualizó como una versión más dinámica de sí mismo desapareció y le dejó un regusto desagradable.

Cuando encendió la pantalla del ordenador, vio que había recibido dos correos electrónicos mientras estaba hablando con Rachel. El primero era una circular del departamento de Seguridad, aconsejando que actualizaran sus contraseñas. Qué aburrimiento. El segundo parecía correo basura y estaba a punto de enviarlo a la papelera cuando se fijó en la extraña dirección del remitente y cayó en la cuenta. Lo abrió.

¿Se lo habéis preguntado ya? ¿Le habéis preguntado lo que hizo?

Sintió un escalofrío como si estuviera tragando hielo. Abrió el correo que había recibido antes, el que decía que Rachel era un ser maligno que destruía a la gente. La misma dirección. Alguien le tenía ojeriza a su nueva jefa. Entendía perfectamente que el estilo agresivo de Rachel podía provocar malestar, pero llegar al extremo de crear una cuenta de correo electrónico ficticia para enviar esos mensajes tan extraños... ¿No debería alertar a Recursos Humanos o a la propia Rachel? Le reenvió el mensaje a Sarah con un par de frases.

Mira lo que he recibido. ¿Debería denunciarlo?

La respuesta le llegó al cabo de unos segundos.

Mierda. Eso es pasarse un poco, ¿no crees? Aunque no me sorprende que R tenga enemigos. ¿Algún ex empleado amargado? Yo que tú lo borraba.

Charlie suspiró. Sarah tenía razón. Eran las chorradas de alguien que no tragaba a Rachel. No tenía nada que ver con él. Borró el mensaje y se levantó para ir a la cocina.

—¿Te apetece un té? —le preguntó a Sarah al pasar junto a su mesa.

—Dios, sí, por favor. —No presentaba buen aspecto. Estaba pálida y tenía mala cara.

Tuvo un detalle considerado y lavó la única taza decente que quedaba en el armario, la del estampado de flores. Las demás eran casi todas de promoción y llevaban el nombre de la empresa, pero eran tan baratas que se desconchaban y tenían la base oscura por el uso. Le preparó el té en la taza de las florecitas, no sin recordar que debía sacar la bolsa del té antes de que la infusión tomara el color anaranjado que Sarah tanto aborrecía. En su taza, echó una cucharada de café instantáneo y dos colmadas de azúcar. Sabía que debería moderar el consumo. Nunca le había molestado hasta que empezó a salir con Stefan, pero a esas alturas le remordía la conciencia cada vez que se preparaba una bebida caliente. Hasta hacía unos años, mucha gente le echaba azúcar al té o al café, pero de un tiempo a esa parte, uno se sentía como un apestado social si lo hacía. Era como fumar, suponía. Había pasado de moda.

Cuando dejó con delicadeza la taza en la mesa de Sarah, ella le regaló una mirada de sincera gratitud y él habría jurado que el brillo que atisbó en sus ojos se debía a las lágrimas. Tendría que persuadirla de ir a tomar una copa para descubrir qué le sucedía.

Una vez en su mesa, bebió un sorbo de café. «Mierda, qué asco», pensó. Se preguntó cuánto tiempo llevaba en la cocina el bote de café. En una ocasión, comprobó la fecha de caducidad de un bote de chocolate en polvo que llevaba toda la vida en el fondo de uno de los armaritos de la cocina, y descubrió que llevaba cuatro años caducado. Sin embargo, nadie se preocupó de tirarlo a la basura.

Bebió otro sorbo. Sopesó brevemente la idea de regresar a la cocina y prepararse otra taza, y detestó la vocecilla que le dijo: «¿Y qué va a pensar Rachel si te levantas otra vez?» Miró el móvil y se emocionó al ver que Stefan le había enviado un SMS. Habían hablado de salir esa noche, pero tal como descubrió al poco tiempo de conocerlo, los planes de Stefan eran volubles, de manera que llevaba toda la mañana preparado para llevarse una desilusión. Su alegría al leer el mensaje y comprobar que los planes eran firmes se atemperó un poco, porque Stefan insistía en probar un restaurante muy de moda que fusionaba las cocinas libanesa y tailandesa, situado en el Soho, y donde no se podía reservar. Stefan lo había arrastrado en una ocasión a uno de esos sitios y habían acabado haciendo cola durante una hora, lanzando miradas furiosas a los que estaban cenando y torturados por una música tan alta que tenían que gritar para hacerse oír. Y todo por el placer de sentarse codo con codo a una barra que miraba al frente para comer porciones diminutas de comida servidas en unos cuencos enormes mientras sentían cómo los taladraban los ojos de la multitud que esperaba detrás de ellos. Pero Stefan quería probar el nuevo restaurante y, como era habitual, Charlie había cedido. Lo que en realidad quería hacer era ir a casa de Stefan, pedir que les llevaran algo de comer, ver alguna serie de televisión y, después, arrancarse la ropa. O mejor empezaban arrancándose la ropa. Bueno, al menos Stefan no había cancelado los planes.

De vez en cuando se obligaba a analizar la situación con Stefan de forma objetiva. Si fuera su mejor amigo, tendría unas palabras consigo mismo. Era consciente de que se estaba involucrando demasiado con Stefan, de que dependía demasiado de él. Pero la verdad era que, en ocasiones, se sentía muy solo y era agradable estar con alguien. Y estaba enganchado a Stefan de una forma que no podía explicar. El simple hecho de saber que iba a verlo esta noche lo emocionaba de una forma muy placentera, aunque sabía que odiaría el restaurante y que no le gustaría nada pagar lo que sin duda sería una cuenta astronómica.

El teléfono fijo de su mesa sonó y miró la hora en la pantalla del ordenador. Las 14.45. Margaret Hoffman. Justo a tiempo. Margaret era una clienta a la que llevaba años cortejando. Era casi imposible hablar con ella. Esa llamada llevaba planeada días y días.

—¿Margaret? Me alegra hablar de nuevo contigo.

Mientras intercambiaban los saludos de rigor, Charlie rebuscó en la bandeja donde tenía los documentos que había preparado para consultar durante la esperada llamada.

Margaret Hoffman dirigía una exitosa cadena de tiendas de accesorios de moda y acababa de comprar una cadena de joyerías pequeña y necesitaba contratar personal. Si conseguía el contrato, obtendría miles de libras de ganancia en futuras comisiones. Decenas de miles de libras. Pero sabía que no era la única empresa de contratación de personal con la que Margaret estaba negociando, así que había hecho los deberes y había reunido todas las cifras y los datos estadísticos que había encontrado sobre su empresa y sobre la línea de negocio de los accesorios de moda en general, a fin de crear el perfil tipo del empleado ideal y de explicar sus ideas a la hora de establecer una jerarquía laboral en cada establecimiento.

—Bueno, Charlie, explícame cómo crees que funcionaría un contrato con vosotros a largo plazo —dijo Margaret con esa voz tan peculiar y masculina que tenía—. Estoy muy ocupada, así que tienes veinte minutos para convencerme de que os contrate a vosotros en vez de a otra empresa.

Charlie se lanzó a soltarle el discurso que había preparado, pero no llevaba mucho tiempo hablando cuando empezó a sentir unas punzadas extrañas en el vientre. Trató de pasarlas por alto, pero al cabo de unos minutos el dolor creciente se había convertido en fuertes espasmos. El sudor le perló la frente y el torso, por debajo de la camisa. Luchó con todas sus fuerzas, pero por Dios que necesitaba ir al baño.

—Charlie, ¿sigues ahí?

Un agudo retortijón hizo que dejara una frase sin terminar y Margaret Hoffman no parecía muy impresionada con él.

—Sí, lo siento. ¿Por dónde iba? —Recorrió con la mirada el esquema impreso que tenía delante, intentando ordenar sus pensamientos.

—Me estabas hablando de vuestra estrategia de valoración del personal post contratación.

Empezó a explicarle su sistema para valorar a los empleados con entrevistas de seguimiento que él hacía en persona. De repente, oyó un terrible borboteo procedente de su intestino. Sarah volvió la cabeza y lo miró boquiabierta, con las cejas enarcadas. Charlie guardó silencio de nuevo, mientras su estómago sufría otro doloroso retortijón. Comprendió espantado lo que estaba a punto de suceder.

—Lo siento —murmuró, y soltó el teléfono antes de salir corriendo hacia la puerta del vestíbulo, donde estaban los servicios.

Cuando salió, diez minutos más tarde, con la cara blanca y los intestinos algo más relajados, Amira lo estaba esperando en el vestíbulo.

—Sarah me ha enviado un correo electrónico para decirme que saliera a buscarte. Estaba preocupada por ti, pero no se atrevía a levantarse. Estás hecho una piltrafa. ¿Qué te ha pasado?

—No lo sé. Ha sido algo repentino. He intentado analizarlo mientras estaba ahí dentro, pegado al inodoro. Creo que había algo en el café.

—No seas tonto, ¿qué va a haber en el café? Además, hoy lo hemos bebido todos y no le ha pasado a nadie más.

—Bueno, pues en el azúcar. Sabía fatal. Creo que alguien le ha echado algo. Algún tipo de laxante, quizá.

—Venga ya. ¿Por qué alguien iba a hacer eso?

Charlie se llevó las manos al abdomen al sentir el inicio de un retortijón.

—No lo sé. —Meneó la cabeza—. Lo que tengo claro

es que yo estaba perfectamente, que bebí un café con un sabor rarísimo y que cuando empecé a hablar por teléfono... ¡Ay, Dios mío!

Acababa de recordar a Margaret Hoffman y que la había dejado con la palabra en la boca. ¿Cómo iba a acabar el asunto? No la imaginaba ofreciéndole el contrato a una persona cuyos intestinos rugían en mitad de una frase como si el mismísimo Alien estuviera desgarrándole las entrañas. En cuanto a los planes para esa noche... no sería capaz de salir a cenar. Y Stefan no se le antojaba el tipo de persona que se prestaba voluntaria a ir a apartarle el pelo de la cara mientras vomitaba en el inodoro... o hacía algo peor.

Como solidarizándose con sus pensamientos, el estómago empezó a hacerle ruidos extraños.

—Tengo que...

Amira lo empujó hacia el interior del servicio antes de que acabara la frase. Logró llegar al inodoro a tiempo, algo que seguramente fuera lo único bueno que iba a pasarle ese día.

22

Anne

Además de dar conferencias en la universidad y asesorar en juicios, también acepto clientes privados, algunos de los cuales son pacientes desde hace años. Admito que últimamente no acepto muchos casos nuevos, pero hubo un período en el que todo me parecía poco. Ansiaba aumentar mi conocimiento y mi reputación. Durante aquella época llevé algunos casos muy complicados. Como el de un hombre que había sufrido abusos sexuales a manos de un profesor desde que tenía seis años y que padecía daños psicológicos graves y permanentes; o el de una chica que había ahogado a su bebé en la bañera porque una voz le había dicho que era la única manera de salvarlo de ella. También el de una adolescente que no había hablado en los tres años que habían transcurrido desde que su padre apuñaló a su madre delante de ella, pero que se formaba palabras y frases con un cuchillo sobre su piel.

Algunos de esos casos hicieron que pusiera en duda

todo lo que sabía acerca de las relaciones humanas; otros hacían que volviera a casa y me mirase en el espejo mientras me preguntaba «¿Podrías hacerlo?» o «¿Lo harías?». Luego, abrazaba a Shannon en silencio hasta que ella se hartaba y se zafaba de mí. Pero nada estuvo a punto de hacerme perder el control como aquel día de finales de verano, delante de las escaleras que llevaban al sótano de aquella casa normal y corriente de una urbanización de la periferia, mientras un policía barrigudo pulsaba el interruptor de la luz.

—Es increíble, ¿eh? —preguntó el sargento Cavanagh mientras bajaba los escalones para que Kowalsky y yo pudiéramos observar a conciencia lo que había allí.

—Me cago en la puta. —Era la primera vez que oía a Ed soltar un exabrupto.

—Eso mismo —dijo el policía.

El sótano era una habitación casi cuadrada, de unos cinco metros por seis. El suelo era de ese hormigón gris que empieza a ponerse verde después de un tiempo. Las paredes también eran grises. Olía a humedad, además de a podrido y a algo mucho más insidioso y rancio.

—Son de casi medio metro de grosor —dijo Cavanagh mientras le daba unas palmaditas a la pared con gesto casi orgulloso—. Dos hileras de ladrillos con una gruesa capa aislante en medio para insonorizar. Ese tío era todo un manitas.

Sin embargo, ni Ed ni yo les prestábamos atención a las paredes ni a los ocho escalones estrechos que conducían al lugar donde estaba el corpulento policía. Los dos estábamos pendientes de una sola cosa.

La jaula.

Ocupaba casi la mitad del espacio del sótano y medía

algo menos que la estatura media de un adulto, con barrotes negros en los cuatro lados y en el techo. Una plancha de madera iba de lado a lado en el centro de la parte superior, con una polea y una cuerda. En un extremo de la cuerda había un enorme gancho. Lo miré mientras notaba un regusto rancio en la boca. Intenté contener las arcadas. Los únicos objetos que había en la jaula además del gancho eran una cama para un niño pequeño, con la barandilla bajada; una silla de madera y, en el extremo más alejado, una lata grande con tapa.

—El niño solía llevar una especie de arnés que lo envolvía y le mantenía los brazos pegados al cuerpo, con un aro en la espalda donde se colocaba el gancho.

Cavanagh bien podría estar ejerciendo de guía en un museo, y me pregunté por qué lo había afectado tanto la habitación de Laurie mientras que ese sótano de los horrores parecía dejarlo frío. ¿Se debía a sus hijos, que se parecían tanto a la niñita que habíamos visto en la facultad de Medicina y que estaban en el extremo opuesto de la pobre criatura de esa jaula? ¿Era el grado de sufrimiento que había padecido el niño lo que lo sacaba de la compostura del policía, como los refugiados de miradas perdidas que veo en la tele hoy en día?

—Nunca lo dejaban salir —dijo Ed. Parecía muy blanco a la intensa luz de la lámpara.

De repente recordé que él también se encargaba de evaluar al niño. David, el Menor D. Nunca hablábamos de la evaluación que se hacía en paralelo. Ed prefería que las mantuviéramos separadas hasta que hubiéramos avanzado en los informes, de modo que Dan Oppenheimer y yo no influyéramos en la opinión del otro; pero ahora también creo que fue para que solo él estuviera al tanto de todos los pormenores del caso, para ser el único capaz de escribir todo el relato. El resultado era que me había olvidado de lo íntimamente relacionado que estaba con las cosas que veíamos en ese momento.

—No —confirmó Cavanagh con frialdad—. Aquí está. Toda la vida del niño. Iba de la cama a la silla.

—¿No había baño?

—Pañales. Solían meterlos en la lata esa cada dos días. Este sitio apestaba cuando lo encontramos. Si uno piensa en que arriba está todo impecable y ordenado a la perfección y que esto está lleno de moscas y gusanos... Ya saben que acostumbraban a recoger las sobras de la comida en un cubo y después se la traían. Comía con las manos.

—El calendario de comidas del frigorífico —dije, pensando en voz alta—. De modo que Laurie bajaba aquí con regularidad.

—Claro, claro —convino el sargento—. Además, la obligaban a colaborar en los castigos.

Había leído los informes preliminares de la policía y los asistentes sociales que habían entrevistado a Laurie después de realizar tan macabro descubrimiento. Encontraron marcas en todo el diminuto cuerpo del niño. Algunas parecían provocadas por algún tipo de palo; otras eran quemaduras, provocadas por un instrumento de peluquería caliente, según el informe médico. Pensé en los rizos oscuros y perfectos de Noelle Egan y me eché a temblar. Y, además, justo en uno de sus delgaduchos brazos tenía una dentellada perfecta, y por el tamaño, el informe indicaba que solo podía haberlo hecho un niño pequeño.

23

Sarah

—No tienes por qué ir.

Oliver le tenía puesta una mano en cada hombro para inmovilizarla y la miraba a los ojos. Parecía preocupado.

—Nada de besos. Ay, uf, os vais a besar. Qué asqueroso. —Sam, que estaba detrás de Oliver, empezó a fingir arcadas.

—Mamá queda —dijo Joe, que se aferraba a la pierna de Sarah.

—Tengo que irme, ya lo hemos hablado.

—No, no es razonable. Es fin de semana, por el amor de Dios. Ya casi ni nos vemos a diario. Y estás fatal. ¿Cuándo fue la última vez que dormiste de un tirón?

—Solo estás cabreado porque tienes que cuidar a los niños todo el fin de semana en vez de ir a casa de Jimmy para tu noche de póquer.

—Eso no es justo.

No lo era, Sarah lo sabía. Oliver ni siquiera había mencionado el póquer. Pero estaba muerta de cansancio. Y él era un blanco fácil.

—Oye, no me apetece nada pasar este dichoso fin de semana en Derbyshire. Anoche no dejaba de darle vueltas a la idea de que Rachel va a retorcerlo todo para que se haga lo que ella quiera. Hará cualquier cosa para humillarme. Pero no puedo darle una excusa para que me despida.

—Joder, deberías demandarla. Te lo digo en serio. Es acoso laboral.

—Uy, has dicho «joder». Mamá, papá ha dicho «joder».

—Sí, lo ha dicho, Sam, pero a veces los adultos dicen esas cosas cuando se alteran.

—Pues yo también estoy alterado. Lo estoy porque te vas. Joder, joder, joder.

—¡Sam!

—Puedo decirlo porque estoy alterado.

Todavía agarrado a su pierna, Joe empezó a llorar.

—Que solo son dos días. Volveré mañana. Tengo que hacerlo, de lo contrario será todavía peor cuando le cuente... lo otro. —Agachó la cabeza para señalar a Sam y enarcó las cejas en un gesto elocuente.

Oliver suspiró y apartó las manos de sus hombros.

—Supongo que siempre puedo pedirle a mi madre que venga y me eche una mano.

—¿En serio? ¿Me voy una sola noche y eres incapaz de apañártelas sin refuerzos? Además, la última vez que vino tu madre en mi ausencia, trasquiló a Joe.

—Por favor, solo le cortó un poco el pelo.

—Sabía que me encantaba su pelo largo.

—El niño le pidió que se lo cortara.

—Solo después de que ella le dijera que así parecería un niño grande, como Sam.

Se fulminaron con la mirada. Al final, Oliver fue el primero en apartar la vista.

—Vale, no la llamaré si así te sientes mejor. Cuidaré de los niños, haré la compra porque no hay una mierda en el frigorífico, sacaré la apestosa papelera de los pañales y...

—¡Mierda! ¡Ha dicho «mierda»!

—Vamos, que vas a hacer lo mismo que hago yo el noventa por ciento del tiempo.

—Eso no es justo. Hago más de lo que me corresponde.

Sarah levantó una mano con gesto cansado.

—Es inútil ponernos a discutir. Estoy demasiado cansada y tengo que irme. Niños, portaos bien con papá.

—Eso, vete. Como haces siempre.

—Mamá queda con Joe —dijo Joe, con las manitas regordetas alrededor de su rodilla, arrugándole el vestido.

—Volveré antes de que os deis cuenta —les aseguró ella al tiempo que le apartaba los dedos y lo besaba en la coronilla, donde tenía el pelo revuelto porque acababa de salir de la cama.

Hizo ademán de besar a Sam, pero este se apartó de sus brazos extendidos y trepó por el brazo del sofá hasta subirse al respaldo.

Una vez allí, se cruzó de brazos y la fulminó con la mirada.

—Mierda joder —dijo Sam.

Iba a reunirse con Charlie y Amira en la estación de St. Pancras para coger el tren que los llevaría al hotel de Derbyshire. Paula iba en coche y llevaba a Chloe con ella. Ewan, según admitió la tarde anterior, viajaría con Rachel.

—Tiene sentido —adujo él a la defensiva en la oficina—. Tiene un coche de la empresa a su disposición y pasa casi por delante de mi bloque.

—¿Desde cuándo Clacton está de camino hacia ninguna parte, mucho menos Islington? —le preguntó Amira, pero él se limitó a sonreír con expresión ufana.

Cuando por fin llegó al andén, veinte minutos tarde por culpa de la discusión con Oliver, Sarah estaba exhausta, de modo que el simple hecho de andar agotaba todas sus reservas de energía.

—Llegas tarde. Será mejor que nos demos prisa —dijo Charlie—. No creo que perder el tren sea la mejor forma de empezar unas maravillosas jornadas de convivencia.

—Jornadas de convivencia, y un cuerno —masculló Amira—. Jornadas de escapismo total, porque pienso escaquearme a las primeras de cambio.

Fue un alivio encontrar los asientos que tenían reservados justo cuando el tren se ponía en marcha. Tras dejarse caer en el asiento enfrente de Charlie, Sarah se dio cuenta de lo pálido que estaba.

—¿Estás bien? —le preguntó.

—Claro —contestó él con voz demasiado cantarina, al tiempo que se pasaba la mano por la frente con gesto avergonzado. Sarah jadeó.

—¿Qué te ha pasado en el brazo? —le preguntó.

Al instante, Charlie se bajó la manga de la camisa, que se le había subido cuando levantó el brazo, en un intento por ocultar el enorme apósito que tenía en la cara interna, justo por encima de la muñeca, y que traslucía una leve mancha rosada.

—Ah, esto... Me corté abriendo una lata de tomates, ¿te lo puedes creer? La tenía ya medio abierta cuando se me atascó el abridor, así que empecé a moverlo y el dichoso cacharro me apuñaló. Joder, no veas cómo me dolió.

La historia parecía ensayada, pero Sarah sabía que no debía insistirle. Pese a sus ademanes tranquilos, Charlie protegía con celo su intimidad.

—Solo tú podrías tener una experiencia cercana a la muerte con una lata de tomates —dijo Amira.

Durante todo el trayecto, el estado de ánimo de los tres mejoró bastante. Amira y Charlie habían comprado latas de gin-tonic y consiguieron que Sarah se desternillase de la risa interpretando algunas de las actividades que podría incluir la agenda del fin de semana.

—Una conocida tuvo que rapear todas las cosas que le gustaban de su empresa —aseguró Amira.

—No tenemos rival en hojas de cálculo y tal —improvisó Charlie.

—Este tío es un genio —dijo Amira, dándole su aprobación—. Que lo hagan jefe ya mismo.

—Bueno, pues yo he oído que una empresa dejó a todo el equipo comercial en mitad de un bosque, de noche, y tuvieron que encontrar el camino de vuelta al hotel —dijo Charlie—. Pero como eran comerciales, eran ultracompetitivos y, en vez de trabajar en equipo, no dejaban de ponerse la zancadilla unos a otros y todos acabaron perdidos, cada uno por su lado. Un helicóptero de la policía tuvo que salir a buscarlos con un escáner térmico. Algunos habían perdido la mitad de su masa corporal e incluso habían empezado a comerse los unos a los otros para sobrevivir.

—Me parece que estás exagerando un pelín, Charlie —replicó Sarah, pero de todas formas se estremeció ante la idea de deambular por el campo de noche. No recordaba la última vez que Joe y Sam habían dormido toda la noche de un tirón, y su mayor esperanza era que al menos sacaría una buena noche de sueño durante ese infernal fin de semana. La idea de que les exigieran mantenerse despiertos toda la noche mientras atravesaban el campo, con el frío que hacía, hizo que le entraran ganas de llorar—. ¿Creéis que vamos a ver otra faceta de Rachel? —preguntó—. A ver, a lo mejor cree, por el motivo que sea, que tiene que ir de dura en el trabajo, en plan la jefa suprema, y ahora es cuando descubrimos que, en el fondo, es un trozo de pan.

Amira resopló.

—Ya, sus aficiones son tejer abrigos para los pingüinos y meditar para que haya paz en el mundo. Ah, y arrancarle la cabeza a bebés vivos.

A Sarah se le revolvió el estómago y tuvo que contener las náuseas.

Cogieron un taxi hasta el hotel. Como era de esperar, todos lo habían buscado en Google antes, de modo que Sarah se hacía una idea de lo que los esperaba, pero era como concertar citas por internet: los hoteles siempre tienen fotografías que llevan a engaño del sol que baña una entrada de piedra o del candelabro que adorna la preciosa escalinata del vestíbulo, pero nunca muestran el feo adosado modernista que hay a un lado ni el hecho de que están situados junto a una autopista.

En ese caso, el hotel se parecía bastante a las fotografías que había en internet: un enorme edificio de ladrillo rojo en mitad de un prado, rodeado de bosque, al que se accedía por un largo camino de entrada. Cuando el taxi atravesó la verja de hierro forjado y recorrió el camino hacia la entrada principal, Sarah tuvo un mal presentimiento. Intentó no mirar los jardines situados a ambos lados del hotel, donde un grupo de personas con cara de incomodidad lucían camisetas amarillas idénticas con el logotipo de una empresa mientras hacían una especie de baile al ritmo que marcaba una enérgica muchacha con pantalones cortos de licra y armada con un megáfono.

—Ay, Dios, que se vaya —masculló Charlie.

Una vez en el vestíbulo, un hombre con un traje oscuro y una sonrisa que parecía pintada en la cara les indicó sus habitaciones.

—Que tengan un buen día —les dijo mientras se dirigían a los ascensores.

—¿Lo habéis oído? —masculló Charlie—. Se está riendo de nosotros. Sabe lo que nos espera y se está riendo de nosotros.

En su habitación, Sarah echó un vistazo a la cama de matrimonio con el cabecero de madera oscura y cuadrantes blanquísimos, y las sábanas recogidas bajo el edredón burdeos; a las paredes pintadas de verde oscuro con las cortinas a juego; a la mullida alfombra; al sillón orejero marrón rojizo junto a la ventana desde la que se tenía una vista de la propiedad que se extendía por detrás del hotel; al baño privado, con mullidas toallas blancas y albornoz, y con todos los botecitos ordenados... y se echó a llorar. Era un remanso de paz. Podría escoger una bolsita de té de la selección que había en la bandeja del taquillón de entrada y prepararse una taza en la tetera eléctrica, y bebérselo con una de las galletitas individuales que había en un cuenco, sin que nadie le pidiera nada. Sobre todo, sin que nadie le pidiera un juguete, algo de beber, que regañase al hermano por doblarle su carta preferida de Top Trumps, que lo abrazara o que lo llevase a hacer pipí. Podría tumbarse en esa cama perfecta sin miguitas de pan y cerrar los ojos... y nadie la despertaría de golpe para decirle que uno de los niños estaba llorando, ni insistiría en que era hora de levantarse aunque fuera estuviera todo negrísimo. Podría llenar la bañera, que no estaba manchada como la de casa porque ni Oliver ni ella tenían fuerzas para hacer más que pasar una bayeta húmeda por el borde, y tumbarse sin clavarse en la nuca un soldadito de plástico. En cambio, se dejó caer en el sillón de terciopelo y sollozó, echando de menos a sus niños con tal intensidad que le dolía el alma.

Llamó a Oliver. Su «Hola» sonó alterado y distinguió el berrido de un niño de fondo.

—¿Quién está llorando? ¿Qué ha pasado?

—Nada. Todo está bien.

—Pero oigo que alguien está llorando.

—No pasa nada. Solo es una discusión tonta.

—Pues a mí no me parece que sea «nada».

—Joder, Sarah. Estaban estupendamente hasta hace un segundo. Se les pasará enseguida. A ver, que me las puedo apañar. El mundo no se va al garete porque tú pases una noche fuera de casa.

—Lo siento. Sé que puedes apañártelas. Es solo que estoy de los nervios. Me da miedo lo que va a pasar. Nos han dicho que tenemos que estar todos en el vestíbulo dentro de media hora, con ropa deportiva.

—Ya te di...

—Por favor, no me repitas que ya me dijiste que no viniera, porque no creo poder soportarlo.

—Vale —respondió con voz más tierna, conciliadora—. Sé que lo estás pasando mal. Tú aprieta los dientes y recuerda que solo será una noche. Mataría por pasar una noche en un hotel. Sueño ininterrumpido, tele enorme para ver lo que quieras. Servicio de habitaciones. ¿No hay un *spa* y una piscina en el sótano?

—Sí, pero no vamos a tener tiempo para nada de eso.

Mientras lo decía, Sarah recordó con inquietud el correo electrónico que Rachel había enviado a todo el departamento, indicándoles lo que deberían llevar para ese fin de semana. La palabra «bañador» estaba tan abajo de la lista que Sarah pudo desentenderse de ella. Ni de broma pensaba ponerse un bañador delante de sus compañeros de trabajo.

Tras colgarle a Oliver, dejó la maleta en la cama y miró el contenido. Les habían dicho que llevaran «prendas deportivas», y se echó a temblar. Sacó los viejos pantalones de chándal azules de andar por casa. Oliver los detestaba, pero eso no le impedía ponérselos en cuanto llegaba a casa por las noches. Eran comodísimos. Sin embargo, en ese ambiente, en la habitación casi lujosa de ese hotel, parecían baratos y muy viejos. Se había llevado una camiseta de Oliver para ponérsela con los pantalones y, al mirarse en el espejo de cuerpo entero que había en el armario, supo que había sido un error.

Se topó con Amira junto a los ascensores. La otra mujer, más joven, llevaba un cortavientos negro con cremallera y unas mallas de licra del mismo color. Se había recogido la larga melena oscura en una coleta. No irradiaba glamur, pero al menos no parecía haber hecho ejercicio por última vez cuando los Beatles copaban las listas de éxitos.

—Tengo la sensación de que estoy en un *reality show* —dijo Amira—. Como «El aprendiz». Es como si Alan Sugar estuviera a punto de aparecer para decirnos que nos han despedido a todos.

—La verdad es que me gustaría que me despidieran ahora mismo. Al menos, así no tendría que soportar esto.

En el vestíbulo, algunos miembros del departamento

de Ventas, tanto comerciales como gente de *marketing*, parecían estar haciendo ejercicios de calentamiento muy en serio. Al principio, Sarah creyó que era una buena señal que empleados de otros departamentos fueran al temido fin de semana, ya que creía que su presencia le restaría fuerza al Efecto Rachel... hasta que descubrió que formarían un equipo independiente, «liderado» por otra persona.

—Por Dios, es como uno de esos fines de semana de supervivencia extrema, ¿no? —susurró Charlie, que estaba esperando en un sofá con unos holgados pantalones de chándal, que a todas luces eran de una etapa anterior de su vida, y con una camiseta de manga corta con mensaje irónico—. Vamos a tener que internarnos en el bosque, embadurnarnos de barro y darnos caza los unos a los otros con lanzas.

El ascensor anunció su llegada antes de que Chloe y Paula salieran, las dos con el andar tenso de la gente que intenta no mostrarse avergonzada.

—Estoy hecha un fantoche —dijo Chloe, y se señaló las interminables piernas desnudas, enfundadas en unos pantalones cortos de licra. Se soltó la coleta y sacudió la melena antes de recogérsela de nuevo.

—Ah, hola... —saludó Paula, y se detuvo para mostrarles su modelito, con un pie algo adelantado y los brazos extendidos a los lados.

Desde luego, no era el conjunto más favorecedor del mundo. Los pantalones eran de un indefinido marrón, los llevaba recogidos en los bajos y los combinaba con una sudadera con capucha marrón que, a juzgar por el tamaño, seguramente fuera de Ian o de su hijo. ¿Cómo se llamaba? ¿Cameron? A Sarah todavía le resultaba increíble creer que sus dos niños llegarían a convertirse en adultos que saldrían del dormitorio en calzoncillos en mitad del día. Se quedó de piedra al comprobar lo mayor que parecía Paula de repente. Paula siempre había aparentado más edad debido a su forma de vestir y a ese aire resignado que tenía, pero en ese momento era como si hubiera envejecido diez años en las últimas semanas. Tenía mal color de cara y los ojos hundidos por el efecto de las bolsas y las arrugas.

El «líder» del equipo comercial y de *marketing* había llegado: era una chica de cara seria con un mono morado y un silbato colgado del cuello. De inmediato les ordenó que se pusieran a correr sin moverse del sitio en el vestíbulo. Sarah y los demás observaron la escena en silencio.

—Es que ni... —dijo Amira, pero no pudo terminar la frase.

La puerta de la escalera de emergencia se abrió de repente y apareció Rachel, seguida de cerca por Ewan. Sarah tragó saliva.

—Hola, tropa —saludó Rachel con una sonrisa que de sonrisa tenía poco—. Espero que todos hayáis calentado y estéis preparados para empezar.

Iba embutida en un conjunto de licra, con un chaleco plateado y azul y unas mallas a juego. En la cabeza llevaba una gorra de béisbol celeste, y por detrás sobresalía su melena negra, recogida en una pulcra coleta.

Ewan, que iba unos pasos por detrás ataviado con su equipación del Arsenal, era como un enorme cachorro. Aunque tenía los nervios a flor de piel, Sarah sintió pena por Chloe. El primer rechazo nunca era agradable.

Un hombre entró en tromba por la puerta principal del hotel y saludó:

—Buenas, gente. —Y se detuvo en seco.

En mitad de su desdicha, Sarah se dio cuenta de que el

hombre que había pronunciado ese saludo era guapo. Tenía una belleza que no se veía normalmente fuera de las pantallas de la tele o el cine. Pelo trigueño alborotado, ojos azules y cejas bien definidas y algo más oscuras que se enarcaban un poco cuando sonreía, como hacía en ese momento. Era como una forma de evaluarte, pero más que de forma crítica, con admiración, como si compartieran una maravillosa broma.

El efecto en el resto del grupo fue inmediato. Amira, que estaba repantigada en un sillón mientras mandaba SMS a diestro y siniestro, se metió el móvil en el bolsillo de la chaqueta y se enderezó. Charlie se apartó de la pared en la que estaba apoyado y Sarah estaba segura de que acababa de meter barriga. Chloe se sonrojó cuando el recién llegado la miró, y el rubor se le extendió como una repentina flor por el pecho. Paula pareció erguirse más al tiempo que se daba un tirón del elástico de los pantalones. Ni siquiera Rachel fue inmune.

—Así que tú eres el encargado de ponernos en forma —dijo la jefa, y le dirigió una sonrisa que no se parecía en nada a la que usaba normalmente—. En una escala del uno al diez, ¿cuánto tendríamos que asustarnos?

—Un once, señora.

Rachel se echó a reír y en una mejilla se le formó un hoyuelo que Sarah no le había visto antes. A su espalda, Ewan endureció el semblante. Aquello iba a ser interesante. Ewan estaba acostumbrado a creerse el macho alfa del grupo.

—Soy Will, vuestro entrenador personal... o torturador, como queráis. Jaja, no, es broma. Bueno, esta tarde vamos a realizar una actividad al aire libre y a machacar al otro equipo. Miradlos. Bah, pan comido. —Señaló el grupo de los comerciales y los de *marketing*, que estaban haciendo unos complicados ejercicios de estiramientos por parejas, consistentes en colocarse de espaldas con los brazos entrelazados a la altura de los codos e inclinarse hacia delante para que el compañero arqueara la espalda hacia atrás. Se oían muchos gemidos.

—Casi da pena que se enfrenten a nosotros —dijo la nueva Rachel, jovial—. Será como quitarle un caramelo a un niño. Miradlos, si están temblando...

No eran los únicos. Sarah tenía miedo, la clase de miedo que se enrosca en los órganos internos como una enredadera. Intentó controlarse. Solo tenía que sobrevivir las primeras veinticuatro horas y luego, al día siguiente, volvería a casa. Debería relajarse. Pero era muy consciente de lo que estaba callando, como un absceso en su interior a la espera de reventar.

En el jardín había un circuito de obstáculos dispuesto con dos calles paralelas. La opresión que sentía Sarah en el pecho fue a más cuando observó el largo túnel hecho de red y los aros dispuestos en formación, además de una horripilante selección de disfraces.

El equipo de comerciales y de *marketing* ya estaba haciendo carreras de calentamiento.

—Tengo la sensación de haber muerto y haberme despertado en un infierno de novatadas —dijo Charlie—. Por favor, dime que no tendremos que ponernos esa ropa ridícula. Seguro que hay una cláusula en nuestros contratos que prohíbe la humillación pública de los empleados. Esa ropa no parece ni que esté limpia.

Will dio una palmada.

—A ver, damas y caballeros, un poco de atención. Antes de que comiencen los juegos, y por si la cosa no fuera ya emocionante de por sí, se va a unir a nosotros un invitado especial. El mismísimo director general de la empresa, Mark Hamilton. Para que no digáis que no os mimamos.

Una figura menuda salió de detrás de un recodo, donde debía de haber estado escondido todo ese tiempo. Sarah no recordaba haber visto nunca al jefe supremo de la empresa fuera de la oficina, y nunca había hablado con él directamente. Tenía el pelo rubio bastante ralo, y ese día lucía unos zapatos italianos muy caros y unos pantalones grises que no tenían pinta de ser «ropa deportiva», aunque en aras de la informalidad se había puesto un polo azul marino que todavía tenía los dobleces de la tienda. Su bronceado rostro, gracias a la práctica del golf, tenía una expresión que bien podría haber sido una sonrisa lastimera o una mueca de resignación. Sarah pensó en el expediente disciplinario y en lo otro que todavía no le había contado a nadie. Ese hombre sería quien tomaría la decisión definitiva acerca de su futuro. Y en ese momento, esperaban que se arrastrara de bruces delante de él, con una peluca afro en la cabeza.

Will le susurró algo a la mujer que estaba al frente del equipo de comerciales y demás antes de levantar la mano, pidiéndoles su atención.

—Muy bien. En primer lugar, tenemos la carrera de obstáculos, pero no queremos que la sorteéis tal cual estáis, porque así sería muy aburrido, ¿verdad que sí? Así que vamos a darle un poco de vidilla al asunto. Lo primero que haréis será formar parejas dentro de vuestro equipo.

Sarah sintió la quemazón de un antiguo trauma, el legado de sus días de instituto, cuando era un suicidio social quedarse sin compañero y tener que emparejarse con el profesor. Agarró a Charlie de la mano.

—Vamos, por el amor de Dios, tienes que ser mi pareja o voy a acabar con Mark Hamilton.

Miraron alrededor. Amira se había emparejado con Chloe, Rachel con Ewan, y la pobre Paula se quedó de pie, sola, intentando poner buena cara.

—Parece que solo quedamos tú y yo —le dijo Mark Hamilton, y se esforzó en aparentar que eso le agradaba.

—¡Muy bien! —gritó la mujer de cara colorada con un inconfundible acento australiano—. Todavía no he podido presentarme a todos. Me llamo Yvette y estoy al frente de este grupo de rufianes. —Su equipo vitoreó—. El objetivo de este ejercicio es promover la cooperación. Trabajar juntos.

—Gracias por explicarnos lo que significa «cooperación» —susurró Charlie.

—Así que un miembro de cada pareja va a recorrer la pista de obstáculos mientras el otro le grita indicaciones desde un lateral, pero lo complicado del asunto es que quien recorra la pista tendrá los ojos vendados.

—Con los ojos vendados... —canturreó Charlie quedamente.

—Pues, por hablar, tú vas a ser el de los ojos vendados. Ni de coña voy a ser yo.

—Sarah, venga ya. Sabes que soy un desastre en cualquier actividad física. ¿Te acuerdas de cuando intentamos bailar en la fiesta de Navidad?

—Sí, pero fue después de bebernos diez copazos de vino. Vas a hacerlo, Charlie. No pienso discutir.

El deje de su voz, una especie de desesperación, hizo que él se tragara las palabras, aunque tenía la boca abierta para protestar.

La carrera se hizo eterna. Tuvieron que hacer turnos para competir, ya que una pareja de cada equipo se tenía que enfrentar entre sí. Cuando les tocó a Sarah y Charlie, los penúltimos, su equipo perdía dos a uno. Amira y Chloe habían ganado su carrera, por los pelos; mientras que la renuencia de Paula a levantarle la voz al jefazo había dado como resultado que Mark Hamilton se pasara casi todo el tiempo moviendo la cabeza de un lado a otro y gritando «¿Y ahora dónde?» al aire.

—Como la peluca esté pringosa, es que ni me la acerco a la cabeza —le advirtió Charlie a Sarah—. Tú piensa en todas las cabezas sudorosas que ya ha tocado.

Se enfrentaban a dos veinteañeros del equipo de comerciales que no dejaban de hacer posturitas de cara al público en la línea de salida, y luego la que tenía los ojos vendados empezó a andar como Frankenstein mientras su compañero le azotaba la espalda con un látigo imaginario.

—Dios, que todo acabe deprisa —rogó Charlie mientras Will le colocaba la venda bien apretada sobre los ojos.

—¿Estás bien? —le preguntó Will al ver el apósito que Charlie llevaba en el brazo—. Tiene mala pinta.

—Estoy bien. Me hice una herida chunga al abrir una lata.

Ewan no dejaba de botar sobre la punta de los pies.

—Todavía tenemos tiempo de remontar —dijo con convicción—. Mantenedlos a raya en esta ronda, y Rachel y yo los aplastaremos en la siguiente.

En cuanto sonó el silbato, sus contrincantes dejaron de hacer tonterías y demostraron su lado competitivo.

—Sigue recto, sigue recto. ¡Tírate al suelo! Arrástrate, más, más rápido. ¡Vamos!

Cuando llegaron a la segunda parte del recorrido, los

aros, Charlie seguía intentando encontrar la entrada al túnel de red.

—Un poco a la izquierda. No, lo siento, a la derecha.

—¡Joder, ya te vale!

—Por el amor de Dios...

Sarah oyó lo que decían, pero no se atrevió a volverse para ver quién hablaba. La mujer del equipo comercial pisó fuera de uno de los aros y tuvo que volver a empezar.

—¡Vamos, Charlie! ¡Es la tuya! ¡A por ella!

Era la voz de Rachel, imposible de confundir. Aguda y chillona.

Charlie logró salir del túnel y empezó con los aros, donde demostró ser muy habilidoso. La verdad fuera dicha, tenía los pies muy pequeños para ser hombre, algo que sin duda ayudaba.

Cuando por fin pasaron lo de trepar, Charlie iba codo con codo con su contrincante. Casi en contra de su voluntad, Sarah se dejó llevar por la situación y empezó a gritar más a medida que ayudaba a Charlie a llegar a la zona de los disfraces.

—Adelante, adelante... No, ¡te has pasado! Un poco a la izquierda... un poquito más. ¡Eso es, cógelo! ¡¡Cógelo!!

El pobre Charlie se paró en seco y cogió unos pantalones de marinero.

—¡Vamos! ¡Vamos! ¡Vamos! —corearon tras Sarah.

Charlie tanteó en busca de la abertura, pero en vez de ponérselos por los pies, se los pasó por la cabeza, ya que sin duda creía que eran una especie de jersey o chaqueta.

—¡Arrg! ¡Uf! —gimió desde su prisión de poliéster.

Sarah empezó a sentir que la adrenalina se mezclaba con los nervios a flor de piel y la falta de sueño. Se echó a reír.

Estaba tan gracioso dando vueltas a ciegas con los pantalones en la cabeza... Y descubrió que no podía parar.

—¡Dile lo que tiene que hacer! —le gritó Ewan.

Pero Sarah era incapaz de articular palabra. Las lágrimas resbalaban por sus mejillas mientras se doblaba de la risa. Las risas a su espalda se fueron reduciendo cuando la chica del equipo comercial empezó a ponerse el disfraz a toda prisa, y en ese momento le llegaron órdenes irritadas para que se pusiera seria. Sin embargo, Sarah no podía dejar de reír, o tal vez estuviera llorando. Charlie intentaba quitarse los pantalones de la cabeza, pero se le había quedado atascada en una pernera. Con las rodillas flojas, Sarah se sentó en la hierba húmeda. Oyó que Rachel decía «Estupendo» con una voz que destilaba desdén mientras la del otro equipo cruzaba la línea de meta entre los vítores de su equipo.

—Típico —le dijo Amira a Sarah al oído, pero incluso ella parecía estar reprimiendo la decepción.

—Tranquilos, chicos. Buen trabajo —dijo Will con voz alegre—. Recordad que estamos todos en el mismo barco, así que vamos a remar juntos. Es para pasar un buen rato. Rachel, Ewan, sois los siguientes.

—Sí, pero ya no podemos ganar —dijo Rachel, e impostó un puchero en dirección a Will.

—Todos sois ganadores para mí —le aseguró él.

—Imbécil —dijo Charlie, sentándose junto a Sarah. Tenía mala cara, estaba colorado y algunos mechones rizados se le pegaban a la frente por el sudor—. Si pillo una venérea por culpa de esos pantalones, pienso demandarlos.

—Todo el mundo parece tomárselo muy en serio —susurró Sarah. Una vez calmada, las náuseas habían vuelto con ganas, provocándole un nudo en la garganta, como si se hubiera tragado algo sin querer y no pudiera sacárselo. Pensó en sus niños y se preguntó qué estarían haciendo en ese momento.

Como era de esperar, Ewan y Rachel ganaron su carrera, siendo Rachel la encargada de recorrer la pista de obstáculos mientras Ewan gritaba órdenes desde un lateral, con las extremidades siempre en movimiento, como si pudiera llevarla en volandas hasta la victoria de forma remota. Chloe les había dado la espalda para hablar con Will. Por el modo en que ladeaba la cabeza y por cómo trazaba círculos en la hierba con la puntera de una zapatilla, Sarah supuso que estaba coqueteando a lo bestia. En fin, que tuviera buena suerte. El rechazo fastidiaba mucho. Sarah todavía recordaba el ramalazo de alivio que la asaltó el día de su boda al pensar que ya no tendría que aguantar otra cita infernal, que nunca tendría que pasar por la absoluta vergüenza de haberse enamorado de alguien para acabar descubriendo que lo había malinterpretado todo. Pensó en Oliver y en cómo la había mirado cuando se volvió para verla recorrer el pasillo de la iglesia hasta el altar, pensó en la gratitud que vio reflejada en su cara, y por un espantoso momento creyó que estaba a punto de echarse a llorar de nuevo. El amor era muy traicionero, con todas esas capas y esos recovecos donde se podían perder o esconder cosas a tal punto que luego uno ni se acordaba que estaban allí.

—Puede que hayan ganado esta batalla, pero todavía podemos ganar la guerra —dijo Will cuando todos se reunieron de nuevo—. ¿Verdad?

—¡Síii! —gritó Chloe, entusiasta, y se llevó un chasco al ver que nadie se plegó a su ímpetu.

—Ahora tocaba hacer una actividad dentro del hotel,

pero anuncian lluvia para más tarde, así que vamos a seguir aquí fuera, aprovechando el subidón.

El ánimo de Sarah, que se había emocionado al oír las palabras «dentro del hotel», cayó en picado de nuevo. Siguieron a Will y rodearon el hotel, bajando una pequeña pendiente hasta un campo que había oculto tras un seto de altos árboles; durante todo el camino, Sarah observó sus anchos hombros y su paso firme mientras se preguntaba si sus niños acabarían convertidos en alguien como él, en alguien muy cómodo en su piel, muy a gusto de ser quien era. ¿O tal vez preferiría que fueran rebeldes y le llevasen la contraria, pensativos y meditabundos?

Estaba tan sumida en sus cavilaciones que no pensó en cuál podría ser la siguiente actividad hasta que pasaron por la abertura en el seto. Se detuvo en seco.

—A ver, sé que puede parecer aterrador, pero creedme que no lo es una vez que llegáis arriba. —Will sonreía como si su palabra debiera bastar para tranquilizarlos a todos.

Pero nada que pudiera hacer cambiaría las cosas. Sarah miró la estructura: dos torres de al menos diez metros de altura y separadas por unos treinta metros, conectadas por un cable flanqueado por unas cuerdas a ambos lados a las que sujetarse.

—No pongas esa cara de espanto... Sarah, ¿verdad? —Will la miró con su sonrisa como si estuviera ajustando el foco de una lámpara de pie—. De verdad, es seguro. Y no va a ser una competición. El otro equipo está con otra actividad. Esto va de trabajar en equipo. Todos llevaréis arneses y estaréis atados los unos a los otros con cuerdas, de modo que os cubriréis las espaldas los unos a los otros. Literalmente. Vais a trabajar juntos de modo que los más fuertes ayuden a los más débiles a cruzar, porque si uno se cae, os caéis todos... Es broma. Nadie se va a caer porque vais a estar todos sujetos al cable guía que hay encima.

Sarah miró de reojo a Charlie, que estaba mascullando algo. No era una oración.

—No puedo hacerlo —le siseó ella.

Él se encogió de hombros y meneó la cabeza.

—No te queda otra, guapa —susurró Amira—. Además, creo que va a ser muy divertido. No hay peligro.

—No —insistió Sarah con voz temblorosa—. No lo entiendes...

—Ahora, antes de empezar, tengo que hablaros de algunos temas de salud y de seguridad. Un plomo, ¿no? —dijo Will.

Mark Hamilton, que había estado mirando la estructura para escalar con expresión nerviosa, esbozó una trémula sonrisa.

—Mi cruz perpetua —dijo.

—Bueno —continuó Will—, solo he de asegurarme de que no sufrís epilepsia ni diabetes, que no estáis embarazadas, que no sufrís problemas cardíacos o respiratorios y toda la pesca.

—No —aseguró Rachel—. He revisado las fichas de personal para comprobar que todos podíamos hacerlo.

—Genial —dijo Will—. En fin, si venís por aquí, Katie os dará el formulario que tenéis que firmar para que la compañía de seguros sepa que os he hablado de todos los riesgos, de modo que si caéis fulminados por un ataque al corazón, no será culpa mía. Luego os prepararemos a todos.

Una chica que acababa de unirse al grupo levantó una

mano con desgana. No parecía lo bastante mayor para trabajar en esa clase de eventos empresariales, ni siquiera para haber salido del colegio, la verdad. A lo mejor estaba en algún programa para conseguir experiencia laboral o algo así. En circunstancias normales, Sarah le habría soltado a Charlie una broma al respecto, pero era incapaz de hablar. El corazón le palpitaba con fuerza cuando aceptó el formulario que repartía la chica y esperaba a que le dieran uno de los bolígrafos que estaban circulando. Pasó una mano por el papel.

—No puedo —dijo con voz ahogada.

—Claro que puedes —replicó Rachel. Sonreía, pero su voz sonaba tensa, como una bisagra, y las palabras le salieron como chasquidos.

—Siempre hay alguien que no quiere escalar —dijo Will—. Pero os aseguro que no he tenido un solo grupo que, al terminar, no dijera al completo: «Me alegro mucho de haberlo hecho.»

Sarah sintió que una pierna le temblaba espasmódicamente.

—No; es que no puedo.

—Anda, vamos. —Incluso Charlie estaba perdiendo la paciencia—. Cuanto antes lo hagamos, antes podremos ir al bar a por un copazo. Mira, Paula ya lo ha firmado.

Paula asintió con la cabeza. Estaba pálida, pero parecía decidida a hacerlo. Sarah la vio mirar de reojo a Mark Hamilton y se preguntó si intentaba impresionarlo; de ser así, ¿lo hacía porque era su jefe o, de un modo raro que se le escapaba, porque le gustaba? Claro que la distracción le duró poco. Volvió a concentrarse en la torre y en el cable que la unía con la otra torre. Desde ese ángulo, parecía apenas un hilo de algodón.

—No lo pienses más —dijo Will con voz amable—. No pasa nada si tienes miedo.

—No tengo miedo —replicó Sarah y, para su más absoluto espanto, empezó a llorar otra vez—. Es que estoy embarazada.

24

Anne

La visita a la casa de los Egan cambió la dinámica existente entre Kowalsky y yo. Lo normal sería que semejante experiencia nos hubiera acercado más; pero, de hecho, sucedió lo contrario. Fue como si ambos hubiéramos participado en algo tan vergonzoso que, una vez de vuelta en nuestro mundo, ni siquiera fuéramos capaces de mirarnos a los ojos. Lo que habíamos presenciado en el sótano nos hacía cómplices de alguna manera, y evitamos hablar del tema en la medida de lo posible. Por primera vez desde que empezamos a trabajar juntos, deseé que Ed hubiera elegido a Dan Oppenheimer para la evaluación conjunta de los dos niños de la Casa de los Horrores, no solo para Menor D.

Sabía que ese caso era mi billete para una vida diferente. Pero, en mis momentos de debilidad, cuando yacía despierta en la cama tratando de conciliar el sueño, repasando una y otra vez las imágenes de esa polea y ese gancho, me descubría deseando retroceder en el tiempo para no tener que pisar esa casa, ni oír hablar de Menor L. Me descubría deseando dejarles la gloria... y las pesadillas a Kowalsky y Oppenheimer.

Gracias a los informes de la policía y de los servicios sociales, sabíamos que Laurie se había involucrado de forma activa tanto en la alimentación de su hermano como en los castigos, pero ignorábamos hasta qué punto la habían obligado a realizar esas tareas, o si las consideraba una parte normal de su vida.

Los padres de Laurie estaban encerrados en diferentes cárceles de la ciudad. Cuando Ed me informó de que Noelle había accedido a hablar con nosotros, me sumí en un enorme conflicto interior. La curiosidad profesional agradecía la oportunidad de poder acercarme a una mujer que se había disociado completamente de un hijo mientras mantenía un vínculo maternal con otro. Pero otra parte de mí misma recordaba aquel sótano malsano y húmedo que olía a descomposición, el gancho colgado de la cuerda y el desinfectante para las manos en la salida. La prensa la llamaba «monstruo», y aunque yo no creía en los monstruos, era obvio que tenía un trauma con las madres.

—Solo se reunirá con nosotros una vez. Esa es su condición para recibirnos —me dijo Ed el día que me informó de las noticias, incapaz de mirarme a la cara—. Lo que es una lástima, porque las reglas solo permiten dos visitantes al mismo tiempo. He tenido que decidir quién me acompañará, si Dan o tú, y al final he optado por ti, ya que Laurie es mayor y, por tanto, sus necesidades son más acuciantes. Me acompañarás hoy. Es una gran oportunidad poder contextualizar a Laurie.

Contextualizar. Así hablaba Ed.

—Además, también ha dicho que no quiere hablar sobre David —añadió como si fuera una ocurrencia de última hora, en vez del factor decisivo que en realidad era.

La cárcel donde Noelle esperaba la celebración de su juicio estaba a cincuenta kilómetros al norte de la ciudad. Otra vez usamos la camioneta de Ed para desplazarnos; para esa ocasión había quitado las sillitas de los niños del asiento trasero. Tuve ganas de preguntarle si lo había hecho para asegurarse de reaccionar ante la madre de Laurie como un psiquiatra, no como un padre, pero me pareció un asunto demasiado personal.

Era una prisión pequeña. El caso suscitaba demasiado interés como para que las autoridades se arriesgaran a encerrarla en una penitenciaría más grande, donde reinara la corrupción, la moral de los funcionarios brillara por su ausencia y las bandas organizadas dirigieran el cotarro. Las mujeres que hacían daño a los niños no eran bien recibidas en las cárceles, y las que hacían daño a sus propios hijos lo tenían más que crudo.

Después de pasar por dos puertas, coronadas por alambradas de púa, aparcamos delante de un edificio de aspecto moderno.

—Parece el tipo de edificio donde hacen auditorías de cuentas —dije.

Antes de que pudiéramos pasar, fuimos sometidos a un cacheo exhaustivo. Ed se puso nervioso cuando la funcionaria uniformada que registraba su maletín sacó su libreta y la agitó sosteniéndola por el lomo para ver si llevaba algo escondido entre las páginas.

—Tenga cuidado con eso. Contiene una investigación importante.

Al final, nos acompañaron hasta una habitación pequeña y con una luz artificial brillante, con una mesa de formica beis y sillas de madera. Los barrotes de la ventana obstaculizaban la entrada del sol, de manera que la estancia era un poco lúgubre y más fresca que el pasillo que acabábamos de recorrer. Nos sentamos a la mesa el uno al lado del otro, mirando hacia la puerta, y guardamos silencio. Me habían distraído tanto las formalidades que conllevaba el acceso a la prisión que no había reflexionado sobre la idea de ver a Noelle, pero de repente me puse nerviosa.

Ed sacó la libreta de su maletín e introdujo la mano en un bolsillo en busca de un bolígrafo. Tras abrir la libreta por una página en blanco, escribió «Entrevista con Noelle Egan» y la fecha de ese día. Lo subrayó dos veces. Esperamos unos minutos. Cuando la puerta se abrió, yo ya tenía marcada la yema del pulgar derecho con la uña del índice.

La primera que entró fue una funcionaria corpulenta con un uniforme de poliéster marrón que producía una especie de frufrú cuando se movía. En la muñeca izquierda llevaba unas esposas, tan apretadas que se le hincaban en la carne. Y unida a esas esposas iba Noelle Egan.

No guardaba parecido con las fotos de la boda que los periódicos habían publicado, ni con la foto familiar que yo había visto en su salón. Esta Noelle tenía el pelo lacio y apelmazado. Sin la gruesa capa de maquillaje que llevaba en las fotos, tenía mal color de piel, incluso amarillenta en algunas zonas y surcada de granos. Las cejas, que en las fotos llevaba perfectamente depiladas y delgadas, le habían crecido descuidadamente, como plantones sembrados sin ton ni son. La remilgada blusa había sido reemplazada por el uniforme reglamentario caqui de las reclusas. Lo único que seguía igual eran los ojos, con esa mirada carente de vida.

Ed se levantó para estrecharle la mano, pero reparó en que ella llevaba la mano derecha esposada. De manera que se detuvo, sin llegar a levantarse del todo, encorvado.

—Hola, Noelle. Soy el profesor Ed Kowalsky y esta es mi asistente, la doctora Anne Cater.

No me gustaba esa palabra, «asistente». No me gustaba ni un pelo, aunque no me hacía ilusiones y sabía que me consideraba poco más que la ayudante de menor rango del equipo.

—Como seguramente le han explicado, el Estado me ha encargado la labor de evaluar el... mmm... el bienestar de sus hijos para poder comprender a fondo el impacto que hayan podido causarles los últimos acontecimientos, y para establecer un plan de actuación a largo plazo. Puesto que la doctora Cater y yo hemos estado trabajando con Laurie, vamos a centrarnos en ella y esperamos que usted pueda...

Me tensé en la silla. «Por favor, que no use otra vez la palabra "contextualizar"», supliqué.

—... ofrecernos algunos detalles de su vida para poder hacernos una idea más completa.

Noelle, a quien la funcionara liberó de las esposas, se sentó en una de las sillas frente a nosotros y lo miró con aquellos ojos que parecían de pescado.

—No es necesario que evalúen a Laurie —dijo por fin. Su voz parecía tan deslustrada como su mirada—. Es una niña perfectamente normal. Nunca le ha faltado de nada.

Ed tragó saliva con fuerza.

—Sí, bueno, pues por eso estamos aquí. Para que nos ofrezca una visión más completa de la vida doméstica y podamos trazar una imagen que nos ayude a determinar el mejor modo de ayudarla. Estoy seguro de que todos queremos lo mejor para ella.

La funcionaria, que estaba apoyada en la pared detrás de Noelle, resopló como si quisiera demostrar lo que pensaba sobre esa afirmación. Aquella reclusa había encerrado a su hijo en una jaula. ¿De verdad creíamos que lo que le interesaba era lo mejor para sus hijos?

—No tienen que preocuparse por Laurie. Es feliz. Es una niña muy feliz.

La observé en busca de alguna señal que indicara que sabía la falsedad de sus palabras, algún movimiento nervioso de los dedos, alguna mirada fugaz hacia un lado u otro. Pero no capté nada. Noelle Egan parecía de verdad convencida de que la felicidad era posible, incluso inevitable, después de lo que Laurie se había visto obligada a presenciar en el sótano de su casa todos los días de su vida.

—Noelle, ¿puede contarnos cómo empezó todo esto... las circunstancias en que nació su hijo David?

Ella retrocedió como si la hubieran abofeteado cuando Ed pronunció el nombre, David, algo que seguramente hizo con premeditación. Durante las tres semanas posteriores a la denuncia del repartidor de pizzas que se había equivocado de dirección y había echado un vistazo por las rejillas de ventilación del sótano, las autoridades se habían esforzado por encontrar un nombre para el niño al que su familia solo conocía como «eso» o «la Cosa». Noelle y Peter Egan se habían negado a ponerle un nombre, tal vez porque, al hacerlo, acabarían humanizándolo. Y, al parecer, a Laurie nunca se le había ocurrido que la Cosa que vivía en el sótano pudiera tener un nombre. Después de que los investigadores descubrieran el apellido de soltera de Noelle y siguieran su pista hasta Misuri, donde vivía cuando conoció a Peter, encontraron por fin la partida de nacimiento y el nombre del niño: David Egan.

—No tuve una infancia muy feliz.

Parpadeé sorprendida y miré a Noelle, cuando empezó a hablar. Esperaba que se mostrase poco colaboradora, aunque le habían dicho que si nos ayudaba, estaría aumentando las posibilidades de eludir la cadena perpetua por maltrato y abandono de menores, sobre todo si podía alegar que lo había hecho bajo la influencia o la coacción de su marido.

—Mis padres eran religiosos y muy estrictos. Siempre supe que mi padre quería un hijo varón, siempre me lo dejó muy claro. Yo solo fui un motivo de decepción desde el principio. Me evitaba en la medida de lo posible y mi madre, a quien él dominaba por completo, me culpaba de que él se enfadara con ella. Así que me dejaron muy claro que yo solo era una metedura de pata. No ayudó mucho que durante mi nacimiento algo saliera mal y tuvieran que hacerle una histerectomía para que no volviera a quedarse embarazada. Cuando cumplí los diez años, ya me hacía cortes en brazos y piernas. A los doce, tomaba bebidas alcohólicas fuertes. A los quince, me acostaba con hombres que me doblaban la edad. A veces con dos a la vez. Hasta que conocí a Peter, mi vida fue una larga espiral destructiva.

Las palabras brotaron de sus labios como si hubiera estado esperando la primera oportunidad para soltarlas. Alzó la vista y me miró, y tuve la impresión de que estaba evaluando nuestra reacción. Ya nos habían avisado que la defensa de Noelle iba a alegar que su estado mental era inestable, de manera que no podía comparecer en juicio; que su infancia y las experiencias sufridas durante sus primeros años la habían dejado demasiado traumatizada como para ser considerada responsable. Tal vez debería haberla compadecido. No había duda de que su vida había sido muy dura, pero no se me iba de la cabeza que estaba practicando para una eventual aparición ante un jurado. Cuando recordé la jaula del sótano y la posibilidad de que Noelle evitara la cárcel, sentí una dolorosa punzada en las sienes, pero me recordé que ella no era asunto mío. No nos habían asignado la tarea de evaluar a esa mujer.

—Peter me salvó de todo eso. Lo conocí en un bar. Yo estaba ida por completo. Había tomado algo, pastillas o qué sé yo. Se sentó a mi lado y empezó a hablarme, y yo pensé que era otro tío que quería ligar conmigo, pero no fue así. Era de Misuri. Trabajaba para una asesoría contable que tenía clientes en distintos estados, y estaba en la ciudad ocupado con una auditoría importante.

—Lo entendemos —intervine—. Era un hombre influyente y la conquistó. —Quería hacerle asumir la responsabilidad al menos de eso, de haber permitido que Peter Egan formara parte de su vida.

—Me avasalló. —Noelle me miró con esos ojos carentes de expresión y contuve un escalofrío. Era como mirar al vacío—. Fue el primero y el único que me dijo que era hermosa. O que podría serlo si me mostrara orgullosa de mí misma. Me compró ropa bonita, maquillaje y me dio dinero para que me arreglara el pelo. Nadie me había prestado tanta atención antes. Caí rendida a sus pies. Y a él le encantaba que yo fuera tan vulnerable, que estuviera tan sola.

Noelle desvió su mirada vacía hacia Ed, y se me ocurrió que quería que él la compadeciera por lo que había sufrido. Esa mujer no tenía la menor autoestima y, sin embargo, aquello era una actuación narcisista de manual. Por supuesto, en cuanto ese pensamiento me pasó por la cabeza, me pregunté si eso era exactamente lo que estaba sucediendo. ¿Fingía un trastorno de personalidad tras leer sobre él con la intención de que eso la ayudara en el juicio?

—¿Y se enamoró de él? —preguntó Ed.

—Me obsesioné con él. Creí que me sacaría del infierno en que se había convertido mi vida. ¿No es eso un trastorno psicológico? ¿No lo llaman «el síndrome de Cenicienta»?

Había que quitarse el sombrero, aquella mujer había investigado a fondo.

—Así que se mudó a Misuri con él y se casaron. Hábleme del nacimiento de Laurie —pedí, ansiosa por avanzar.

—Oh. Jamás ha habido una niña tan querida o deseada. La adoré desde el principio. Los dos lo hicimos. Desde que me hicieron la ecografía en que se veía que era una niña, empecé a comprarle ropa preciosa, unos vestiditos rosas monísimos. Y los dos le hablábamos sin parar. A través de la barriga, ¿me entienden? Peter nos llamaba sus dos princesas. «¿Cómo están hoy mis dos princesas?», decía cuando llegaba a casa. Y durante unas semanas después de que naciera, estuvo delirante de felicidad. No se cansaba de mí. En aquel entonces. —Alzó la mirada para asegurarse de que captábamos el matiz.

—Bueno, ¿y que cambió? —preguntó Ed, consciente del tiempo, de la actitud reprobatoria de la funcionaria de prisiones y de la hora permitida para las visitas que se escapaba segundo a segundo.

—Él. Peter. Empezó a ponerse celoso. Nunca le oculté mi pasado, pero de repente era como si lo obsesionara. Se pasaba el día pensando que todos los hombres querían ligar conmigo o que yo tonteaba con ellos. Y no dejaba de preguntarme una y otra vez que con cuántos hombres me había acostado, que qué hacía con ellos. En fin, cosas sexuales. Fue entonces cuando descubrí que estaba enfermo. Tomaba pastillas desde que lo conocí. Yo no lo sabía, pero resultó que era una medicación muy fuerte. Y después, más o menos por la época en que nació Laurie, dejó de tomarlas.

—Supuestamente —le recordé al tiempo que Ed añadía:

—Eso deberá demostrarlo su defensa.

La expresión de Noelle no cambió.

—¿Qué edad tenía Laurie cuando usted volvió a quedarse embarazada?

—Unos siete meses. Me alegré mucho al ver que la prueba de embarazo era positiva. Pensé que, de esa manera, Peter se olvidaría de todo lo demás, pero en cambio su estado empeoró. Estaba convencido de que el bebé no era suyo. No dejaba de preguntarme con quién me había acostado, que de quién era el niño. Decía que las fechas no cuadraban, pero ¡sí que cuadraban!

—Entonces, ¿el bebé era suyo? —pregunté.

Por primera vez vi un atisbo de emoción en sus ojos negros cuando me miró. El vello de la nuca se me erizó.

—Por supuesto. Pero él no se lo creía. No paraba de hablar del bebé. Decía que todo era diferente del embarazo de Laurie, desde la forma de mi barriga hasta mis náuseas matinales. Cuando me hicieron la primera ecografía, no dijo ni pío. De camino a casa, dijo que estaba claro que el bebé sufría una deformidad. Que en la ecografía se veía claramente, pero que el radiólogo no había querido decirme nada. Y así se pasó todo el embarazo, diciéndome que el bebé no era suyo, que era un mutante, que era malo.

—¿Malo? —preguntó Ed.

—Ya sabe. El diablo. Y el caso era que yo también lo

percibía. Que había algo raro, una especie de energía maligna. ¿Me entienden? —Nos miró, como si esperase que ambos estuviéramos de acuerdo con ella.

—¿Qué pasó cuando el bebé nació? —pregunté—. ¿Peter entró en razón?

Ella negó con la cabeza.

—En absoluto. Ni siquiera me acompañó al hospital. Decía que no soportaba ver lo que iba a salir de mí. Pasé mucho miedo, allí sola en la habitación del hospital. El parto fue terrible. Treinta y seis horas de agonía. Era como si mi cuerpo estuviera luchando contra el bebé, tratando de impedir su nacimiento. Cuando salió, fui incapaz de mirar a esa cosa por temor a que fuese una especie de monstruo.

—De mirarlo —la corregí, incapaz de contenerme—. Su bebé era un niño, Noelle. Y era perfecto, ¿verdad? Pese a todo lo que había dicho Peter.

—Algunas deformidades están en el interior —repuso—. El médico me entregó el bebé e intentó que le diera el pecho, pero yo no quería tenerlo cerca. Le di el biberón, desde el principio. No como con Laurie. A ella le di el pecho hasta los tres años. —Miró alrededor como si quisiera una medalla por eso.

—¿Cómo fue la relación de Peter con el bebé cuando volvió usted con él a casa?

—¿Relación? No creo que pueda llamarla así. Peter no soportaba el ruido que hacía. Era un bebé muy exigente. Se pasaba el día chillando. Llorando. Daba igual lo que yo hiciera. Peter decidió que durmiera abajo, en el trastero, para no oírlo.

—¿Y Laurie? ¿Cómo reaccionó?

—Solo era un bebé. Parecía aceptar las cosas sin más. Era muy pequeña y no comprendía nada.

—Debió de llevarlo usted al pediatra para las revisiones habituales, ¿no? —dije.

—Sí, claro. Una o dos veces. Pero, después, a Peter le ofrecieron otro trabajo. Fuera del estado. En la empresa de un cliente de la asesoría, aquí en La Luz. Yo no quería mudarme. Tenía amigos en Misuri, otras madres, ya me entiende. Pero Peter no me hizo caso. Todavía creía que me acostaba con la mitad del estado. Quería empezar de cero, así que nos mudamos aquí, a la casa de Franklin Street. Fue como hacer borrón y cuenta nueva. Esperé que al menos la mudanza lo ayudara a dejar de comportarse como un loco, pero qué va, todo empeoró. Dijo que el bebé tendría que dormir en el sótano. Que sería muy vergonzoso que los vecinos lo vieran. Insistió en que sabrían que era deforme.

—¿Y usted lo permitió sin más, no se opuso? —pregunté, intentando mantener la voz serena, aunque la alcé al final.

—Debe tener en cuenta el tipo de persona que es Peter. Es muy listo, muy poderoso. Se te mete en la cabeza, ¿sabe? Se adueña de tus pensamientos. Me dijo desde el principio que el bebé tenía algo raro. Y después empezó a decirme que debíamos mantenerlo alejado de Laurie, en fin, para que no la afectara. Para que no la contaminara.

—Algún vecino debió de verlos con el bebé durante la mudanza, ¿no? —preguntó Ed—. Me refiero a que trasladarían todas las cosas del bebé. Un cochecito, por ejemplo.

Noelle lo miró como si no lo entendiera.

—¿Para qué necesitábamos un cochecito? Nunca salía de casa.

—Bueno, pues una cuna.

—Llegamos tarde, ya había oscurecido. Peter se aseguró de que fuera así. Nadie nos vio entrar en la casa. Ya les digo que Laurie era solo un bebé, así que si alguien nos vio entrar con ese tipo de cosas, supondría que eran suyas. Y si lo oyeron llorar, pensarían que se trataba de ella. El caso es que Peter es un manitas y no tardó en insonorizar el sótano y construir esa habitación especial allí abajo.

—¿Habitación? ¿Se refiere a la jaula?

Noelle no me hizo el menor caso.

—Era un sitio cómodo. Casi acogedor, ¿saben?

—No lo entiendo, ¿por qué no lo entregó a los servicios sociales en Misuri? —preguntó Ed, que ni siquiera se había dado cuenta de que empezaba a hablar con la misma indiferencia que Noelle—. Es evidente que no creó usted ningún tipo de vínculo maternal con él. ¿Por qué no entregarlo al Estado? Empezar de cero.

Noelle lo miró como si hubiera dicho una atrocidad.

—Era mi bebé. De ninguna manera iba a dejarlo atrás. En eso consiste la maternidad. Una madre no elige. Aguanta y tira adelante con lo que le toca.

Aquella mujer era un caso extraordinario.

—Y después de que se mudaran, ¿no le hizo ningún seguro médico a David?

—No queríamos registros oficiales. Peter dijo que lo mejor para nosotros y para Laurie era que nadie supiera nada de esa cosa, por su deformidad.

—¿Deformidad? —preguntó Ed, que no paraba de anotar cosas con rapidez en su libreta.

—Deformidad física y mental. No era normal en absoluto.

—Si un niño no recibe estimulación mental o emocional y se le impide el movimiento, no se desarrolla normalmente. Me entiende, ¿verdad? —Hablé sin pensar y Ed me colocó una mano en un brazo.

—Anne, recuerda que estamos aquí en busca de información para ayudar a Laurie, no para juzgar a nadie.

Sentí que me ardían las mejillas.

—¿Cuándo empezó Peter a maltratar al niño? —continuó Ed.

—¿Maltratar? Eso no sucedió. Debe entender que no se trataba de un niño normal. No se podía tratar con esa cosa como si fuera un niño normal. No entendía ese tipo de relación. Solo reaccionaba a los estímulos físicos. A la comida, al dolor... fue así desde la primera vez que abrió los ojos.

—Así que Laurie creció con la idea de que en el sótano vivía esta especie de cosa que parecía humana, ¿no?

—Peter pensó que era importante exponerla pronto a su presencia. Para no tener problemas después. Así que en cuanto empezó a andar, la llevaba al sótano para que le diera de comer. Y le enseñó a meterlo en cintura si se portaba mal. Lo mismo que con los niños que crecen en familias donde se hablan distintos idiomas y acaban siendo bilingües. Los niños son como esponjas cuando son tan pequeños, así que lo absorben todo y lo asimilan como si fuera algo normal. Sin problemas.

—Así que Peter pensó que sería menos probable que Laurie le fuera con el cuento a alguien si lo veía como algo normal y corriente.

Noelle asintió con la cabeza, como si le complaciera que él entendiera la situación, como si estuviéramos de acuerdo con ella.

—Así que, pese a su temprana edad, empezó a alimentar y castigar a su hermano. ¿Disfrutaba haciéndolo?

Noelle frunció el ceño.

—No. Yo no diría que disfrutaba. Era como una tarea

doméstica más. Ya sabe, una obligación, como limpiar su plato antes de meterlo en el fregadero o limpiar la arena del gato, si tuviéramos uno. Lo aceptaba y ya está.

—Pero seguro que les preguntó que por qué el niño estaba allí abajo.

—Pues no. Aceptó que era malo. Que por eso estaba allí abajo y ella estaba arriba. Laurie tenía una vida muy buena. Se lo dábamos todo, la llevábamos a todos lados. Peter la adoraba. Ella sabía que éramos buenos, así que aceptaba lo que le decíamos sin rechistar. Habría hecho cualquier cosa que Peter le dijera. —Hizo una pausa y añadió de repente—: ¿Cómo está? ¿Cómo está mi niña?

Me sorprendí. Era la primera vez que demostraba curiosidad por su hija. La miré fijamente, tratando de averiguar si la preocupación era sincera o si era un numerito, como si acabara de recordar cómo debe comportarse una madre preocupada.

—Me necesita, ¿saben? —Su voz, carente de emoción hasta ese momento, adoptó un tono agudo, chillón—. Está mal separar a los niños tan pequeños de sus padres. Les dirá eso, ¿verdad?, cuando les entregue sus conclusiones. Les explicará que un niño necesita a su madre, ¿no?

25

Paula

¿Sarah estaba embarazada otra vez? Pero no podía estarlo, desde luego que no. No después de haberse reincorporado al trabajo hacía apenas... ¿nueve meses?

Paula recordaba perfectamente la pesadilla que fue intentar cubrir su puesto mientras estuvo de baja por maternidad al tener a Joe. La primera sustituta se marchó a los cuatro meses y luego tuvieron una sucesión de sustitutos temporales a cada cual más torpe que el anterior, lo que quería decir que todos tuvieron que asumir mucha más carga de trabajo de la habitual hasta que por fin volvió Sarah, tras haber disfrutado del privilegio de su año por maternidad. Y dos años después se tomó otro año para tener a Sam. Paula no criticaba a ninguna mujer por tener familia, pero la idea de tener que pasar por todo eso otra vez le puso los pelos como escarpias. Y justo cuando intentaban demostrar que el departamento no necesitaba cambios. Siempre le había caído bien Sarah, siempre había creído que eran amigas... así que ¿por qué no se lo había dicho a ella antes de soltarlo de forma tan pública?

—Rachel, supongo que no sabías nada del tema. —Mark Hamilton se volvió para mirar a su más flamante fichaje.

Rachel negó con la cabeza, ruborizada. Paula supuso, a juzgar por el tic nervioso en la comisura de un labio, que debía de estar apretando los dientes. Esa bomba la haría quedar mal delante de su jefe. Pese a la frustración que ella misma sentía tras haberse enterado de la noticia, fue incapaz de contener la satisfacción al observar la incomodidad de Rachel. Era la primera vez que la veía tan descolocada. Eso la hacía parecer más humana.

Sarah seguía llorando a lágrima viva, a tal punto que las lágrimas le mojaban la camiseta. Charlie la abrazó con gesto nervioso, pero Paula sabía, a juzgar por su expresión, que también acababa de enterarse de las noticias, y no era una sorpresa especialmente agradable.

—En fin. Nada mejor que un poco de melodrama para librarse del cansancio —dijo Will, que miró a todos con una sonrisa, como si la fuerza de su amabilidad bastara para hacer que volvieran al redil—. Sarah va a tener que animaros desde el suelo. ¿Empezamos?

Pero el ambiente de la primera carrera, en la que todos se habían animado... bueno, hasta que Sarah y Charlie lo estropearon... ese ambiente se había evaporado por completo. Paula sintió mucho la pérdida. Hubo un momento en el que Mark Hamilton y ella fueron los únicos sin pareja, y cuando se volvió hacia ella y le hizo una reverencia guasona, por un segundo esa tensión tan intrínseca a ella, como el reumatismo del pulgar izquierdo o el lunar que tenía en el hombro y que se miraba todas las noches en el espejo para comprobar que no hubiera cambiado de forma durante el día, desapareció y se sintió un par de kilos más ligera, más bien diez kilos. Por supuesto, nada más lejos de su pensamiento que la idea de que Hamilton la encontrara atractiva. Las pocas veces que se habían visto en la oficina, sus ojos habían pasado por ella como si no existiera, aunque siguieran sonriendo hacia donde ella se encontraba. Pero incluso en esos momentos, Paula sentía que estaba reconociendo su presencia, y con eso le bastaba.

El ambiente era serio mientras hacían cola para que les pusieran el arnés. Paula, la más renuente del grupo, era la última. Se dio cuenta de que Rachel tenía una expresión tensa, como si estuviera apretando todos los músculos a la vez.

—Me encantaría tomarme un año sabático cada par de años —masculló Ewan cuando sus jefes no podían oírlo.

Paula puso los ojos en blanco. Ewan descubriría pronto que estar con un bebé se parecía tanto a tomarse un año sabático como un huevo a una castaña. Pero, en ese momento, estaba demasiado nerviosa como para protestar.

—Pues yo creo que es muy bonito —dijo Chloe, cuya llegada a la oficina había coincidido con el final de la última baja por maternidad de Sarah, de modo que casi no había sufrido las consecuencias—. La verdad, no creo que sea una actitud muy feminista de vuestra parte protestar tanto. Las mujeres tenemos derecho a tener hijos, y si a los demás no nos resulta muy conveniente, no es motivo para ponerla de vuelta y media ni mucho menos.

—No dirás lo mismo cuando tengas que hacer un trabajo extra para compensar que nos falta una persona —repuso Amira.

—Seguro que Rachel está que trina. Ja, que intente despedir a Sarah ahora —dijo Charlie.

—¿Crees que lo ha hecho por eso? —preguntó Ewan.

Charlie resopló.

—¿Embarazo a la carta? Las cosas no funcionan así. Ni siquiera Sarah es tan fértil.

A esas alturas, Chloe, Mark y Rachel ya estaban subiendo a la torre. Los demás, que se habían colocado el arnés con la ayuda de Katie, la ayudante infantil de Will, hacían cola a la espera de su turno.

—Te llamas Paula, ¿verdad? —Will estaba tan cerca de ella que Paula notaba la calidez de su deslumbrante sonrisa—. Si estás nerviosa, a lo mejor vendría bien que cambiaras de lugar con Ewan. De esa forma, lo tendrás detrás. Así te sentirás más respaldada.

Ewan se quitó sin protestar el arnés y el gancho que lo unía a la persona que tenía delante, y Will la ayudó a ponerse el arnés. Solo en ese momento, al pie de la torre, que parecía más alta desde ese ángulo que desde lejos, Paula empezó a pensar en lo que estaba a punto de hacer. ¿En qué pensaba? Era demasiado mayor para eso. Era algo irresponsable. ¿Cómo se las apañaría su familia si le pasaba algo? Ian sería incapaz de pagar la hipoteca. Los niños perderían su casa.

Le dio un tirón a la gruesa cuerda que la unía a Ewan, que en ese momento era el último. Le sudaban las manos y deseó no llevar la gruesa sudadera de Ian, pero no podía quitársela sin soltarse antes el arnés.

—Uf, qué calor hace, ¿no? —le dijo a Charlie, que estaba delante de ella.

La miró como si acabara de decir algo incomprensible.

—No mucho —contestó él al cabo de un momento.

—Entonces son cosas mías —repuso ella, e intentó sonreír.

En ese instante, se dio cuenta de que Charlie también estaba pálido por el miedo. Pobrecillo. A él también lo habían sacado de su zona de confort. Debía de ser duro no ser un macho alfa en esa clase de ambiente. Al menos, todo el mundo esperaba que ella fuera a meter la pata.

Como si lo hubieran ensayado, Will gritó:

—¡Muy bien, el siguiente! Vamos, vais a hacerlo genial, de verdad. Animaos con un grito de guerra.

Se hizo un silencio sepulcral, seguido por un tímido «¡Vamos!» de Sarah, que estaba junto a Will y parecía incómoda con la camiseta de manga corta. Así que eran cosas suyas, porque ella sentía como si un microondas la estuviera calentando por dentro.

Charlie empezó a subir delante de ella. Dio pasos comedidos pero firmes, ascendiendo con sus pequeños pies por la escala a buen ritmo. A Paula se le desbocó el corazón mientras lo veía subir, a sabiendas de que sería la siguiente. ¿Era demasiado tarde para soltarse? Se imaginó soltando la cuerda que la conectaba a los demás y abandonando la fila. «Lo siento —diría con voz guasona—. No llegaría muy lejos en un *reality*, ¿eh?» Miró a Sarah, que se quedaría a salvo en tierra, y sintió un ramalazo de envidia.

—¡Muy bien, Paula! A ver de qué estás hecha —la animó Will—. Enséñanos cómo se sube esa torre.

Paula puso un pie en el primer travesaño, mientras echaba pestes de las Converse de imitación de las que su hija se había reído durante diez minutos, cuando las vio esa mañana. Amy incluso se había hecho una foto con ellas puestas y se la había mandado a sus amigas, aunque usó esa aplicación que borraba las fotos casi al instante, para que nadie pudiera pasarla. Pensar en Amy y Cam, y en cómo se mondarían de risa si la vieran en ese momento, le dio fuerzas para subir otros dos travesaños. No era muy complicado, siempre que no se mirase arriba ni abajo.

Oyó que Sarah gritaba desde el suelo:

—¡Genial, Paula! ¡Lo estás haciendo de maravilla!

A medida que llegaba a la cima, sintió que las piernas empezaban a flaquearle. Los travesaños resultaban resbaladizos a sus manos, y se detuvo para enganchar un codo en uno, de modo que pudiera abrazar la escala con una mano mientras se limpiaba el sudor de la otra en los pantalones.

La cara de Charlie apareció por el borde, con una expresión aliviada.

—Vamos, Paula. Si yo puedo hacerlo, cualquiera puede. Un travesaño más y estarás aquí.

A esas alturas, todo le temblaba: los brazos, las piernas e incluso los pies mientras mantenían el equilibrio sobre los travesaños metálicos. Además, el sudor le corría por la espalda, por debajo de la sudadera. Era consciente de que Ewan estaba justo por debajo de ella. Golpeaba con gesto nervioso el travesaño metálico que estaba por debajo de sus pies. Respiró hondo para controlar el pánico. Un travesaño más. Extendió el brazo derecho y luego la pierna izquierda, y después sintió que unas manos le aferraban las suyas y... ya estaba arriba.

Por un segundo, creyó que iba a caerse, pero Amira la abrazó con fuerza.

—Lo has conseguido. ¡Lo has hecho de maravilla!

Mark Hamilton se acercó a ella con la mano levantada, de modo que al principio Paula tuvo la alarmante impresión de que iba a pegarle.

—Choca esos cinco, compañera —dijo él.

Paula se limpió la palma de la mano en los pantalones una vez más antes de levantarla.

—¡Así se hace! —gritó Will desde el suelo mientras

Ewan, que rechazó la ayuda que le ofrecieron, llegaba a la cumbre.

Paula lo vio mirar a Rachel para comprobar qué impresión había causado. ¿De verdad creía que tenía una oportunidad con su jefa? ¿Cómo no se daba cuenta de que solo estaba jugando con él, de que lo mantenía en reserva, como un perrito faldero?

En su juventud había tenido una amiga que se parecía un poco a Rachel. Claudia llegó al colegio en mitad del curso y a Paula le dijeron que le enseñara el sitio, tras lo cual Claudia la adoptó... hasta que algo mejor llamó a su puerta. Incluso después de tantos años, Paula recordaba la euforia de aquellos días en que Claudia iba a buscarla, se reía de algo que había dicho o, de vez en cuando, le devolvía la invitación para que fuera a su destartalada casa victoriana, con sus cuatro revoltosos hermanos y sus padres bohemios, que los dejaban beber vino durante la cena. Y luego recordó la agonía de las veces que Claudia pasaba de ella en la cola del almuerzo o hacía chistes con otras chicas sobre cosas sucedidas en reuniones a las que no la habían invitado a ella.

Claudia pasó página pronto. Encontró su hábitat natural con los chicos populares y, al final del curso, a Paula le costaba creer que alguna vez hubieran pasado tiempo juntas. Pero desde que Rachel llegó, Claudia era una presencia constante en sus pensamientos. A veces, durante las noches de insomnio, mientras oía los ronquidos de Ian a través de la pared y se preocupaba por el dinero, por la aparente imposibilidad de que sus hijos se independizaran o por la perpetuidad de la lucha diaria que era su vida, la asaltaban las cosas que Claudia le había dicho tantos años antes. Como aquella espantosa vez que Claudia le dijo a una amiga común que Paula no sabía ponerse un tampón. No obstante, lo peor fue el horrible dolor de saberse abandonada sin haber tenido la oportunidad de demostrar su valía, sin siquiera haberse percatado de lo que pasaba hasta que ya fue demasiado tarde. No había dudas, Ewan se iba a dar un buen batacazo si no empezaba a alejarse de Rachel.

—¿Cómo os sentís, chicos? ¿En la cima del mundo? —Will parecía muy pequeño desde la alta plataforma de la torre. Su voz parecía llegar de muy lejos—. ¿Qué os parece si os dais un abrazo de grupo por haber llegado tan lejos? Vamos, no seáis tímidos. Para eso habéis venido.

—Como nos diga que cantemos el *Kumbayá*, me tiro —dijo Amira.

De todas maneras, formaron un círculo a regañadientes y se abrazaron con rigidez. Paula, que se descubrió de repente junto a Rachel, rezó para que esta no se diera cuenta de su incomodidad. La caricia de Rachel en su espalda fue tan liviana y breve como la de una hoja caída.

Después, llegó el momento de cruzar el cable hasta la otra torre. Paula había evitado pensar en ese momento, en el larguísimo y estrecho cable que se extendía ante sus ojos. En la forma en que se movería bajo los pies; en que, cuando mirara hacia abajo, no habría nada entre el suelo, tan lejano, y ella.

—No es tan malo —dijo Katie, la renacuaja ayudante de Will que estaba enganchando las cuerdas de seguridad a sus arneses, de modo que estuvieran sujetos a la cuerda que corría en paralelo, por encima de sus cabezas—. Esta cuerda es increíblemente resistente.

Chloe fue la primera, seguida por Rachel.

—Una vez más en la brecha —dijo con voz cantarina

antes de poner un pie en el cable. Parecía decidida a olvidarse del follón con Sarah.

Paula se preguntó si era una pose de cara a la galería por la presencia de Mark Hamilton, pero luego se reprendió por su cinismo. Antes no era cínica. A veces se preguntaba si los antidepresivos que estaba tomando desde su separación le estaban cambiando la personalidad. El prospecto ponía que podía ser uno de los efectos secundarios. «Cambios en el estado de ánimo», ponía. A Paula le había resultado raro, ya que el propósito de tomar antidepresivos era, en su opinión, precisamente que te cambiaran el estado de ánimo. Si no lo conseguían, ¿para qué servían?

Cuando Rachel iba por la mitad del cable, la tensión entre la cuerda que la unía a Mark indicó que le tocaba a él echar a andar.

—Paula, por si las moscas, mi testamento está en el primer cajón de mi mesa —bromeó Mark, volviéndose hacia ella.

Paula se conmovió y, una vez más, sintió esa conexión con él que le provocaba una gran alegría, incluso pese al miedo que estaba sintiendo.

Cuando Charlie, que estaba blanco como la leche, empezó a cruzar despacio hacia la otra torre, Paula ya no se acordaba de Mark Hamilton, ni de Rachel ni de Will, que les gritaba para darles ánimos desde abajo junto a Sarah, cuya melena pelirroja resaltaba mucho contra la hierba verde. Solo podía pensar en el delgado cable que se extendía por ese abismo.

—Te toca, Paula —anunció Ewan—. Cuanto antes crucemos, antes podremos bajar y empezar con la fiesta.

Intentaba mostrarse relajado y feliz, pero Paula vio cómo buscaba con los ojos la delgada figura ataviada con licra plateada y celeste que ya estaba en la otra torre. Se moría por salir al escenario e impresionarla.

Paula se aferró con fuerza a las cuerdas que había a cada lado y puso un pie en el cable. Era de acero, compuesto de hilos de acero enroscados los unos en los otros. Cedió un poco bajo su peso, pero al menos no se balanceó. Le sudaban las manos, pero se agarró a las cuerdas a cada lado mientras mantenía la vista clavada en la otra torre, donde los esperaban los que ya habían cruzado. Vio que Mark Hamilton levantaba los pulgares.

Dio otro paso, y otro, negándose a mirar hacia abajo. Ya había recorrido un tercio del cable, aferrada a las cuerdas con las manos. Por delante vio que Charlie llegaba a la otra torre y que un abanico de manos lo ayudaban a subir a la plataforma. Paula ansiaba tanto llegar al final que casi podía sentir lo que era ser Charlie, casi podía sentir esas manos que tiraban de ella hacia la seguridad. Avanzó otro poquito. A esas alturas, el cable bajo sus pies sí se cimbreaba. Un borrón rojizo cambió de posición en la periferia: Sarah, que se había movido; eso hizo que Paula calculara mal y no pusiera el pie sobre el cable, sino en el aire. El pánico le formó un nudo en la garganta, pero luego consiguió colocar el pie donde debía. La brisa le acarició las orejas.

—Vaya, Paula, avanzas por el cable como si te deslizaras. ¿Seguro que no provienes de una familia de cabras montesas?

La voz de Will le llegó desde abajo, como si procediese de otro mundo.

Dos pasos más. Y ya estaba en el centro del cable, donde el balanceo era más pronunciado y la brisa parecía más un vendaval que podía levantar a una persona por los aires. Le temblaban las piernas y había perdido la sensibilidad en las manos por la fuerza con que agarraba las cuerdas. Entonces sucedió. Fue un movimiento tan ligero que pareció otra ráfaga de aire, como una especie de borrón en el rabillo del ojo, algo visto y no visto.

—¡Madre mía!

El grito de una mujer procedente de la torre que tenía delante. ¿Chloe? ¿Amira?

Pero ¿por qué? ¿Qué había pasado? El cable seguía firme bajo sus pies, las cuerdas a las que se agarraba seguían tirantes. Miró a su espalda. El cable de seguridad que la sujetaba a la cuerda guía se había soltado y colgaba, inservible, del arnés de su espalda, balanceándose en el vacío entre sus pies.

El pánico se apoderó de ella como una llamarada.

Nada le impedía caer al suelo, nada la sujetaba salvo las cuerdas que la unían a Charlie y Ewan; y, a través de ellos, a los demás.

—No pasa nada, Paula. Espera ahí. Voy a subir. —La voz de Will, sin la habitual jovialidad, tuvo un deje raro, tenso.

Paralizada donde estaba, aferrada a las cuerdas a ambos lados de su cuerpo y con la mirada clavada al frente, Paula no se atrevió a mover la cabeza, pero fue consciente de que alguien se movía bajo ella, captó el recorrido del brillante pelo rubio de Will por la hierba. El grupo que había en la torre que tenía delante cambió de posición, dejando un hueco en el centro. Fue como si el tiempo se detuviera, suspendido, tal como estaba suspendida ella, mientras los segundos se negaban a pasar y se hacían eternos. Era consciente de la vibración del cable que tenía bajo los pies y recordó a Ewan, que estaba atascado en algún punto tras ella.

—¿Me adelanto yo? —gritó Ewan en ese momento—. Podría sujetarla y llevarla hasta la torre.

—¡No!

La vehemencia de su voz la sobresaltó, y por un instante creyó haber perdido el equilibrio, ya que su centro de gravedad se movía como la burbuja de un nivel. Aferró con más fuerza las cuerdas a las que se sujetaba. La idea de que Ewan empezara a moverse a su espalda, con pasos torpes que harían vibrar el cable, unas vibraciones que ella notaría a través de las plantas de los pies, le provocó un pánico atroz. Ewan era lo bastante impulsivo como para intentar rescatarla él solo, buscando impresionar a Rachel.

Por fin Will se plantó delante de ella, con su sonrisa deslumbrante más tensa de la cuenta.

—A ver, vamos a hacer lo siguiente, Paula: voy a ir a buscarte. —Levantó una mano para silenciar la protesta que iba a recibir—. No te preocupes. Estoy tan acostumbrado a este cable que casi podría levitar por encima. No te vas a enterar de nada. Luego voy a quitarme la cuerda de seguridad y te la voy a enganchar al arnés, y después iremos a la torre los dos juntos.

Puso un pie en el cable.

—¡Voy a caerme! —gritó ella.

—No, de eso nada. —Will la miraba con una expresión decidida en sus ojos azules.

En algún rincón de su cerebro que no estaba anegado por la corrosiva adrenalina, Paula pensó en que Ian tenía los ojos grises, un poco enrojecidos ya por la costumbre de beber cuatro cervezas por las noches. En otra época, lo consideraba el hombre más guapo del mundo, y saber que las mujeres no se pararían a mirarlo hacía que fuera todavía más especial, como si fuera un artista brillante cuyo arte solo ella sabía apreciar.

—¡Ay! —exclamó cuando las cuerdas a que se aferraba vibraron bajo los dedos de Will.

—Vas bien, Paula. ¡Lo estás haciendo genial! —La voz de Sarah le llegó desde algún punto del suelo.

Paula se preguntó si parecía un fantoche, allí paralizada como una de las estatuas vivientes que permanecían inmóviles en los centros de las ciudades. Miró a Will, que apenas parecía avanzar. «Date prisa, por favor.»

Pero, por fin, llegó hasta donde lo esperaba, y sus brazos bronceados y musculosos se extendieron hacia ella. Paula sintió las piernas temblorosas y los nervios de punta hasta que su mano la agarró del brazo y pudo sentir su sólida presencia.

—Ya está. Te tengo —murmuró él mientras se quitaba la cuerda de seguridad y la rodeaba con ambos brazos para engancharla a su arnés.

Clic. Y así, sin más, volvió a estar conectada a la realidad. En ese momento, fue consciente de lo sudorosa que tenía la ropa y de la forma en que el pelo le caía, lacio, a ambos lados de la cara; fue consciente de la presencia de sus dos jefes a unos metros de distancia, mirándola fijamente, aunque no podía distinguir su expresión. Siguió las instrucciones de Will mientras avanzaban, poco a poco, hacia la otra torre, colocando de forma obediente los pies donde habían estado los de Will, aferrando las cuerdas que conservaban el calor de sus manos.

Y, por fin, llegaron, y él la levantó en volandas como si fuera una pluma, y las piernas, de nuevo sobre algo sólido, le fallaron.

Charlie y Amira la abrazaron con fuerza, evitando que se cayera al suelo, y se reían como si todo hubiera sido una broma muy graciosa.

—Madre mía —suspiró Amira—. Ya pensaba que te ibas a quedar a vivir ahí en medio.

—Espero que no haya sido muy traumático para ti, Paula —comentó Rachel, acercándose un poco al grupo—. Aunque seguramente te ha parecido más peligroso de lo que ha sido en realidad.

Paula no dio crédito. ¿De verdad Rachel le estaba quitando hierro al asunto como si hubiera sido un susto de nada?

De vuelta en el suelo, Sarah corrió hacia ellos.

—Ay, pobrecilla, ¿estás bien?

De repente, Paula recordó la bomba del embarazo que Sarah había soltado hacía poco. ¿Estaría una parte de ella disfrutando de la distracción que Paula había creado?

—Podría haber muerto —contestó con voz trémula. Pero nada más decirlo, miró el cable y se dio cuenta de que parecía mucho más cerca del suelo de lo que le había parecido cuando estaba sobre él. La distancia entre ambas torres, que se le había antojado eterna cuando estaba paralizada en el centro, apenas era de unos metros. Sin embargo, el peligro le había parecido muy real.

Will también había bajado y estaba hablando con su ayudante, Katie, en voz baja e imperiosa.

—Siento mucho lo que ha pasado, chicos —dijo—. Nunca hemos tenido un fallo con la cuerda de seguridad. Parece que el mosquetón ha fallado, pero Katie le ha echado un vistazo y no sabe cómo ha podido pasar. No estaba desgastado. De hecho, todos son bastante nuevos. Y otro equipo ha usado el mismo material esta mañana y no ha habido problemas.

—¿Dónde se guarda el material? —preguntó Charlie—. ¿Es posible que se mezclara con material antiguo?

Will negó con la cabeza.

—Es el mismo material que hemos usado antes. Todo estaba preparado de antemano. No hay motivo para que sucediera algo así.

—A lo mejor si tuvieras ayudantes más experimentados... —dijo Mark Hamilton, que le lanzó una mirada elocuente y seria a la ayudante con cara de niña.

—Katie ha hecho esto mismo infinidad de veces. No ha sido ella quien...

Sin embargo, Mark lo interrumpió.

—Es cierto que ha habido final feliz, pero podría haber terminado de otra manera.

—Por favor —dijo Rachel, mirando a Will, que parecía incómodo—. Tampoco ha sido para tanto. Paula no ha corrido peligro en ningún momento. Tampoco es que la hayamos obligado a escalar el Everest, ¿no?

Paula miró a Mark de reojo, a la espera de que este saliera en su defensa, y se quedó de piedra al ver que sonreía, como si lo que le había pasado fuera una especie de broma.

—La verdad sea dicha... —empezó Will, recuperando su aire alegre y relajado—. En cuanto a estrechar lazos se refiere, ha sido una actividad excelente. Os habéis unido, habéis animado a Paula y la habéis apoyado. Mark y yo no podríamos haberlo planeado mejor. De hecho, ¿cómo sabéis que no ha sido algo planeado?

Echó un vistazo al grupo mientras arqueaba las cejas. Se oyeron unas cuantas risitas.

Una brutal ola de calor asaltó a Paula; le subió por los pies hasta que tuvo la sensación de que le ardía todo el cuerpo. La humillación le abrasaba la piel.

26

Amira

—¿Crees que alguien ha podido hacerlo a propósito?

Amira se habría echado a reír si Paula no hubiera estado al borde de las lágrimas. Unos minutos antes se había llevado una sorpresa al abrir la puerta de su habitación después de que alguien llamara, y descubrir que se trataba de Paula, que quería «charlar». Paula y ella siempre se habían llevado bien (al menos hasta que empezó la extraña tensión provocada por el hecho de que Rachel prácticamente le hubiera ofrecido su puesto de trabajo), pero nunca habían llegado a intimar. En ese momento, Paula estaba apoyada en el brazo del sillón emplazado junto a la ventana con aire derrotado, y le preguntaba si alguien podía haber manipulado la cuerda de seguridad de su arnés.

—¡Por favor! No empieces tú también.

Paula la miró y parpadeó, sin comprenderla.

—El otro día Charlie estaba convencido de que alguien lo había envenenado —le explicó Amira—. ¿Otra vez le habéis estado dando a la hierba?

—¿Hierba? —Paula pareció más confusa que antes, y Amira contuvo un suspiro impaciente.

—Hierba, ya sabes: maría. Te hace ver fantasías paranoicas.

—Ah. Claro. Sí, muy graciosa.

Amira sintió una punzada de culpa. Paula tenía derecho a sentirse un poco paranoica. Su jefa estaba tratando de librarse de ella. Tal vez no tirándola de las alturas, pero sí manipulando la situación a sus espaldas para reemplazarla, algo que era tan demoledor como lo primero.

—Tienes buen aspecto —dijo Paula, como si quisiera empeorar la culpa que sentía Amira.

La réplica automática que suscitaba el comentario, «y tú también», murió en los labios de Amira nada más echarle un vistazo al atuendo que había elegido su compañera para las actividades nocturnas: la familiar y voluminosa túnica beis oscuro, y unos anchos pantalones negros. Unos zapatos de salón de tacón bajo —de moda a principios de los años ochenta— y una rebeca negra ancha completaban el conjunto.

—Tienes mucha suerte. Con esa piel y ese pelo, puedes llevar cualquier color. ¿De quién lo has heredado, de tu padre o tu madre?

Amira se encogió, incómoda como siempre al enfrentarse a ese tipo de preguntas.

—De ninguno, la verdad. Mi madre es india y mi padre irlandés, así que acabé siendo esta especie de mutante que no se parece a nadie. ¿Te gusta este vestido? Dime la verdad.

Se había acostumbrado a sortear las preguntas sobre su complicada herencia genética, pero se arrepintió de haber cambiado el tema de conversación.

—Es precioso —contestó Paula con sinceridad—. ¿Es nuevo?

La culpa fue instantánea. Amira se tocó la tela con el estampado floral del vestido de Ted Baker del que se había encaprichado unos días antes. Su intención no había sido ir de compras. Tom y ella tenían prohibido comprar cualquier cosa nueva durante los próximos... ¡cincuenta años o así! Pero mientras iba hacia el metro había empezado a pensar en Rachel y en lo perfecta que parecía siempre, y se permitió pensar por primera vez en la posibilidad del ascenso. Si aceptaba el puesto (algo que no había decidido todavía), tendría que lucir un aspecto mejor. Y eso la llevó a pensar en el fin de semana y en el hecho de que no tenía nada decente que ponerse. ¿Qué de malo había en echar un vistazo? No iba a comprar nada. Solo estaría planeando para cuando aceptara... bueno, para cuando tuviera que arreglarse un poco más, y tuviera el sueldo acorde para poder hacerlo. De manera que dio un rodeo por Oxford Street y entró en unos grandes almacenes, y allí estaba el vestido, que se probó y del que se enamoró. Aunque estaban a punto de sufrir un descubierto en la cuenta conjunta y era la culpable de haber llevado al límite el crédito de la tarjeta común, más el de las dos tarjetas de dos tiendas de las que Tom no estaba al tanto, se hizo una tarjeta más en esa tienda y compró el vestido, si bien la euforia le duró lo mismo que tardó la dependienta en envolverlo con papel de seda y meterlo en una elegante bolsa de papel. Una vez que llegó a casa, el autodesprecio la consumió. Guardó la bolsa en el fondo del armario y juró que lo devolvería al día siguiente. Pero, de alguna manera, el vestido siguió guardado en el armario. Ahora, se lo había puesto un rato antes y se había sentido de maravilla, pero el cumplido bienintencionado de Paula le recordó de qué manera conseguiría el ascenso (si lo aceptaba) y después pensó en el ceño de Tom, fruncido por la preocupación, y la vergüenza la abrumó de repente.

La cena se serviría en el comedor del hotel. Mientras bajaban, Amira y Paula decidieron que no se dejarían intimidar por la presencia de sus jefes y que se limitarían a disfrutar de estar en un bonito hotel con los gastos pagados. Pero antes incluso de sentarse, dicha resolución empezó a flaquear. Mark y Rachel estaban sentados el uno frente al otro y ambos tenían una silla vacía al lado. Las demás sillas ya estaban ocupadas.

Aunque había poco donde elegir, Amira preferiría no sentarse al lado de Rachel, entre otras cosas porque tendría a Sarah al otro lado y no se fiaba de lo que pudiera decirle en ese momento, sobre todo si bebía (algo que desde luego pensaba hacer). ¿A qué estaba jugando Sarah? Siempre había jurado que solo tendría dos hijos. Siempre había bromeado diciendo que, de todas formas, el sexo ya no existía entre Oliver y ella, así que no era tanto una elección como un hecho fehaciente. Si había cambiado de opinión, lo menos que podía haber hecho era decírselo a alguien del equipo. Porque serían ellos los que tendrían que cargar con su trabajo. Con razón había una silla vacía entre Rachel y Sarah, que parecía fastidiada. Ojalá no tuviera que sentarse...

Demasiado tarde. Paula ya estaba abriéndose camino hacia el extremo más alejado de la mesa a fin de ocupar la silla junto a Mark, que tenía la expresión de quien intenta parecer contento a toda costa. Resignada, Amira se sentó entre Rachel y Sarah.

—¡Uf, menos mal que eres tú! —susurró Rachel.

Amira se quedó pasmada. Si bien sabía qué opinión tenía de Paula en el campo profesional, le parecía una indiscreción que expresara su predilección tan a las claras, aunque nadie más pudiera oírla. Miró de reojo la botella de vino casi vacía que su jefa tenía delante y se preguntó cuánto habría bebido. Esos ojos gélidos tenían una mirada tan afilada que podrían cortar. Amira sintió de nuevo una oleada de autodesprecio, en esa ocasión por haberse prestado a participar en el tipo de política de empresa que tanto Tom como ella más detestaban, y así lo expresaban cuando estaban tumbados en el sofá, viendo a la gente asestarse puñaladas traperas en los *reality shows*. Sabía que Tom se horrorizaría si supiera lo que había estado pasando en la oficina, algo que podía calificarse de una caza de brujas contra Paula y Sarah. Pero después, casi de inmediato, lo culpó a él. Al fin y al cabo, en parte era el culpable de que hubiera tenido que comprometerse hasta esos extremos. Si la hubiera respaldado económicamente, no estarían tan estresados por la hipoteca y ella no tendría que hacerle la pelota a una jefa abusiva.

«La hipoteca que tú lo obligaste a firmar», le recordó una vocecilla. La silenció de golpe.

De repente, se oyeron vítores procedentes de la mesa de al lado, ocupada por los comerciales y los de *marketing*, y Amira se sobresaltó. Parecían ocupados con un juego en el que tenían que beber. El chico pelirrojo cuyo nombre nunca recordaba se estaba bebiendo una pinta entera mientras los demás lo miraban y coreaban:

—¡De una vez, de una vez!

Cuando depositó la jarra en la mesa con un golpe, tenía un bigote de espuma sobre el labio superior. Los demás lo aplaudieron.

—Todos me tratan como a una leprosa —le susurró

Sarah—. Ni que hubiera planeado tener otro niño. Fue un fallo.

—¿No crees que después de haber tenido dos deberías saber cómo se hacen? —Amira lo dijo con intención de bromear, pero le salió con más brusquedad de la que pretendía.

—Sé que parece ridículo, pero no entiendes lo agotados que estamos los dos, a todas horas. A partir de las siete y media de la tarde, el cerebro deja de funcionarnos. Ni pensamos con lógica ni sopesamos las consecuencias. Y creí que no era un día peligroso.

Amira hizo una mueca.

—Todos los días son peligrosos. El caso es que no estaríais tan cansados si os pusisteis a echar un polvo.

—Uno de higos a brevas. Te lo digo en serio. Hemos tenido mala suerte. Ni siquiera me he parado a pensarlo a fondo. Cuando me hice la prueba, Oliver estaba de espaldas, fregando los platos. Le di unas palmaditas en el hombro y le enseñé el palito con la línea azul. Él lo miró, se dio media vuelta y siguió fregando. No dijo una palabra.

—Pero ahora estáis contentos, ¿no?

Sarah la miró a los ojos y Amira vio que estaban velados por las lágrimas.

—Amira, es que no sé cómo vamos a organizarnos con otro más. Estamos muy cansados. Físicamente, Joe y Sam son agotadores. Y yo acabo de reincorporarme al mundo laboral. Mi carrera profesional pende de un hilo ahora mismo. —Miró de forma elocuente en dirección a Rachel, que les estaba dando la espalda mientras hablaba con Ewan.

—No estarás pensando en abortar, ¿verdad?

Sarah pareció escandalizada.

—No. A ver, que cuando miro a Joe y Sam pienso: ni

de coña. Pero después me imagino lo que será empezar otra vez con lo mismo, con las tomas cada tres horas, las noches sin dormir y ese olor a caca y leche agria que se te queda en el pelo y la piel y no puedo... En fin, que no. Por eso no se lo había dicho a nadie. No me veía capaz de afrontarlo.

—¿Ella...? —preguntó Amira, al tiempo que movía la cabeza en dirección a Rachel—. ¿Te ha dicho algo?

Sarah negó con la cabeza y, en ese momento, apareció una lágrima en uno de sus ojos que acabó deslizándose por su mejilla.

—Esa es la conversación que me tiene aterrorizada —susurró.

De repente, se oyó una carcajada estridente al otro lado de la mesa. Chloe estaba sentada junto a Will y era evidente que algo que él había dicho le había hecho mucha gracia. Amira se había sorprendido al ver a Will en la cena. Había supuesto que sus obligaciones acababan con las actividades al aire libre. En la programación que les habían entregado antes de llegar, se indicaba que el sábado por la noche habría «juegos después de la cena». Esperaba que fuera algo parecido al Scrabble o incluso unas partidas de billar, actividades que le gustaban mucho, pero la presencia de Will la ponía nerviosa por si acaso era algo más complicado. Aumentaban los números para sufrir una humillación pública.

—¡Amira! —exclamó Chloe. Tenía la cara con manchas rojas, las típicas de las mujeres tan blancas como ella después de beber más de la cuenta—. Cuéntale a Will ese chiste que nos contaste la semana pasada. El del mono en el autobús.

Amira gimió.

—Chloe, acabas de cargártelo —le dijo.

Otra vez la risa estridente.

—¡Ay, sí! ¡Qué tonta soy!

La cena siguió sin más incidentes, pero Amira no podía desprenderse de la desilusión que sentía consigo misma. En un momento dado, Rachel empezó a hablarle de los planes que tenía para el departamento y le pidió consejo sobre la idea de ofrecer incentivos por productividad (como un día en el *spa*), de manera que no pudo evitar plantearse qué pensarían los demás al ver que Rachel y ella estaban allí haciendo planes para la oficina. Sabía que cuando el hacha cayera por fin, Paula recordaría esa noche y se preguntaría si habían estado planeando su ruina.

«¿Lo sabías ya entonces? —imaginó que le preguntaría Paula con esa voz serena—. ¿Durante la cena de las jornadas de convivencia? ¿Sabías que iba a darme la patada?» ¿Qué podría decirle cuando se lo preguntara?

—Me gustaría brindar por el equipo —dijo Mark Hamilton una vez que se llevaron los platos y despejaron la mesa—. Y darle las gracias a Rachel por habernos ayudado a que todo funcione. Creo que el día de hoy ha sido un gran éxito a la hora de unirnos, de hacernos pensar en la forma en que trabajamos con los demás, y en la importancia de la colaboración en los departamentos... y en los beneficios de una dosis sana de competitividad. Además, nos hemos divertido mucho, ¡algo que siempre es de agradecer!

—Bueno, salvo por el incidente de Paula en el puente de cuerda —recordó Charlie. Estaba sonriendo, pero el comentario tenía un deje severo.

—Oh, venga ya —replicó Rachel—. Paula está bien. No creo que debamos recordarlo cada dos por tres. —Su voz era como un pedernal golpeando una roca y produciendo una lluvia de chispas.

—Si se me permite decir algo. —La interrupción de Will alivió la tensión—. Aunque lo que le ha sucedido a Paula ha sido muy desafortunado y vamos a investigar a fondo para descubrir qué ha pasado con la cuerda de seguridad, en muchos sentidos ha sido una experiencia de aprendizaje real para todos vosotros, chicos. La calidad de un gran equipo reside en la fuerza con que los miembros más fuertes arrastran a los más débiles. No quiero decir con esto que tú seas débil. —Miró con una sonrisa a Paula, que estaba tan colorada que su cara redonda, reluciente por el sudor después de haber disfrutado de la copiosa comida, recordó de repente a la textura de una cebolla—. Podría haberle pasado a cualquiera. Pero ha sido excelente, porque todo el mundo se ha unido. Creo que os merecéis un aplauso.

Todos aplaudieron educadamente, aunque dio la impresión de que a Paula le resultaba doloroso el hecho de aplaudir.

—Y ahora —siguió Will—, ha llegado la hora de los juegos posteriores a la cena. No os preocupéis, no son actividades físicas —añadió, mirando a Paula—. Un poco de diversión que esperemos nos ayude a conocernos algo mejor.

Amira sintió que se le encogía el estómago al oír el último comentario. Recordó de repente la época en que era la niña nueva en el colegio y una maestra bienintencionada la obligó a sentarse delante de todos sus compañeros, a los que debía lanzar una pelota de tenis mientras les preguntaba el nombre, tras lo cual los saludaba con un «Hola, Toby» u «Hola, Melanie» al tiempo que ellos se la devolvían.

—A lo mejor habéis jugado a esto antes —dijo Will, que llevaba un atuendo informal: camiseta de manga corta negra y vaqueros del mismo color.

Amira se preguntó qué pensaría de ellos. ¿De verdad estaba tan emocionado como parecía o para él solo eran otro grupo de oficinistas intercambiable con el anterior que había estado allí? La razón le decía que la respuesta era la última, pero la vocecilla que le aseguraba que tal vez había encontrado algo único en ellos, en ella, seguía presente. En ese momento, le pareció importante que ese hombre, un completo desconocido, no la metiera en el mismo saco que a los demás empleados sin rostro que salían y entraban continuamente de ese hotel.

«Me he graduado en Psicología y Criminología —ansiaba decirle—. En una ocasión, pasé seis meses viajando por América del Sur. Escalé una montaña sin contar con el equipo adecuado y pensé que iba a morir. He atravesado dunas de arena y en Bolivia recorrí en bicicleta un camino tan peligroso que los lugareños lo llamaban el Camino de la Muerte. Trabajé de voluntaria con la organización no gubernamental de los Samaritanos y los sábados por la mañana me pongo a bailar por la cocina con los Black Eyed Peas. Así que no me juzgues por mi trabajo, ni por la persona que debo ser durante el mismo ni por la sonrisa tonta que pongo cuando mi jefa hace un chiste.»

—Es un juego de asociación de palabras. Vamos eligiendo categorías por turnos. Colores, por ejemplo. Y después, por orden tal cual estamos sentados en la mesa, vamos asignando un color a la persona que tenemos al lado y explicando por qué la define. Por ejemplo, yo digo que Rachel es roja porque es poderosa y sexy. —Se volvió para guiñarle un ojo—. O podéis elegir un deporte. En ese caso puedo decir, no sé, Charlie es como el tenis, porque tiene muchas pelotas.

Todos rieron, aunque Amira sospechó que Will había hecho la misma broma muchas veces. Percibía la tensión existente en torno a la mesa, como si todos se estuvieran conteniendo y tuvieran el cuerpo y los nervios tan tensos como cuerdas de guitarra. El aire vibraba en torno como si alguien estuviera usando uno de esos silbatos que solo los perros pueden oír.

—Esto no va a acabar bien —musitó Charlie mientras se inclinaba sobre la mesa.

Charlie estaba de un humor raro. Se había pasado casi toda la cena pendiente del móvil, que tenía en el regazo, tecleando mensajes. Una actitud muy grosera, en opinión de Amira. Y aunque de vez en cuando participaba en la conversación, parecía distraído y sus ojos no dejaban de buscar el teléfono. Estaba sentado junto a Sarah, pero apenas le había dirigido la palabra. Supuso que debería sentirse excluido. Por regla general, Charlie era la persona en la que Sarah confiaba.

—Muy bien —dijo Will sonriendo—. En este no voy a participar porque no os conozco bien, pero quiero que os divirtáis. Esta es la oportunidad para que reflexionéis sobre las cualidades de los demás. Sed creativos y generosos, y no paséis demasiado tiempo elaborando vuestras respuestas. La clave está en la espontaneidad. Mark, ya que diriges el cotarro, empieza tú. ¿Qué categoría vas a elegir?

El jefazo pareció sorprenderse y palideció un poco pese al moreno de su piel. Llevaba una camisa blanca sin corbata y la nuez le subía y bajaba como una burbuja de aire en una pajita.

—Mmm... —La mirada de Mark se movió de un lado a

otro como buscando inspiración en sus alrededores. De repente, reparó en el vaso que tenía delante y el alivio inundó su rostro—. Ya lo tengo. ¡Bebidas!

—Buena elección —aprobó Will, que asintió con la cabeza—. Pues vamos a empezar con Paula. ¿Qué bebida crees que sería Mark?

Paula parpadeó y echó la cabeza atrás.

—¿Bebida? Mmm... —Echó un vistazo por la mesa en busca de ayuda.

—No tiene por qué ser algo gracioso, Paula. Di lo primero que se te ocurra. Siempre y cuando no sea picante. —Will chasqueó la lengua.

Paula, que de todas formas siempre parecía sonrojada, se puso de un tono similar al salmón de piscifactoría. Y después, prácticamente a voz en grito, dijo:

—¡Chocolate caliente! Porque reconforta y está muy bueno.

Las carcajadas estallaron en torno a la mesa, sinceras en esa ocasión. Paula se llevó una mano a la boca en cuanto comprendió lo que acababa de decir.

Will levantó una mano.

—No pasa nada, Paula. Esa es la finalidad, que el juego sea gracioso. Muy bien, Charlie. Si Paula fuera una bebida, ¿qué sería?

—Un gin tonic —contestó él, y por un terrible momento Amira pensó que iba a decir algo sobre su carácter incoloro. En cambio, soltó algo ingenioso sobre que era un tónico digestivo.

Amira estaba tan ocupada sopesando cómo describir a Sarah que no oyó lo que esta dijo sobre Charlie. Sin embargo, sí fue consciente del murmullo educado que se alzaba en la mesa. Sarah era un bloody mary, dijo. Rojo y engañoso por su suavidad. Amira pasó de la mirada interrogante de Sarah cuando oyó la descripción, ya que estaba pendiente de lo que Rachel iba a decir sobre ella. Todos contuvieron el aliento cuando Rachel dijo que Amira era una Guinness.

—Es suave y tienes que esperarla una eternidad.

Amira comprendió que los demás seguramente estaban pensando que Rachel se refería a su puntualidad, aunque ella sabía que el comentario era una pulla sobre lo mucho que estaba tardando en decidir si estaba interesada en el puesto de Paula.

Como cabía esperar, Ewan describió a Rachel como el champán: burbujeante, cara y con mucha clase. Puesto que Will ocupaba la silla que tenía al otro lado, le llegó el turno a la persona sentada en la silla contigua. Chloe.

—Si Ewan fuera una bebida... —dijo, y Amira se percató de lo borracha que estaba—. Si Ewan fuera una bebida... sería un whisky, porque cuando estás borracha parece una buena idea, pero por la mañana hace que te sientas fatal. ¡Ja ja! —Se echó a reír como si fuera una ocurrencia del momento, pero Amira sabía que la mente de Chloe no era tan ingeniosa como para formular esa idea sin haberle dado antes muchas vueltas. Bueno, si su intención había sido humillar a Ewan delante de Rachel, seguramente lo había conseguido, a juzgar por la cara que puso ella y el cabreo que Ewan no se molestó en disimular.

—Vale. Chicos, recordad que es un juego gracioso y divertido —terció Will con ecuanimidad.

Amira miró a Chloe, sin acabar de creerse que hubiera dicho lo que había dicho. No era propio de ella. No solo porque había sido ingenioso, sino porque era malicioso. Chloe podía ser arisca y quejica, pero esa era la primera vez que Amira la oía decir algo tan malintencionado. Lo suyo con Ewan, fuera lo que fuese, debía de haberle hecho daño. De repente, se enfadó con él. Por regla general, Ewan le caía bien. Le parecía el típico tío arrogante y descarado que nunca oculta su ambición. La sorprendía que hubiera durado tanto en su puesto y no estuviera trepando en la empresa, que sería lo normal en alguien como él.

Aunque llevaban trabajando juntos dos años, Amira apenas lo conocía, solo a un nivel superficial. Pero había muchas personas así, reservadas. Como si al hablar de sí mismas le estuvieran dando algún tipo de poder a los demás. A ella no le importaba esa actitud, pero esperaba que se comportara como un caballero con el corazón de Chloe. Porque los corazones son delicados. No se pueden arrancar de cuajo y machacarlos como a un filete y luego volver a ponerlos en su sitio y esperar que todo siga como antes.

Después de las bebidas, llegaron las flores y luego las mascotas. Todos intentaban ser graciosos, como si su puesto en la empresa dependiera de los niveles de carcajadas. Amira se sorprendió al comprobar que le subía la adrenalina mientras aguardaba a que le llegara el turno y se devanaba los sesos en busca de algo gracioso que decir sobre Sarah.

—Más rápido —los azuzó Will—. No preparéis la respuesta.

Mientras hacían una ronda sobre libros famosos, los instó a darse prisa, chasqueando los dedos cada vez que le llegaba el turno a alguien para que soltara lo primero que le pasara por la cabeza. En la siguiente ronda, eligieron programas de televisión y Will cambió las normas.

—Voy a complicar las cosas un poco. Según vayamos avanzando, pronunciaré un nombre y tendréis que describir a esa persona. Vamos allá.

El corazón de Amira se aceleró cuando Will la miró y exclamó:

—¡Mark!

—¡Las noticias! —respondió con ímpetu—. Porque es autoritario y...

—¿Aburrido? —sugirió el propio Mark al verla titubear, desatando las carcajadas de los demás.

La siguiente ronda fueron ciudades. El estrés siguió aumentando a medida que esperaba su turno. Mientras Sarah describía a Rachel como Copenhague porque era «cara, limpia y organizada», Amira echó un vistazo nervioso por la mesa intentando pensar algo gracioso, pero tenía la mente en blanco. Las dos ciudades que se le habían ocurrido, Nueva York y París, ya habían sido elegidas. El pánico se apoderó de ella cuando Will le hizo un gesto con la cabeza y dijo:

—Más rápido. Paula.

Amira dirigió la mirada hacia el otro lado de la mesa, donde se sentaba la asistente de dirección del departamento, que parecía acalorada e incómoda con esa túnica tan voluminosa.

—Montreal —soltó. Will le hizo un gesto para que se diera prisa y chasqueó los dedos varias veces, de manera que sin pararse a pensar añadió—: Porque es grande y un poco aburrida.

Hay algunos silencios que empiezan como una cosa y acaban en otra de forma gradual, como si el mismo silencio hubiera provocado un cambio en las placas tectónicas situadas. En ese momento se produjo uno de esos. Lo que empezó como una pausa que prometía risas, se convirtió en incomodidad y, al final, en sorpresa cuando todos asimilaron el significado de lo que acababa de decir.

—Dios mío, Paula. Lo siento. Mi intención no era... es que ha sido lo primero que...

—No pasa nada —le aseguró la aludida, cuya cara tenía la expresión de quien está tratando de contener las lágrimas. Sus pequeños dedos aferraban con tanta fuerza el asa de la taza de café que Amira veía sus venas azuladas a través de la piel translúcida de sus orondas muñecas.

—Lo he dicho sin pensar... —A Amira no se le ocurría qué más decir. No tenía excusa. Las palabras habían surgido de una parte de sí misma que desconocía. Siempre se mostraba solícita con los sentimientos de los demás. Ni siquiera cuando estaba borracha se expresaba libremente como hacían algunos. Pero, en ese momento, algo la estaba molestando, como si fuera el roce de la hierba seca. A su mente acudían momentos del pasado, como cuando era pequeña y se enfadaba y decía o hacía cosas que luego no recordaba, y de repente se le pasaba el enfado como si acabara de despertar de un sueño y descubría a su querido padre meneando la cabeza mientras sus ojos verdes la miraban con tristeza. «Ay, Amira...», era lo único que necesitaba decir para que ella se sintiera avergonzada. Tanto como lo estaba en ese momento—. Lo siento —repitió. Pero los demás habían seguido con el juego y otra persona estaba hablando, de manera que parecía que el momento había pasado... hasta que Rachel se inclinó hacia ella y su perfume le inundó las fosas nasales con su fragancia tan fuerte y abrumadora.

—Has dado en el clavo —le susurró su jefa, que se echó a reír de una forma que a Amira le resultó más inquietante que su habitual brusquedad. Era como si le hubiera pedido prestada la risa a alguien, o se la hubiera robado—. ¡Montreal ha sido un acierto! —Movió la mano y, por un instante, Amira pensó que quería chocar esos cinco con ella, pero en cambio le acarició el vestido allí donde se le ajustaba al torso—. Bonito vestido —murmuró, y Amira se tensó al sentir el roce de sus nudillos. Sin embargo, fue algo tan fugaz que después pensó que lo había imaginado.

Miró de reojo a tiempo de ver que Paula volvía la cabeza después de haber sido testigo del momento. Esperó a que Paula la mirara para poder disculparse de nuevo, pero mantuvo la vista apartada de ella a propósito.

«Lo siento», repitió de nuevo en su fuero interno.

27

Anne

Mi casa es de nueva construcción, así que todo son ángulos rectos. No hay hornacinas, ni chimeneas ni rincones ocultos donde puedan acumularse telarañas. Los techos no son altos, de manera que el calor no se acumula arriba y deja la zona de los sofás y las sillas expuesta a corrientes de aire frío; ni el suelo está formado por tablones por cuyas rendijas silba el aire durante las noches de invierno. En mi casa, todo es gris, blanco o beis, todo tiene su sitio. Las superficies están despejadas y limpias, no hay chismes de ningún tipo, ni adornos o recuerdos cotidianos (postales, entradas de espectáculos, recetas, fotografías, cabos de velas, bombillas o rotuladores sin capuchón). Mi casa no se parece en absoluto a la de mi madre.

A diferencia de la suya, mi vida tiene objetivos. Tengo un trabajo que me tomo muy en serio. Salgo a cenar una vez a la semana con mi hija. Tengo amigos e incluso hago ejercicio. Todas las noches, cuando vuelvo del trabajo, me pongo el chándal y hago un circuito de cinco kilómetros por el vecindario. No corriendo, sino andando deprisa. No me salto un solo día. Siempre salgo, aunque llueva o me duela la garganta o tenga exámenes que corregir. Me pongo las zapatillas y los auriculares y salgo a hacer mis cinco kilómetros. Después, vuelvo a casa, me ducho, me cambio y, entonces y solo entonces, me permito una cerveza o una copa de vino. Solo una, por supuesto. Soy el tipo de persona que sabe que si se relaja un poco, a saber dónde acaba. Podría acabar pareciéndome a mi madre, o convirtiéndome en Noelle Egan.

Durante días después de verla en la cárcel, tuve pesadillas con esos ojos inanimados e inexpresivos. ¿Cómo podía una madre hacer lo que ella había hecho?

—Podría deberse a una depresión posparto aguda —sugirió Ed cuando nos alejábamos en coche de la cárcel—. Si no recibió tratamiento, podría haber tenido muchos problemas para crear un vínculo con el niño y, tal vez, incluso podría experimentar hostilidad. El niño es responsable de la muerte de la persona que ella era antes. El niño en cierto modo la mató. O podría haber sentido un gran sentimiento de culpa, porque se veía inadecuada en el papel de madre. Podría haber llegado a la conclusión de que, tarde o temprano, le haría daño al niño, pero que si se lo hacía ella primero, estaría de alguna manera agotando lo peor de sí misma.

Yo no creía que eso fuera así. Sin la influencia de su marido, Noelle tal vez no se habría mostrado hostil hacia su hijo, pero sí habría sido indiferente. Estaba convencida de eso. Peter no la obligó a cambiar de opinión, ni siquiera reforzó una tendencia que ella ya hubiera manifestado. Se había limitado a sembrar una semilla en el vacío. Mi temor más profundo era que, en el fondo, yo fuera tan vaga en el plano emocional como lo era Noelle Egan, que estuviera igualmente predispuesta a la degeneración, que fuera un contenedor tan apropiado como una placa de Petri. Sin embargo, el amor que siento por Shannon me diferencia. Por eso organizo mi vida en torno a las fechas límite para la entrega de un libro, las reuniones departamentales, las conferencias, mi grupo semanal de escritura y mis sesiones de natación, a las que acudo tres veces por semana. Cuanto más estricta sea mi agenda, menos espacio dejo a las bacterias para que se reproduzcan.

El día que nos reunimos por cuarta vez con Laurie, ya se sabía que Noelle iba a alegar un trastorno mental provocado por el maltrato psicológico al que la sometía su marido. Noelle esperaba conseguir una sentencia más leve al ejercer de testigo de cargo contra Peter. Él se había negado a hablar. Los que trataban con él afirmaban que se consideraba por encima de la ley. Entretanto, habían aparecido algunas personas de su pasado dispuestas a testificar. Una ex novia a la que había dejado después de fracturarle un pómulo, lo que requirió que le implantaran una placa metálica; una hermanastra que afirmaba que Peter siempre había sido la oveja negra de la familia. No tenía antecedentes penales, pero sí había una larga lista de personas a las que les alegraría mucho no verlo nunca más.

Fuera cual fuese el resultado del juicio, parecía seguro que ambos pasarían un buen tiempo entre rejas, si no el resto de sus vidas. El Estado se había hecho cargo oficialmente de Laurie. La recomendación que hiciéramos sobre su futuro era crucial. ¿Estaba tan traumatizada que necesitaría un tratamiento intensivo continuo, o sus esperanzas para disfrutar de una vida normal pasaban por la adopción en algún lugar muy lejos de todo aquello, donde pudiera empezar de cero, crear nuevos recuerdos y olvidar todo lo sucedido? Olvidar que tenía un hermano.

—Creo que ha llegado la hora de empezar a indagar —dijo Ed cuando llegué a la facultad de Medicina—. Si decidimos que lo mejor para Laurie es la adopción, debemos darnos prisa.

—Pero tenemos que estar seguros —repliqué mientras él llevaba a cabo la rutina habitual: comprobar que la grabadora funcionara y subir las persianas—. Me refiero a que lo último que nos conviene es decidir que está bien solo porque es lo que queremos creer, y que después, dentro de un año o dos, incluso de cinco, pase algo y todo salga a la superficie, pero no tenga a su alrededor el apoyo necesario para lidiar con ello.

—Entiendo lo que dices, Anne. —Se había sentado en una silla, a mi lado, y se estaba acariciando la barbilla. Se había dejado un trozo de barba sin afeitar y me quedé mirando esa zona como hipnotizada—. Y por supuesto que no haremos recomendación alguna hasta estar satisfechos con las conclusiones a que lleguemos. Pero debo decir que hasta ahora me impresiona lo fuerte que parece. Después de ver esa casa y haber hablado con su madre, quiero creer que hay motivos para tener esperanzas, siendo cautos. Ha crecido con la idea de que la querían, y eso hace mucho.

—¿Y el hecho de que su hermano estuviera enjaulado en el sótano?

—Con suerte, eso empezará a parecerle una de esas imágenes raras que nos pasan por la mente y que resultan demasiado chocantes como para que sean un recuerdo verdadero, de manera que lo achacamos a una película que hemos visto. Solo tiene cuatro años. Anne, ¿cuántas cosas que te sucedieron antes de que cumplieras esa edad recuerdas?

Intenté pensar. Había una imagen de las manos de un adulto columpiándome. Más alto. Más alto. Otra en la que estaba sentada en una silla y me miraba asombrada la rodilla, que me sangraba, mientras mi madre se arrodillaba delante de mí y me la limpiaba con una gasa.

—Sí, pero creo que algo tan traumático se me quedaría grabado.

—Ese es el quid de la cuestión, Anne. Que para Laurie no ha sido traumático. Porque no conocía otra cosa.

—¿Y la marca de la dentellada? ¿Su participación en los castigos programados?

Ed levantó las manos.

—Eso es exactamente lo que debemos explorar en esta sesión. Espero que Jana sea capaz de indicarnos hasta dónde podemos presionar.

Recuerdo que Ed se ruborizó al mencionar el nombre de la madre de acogida de Laurie, aunque tal vez me lo haya inventado con el paso del tiempo.

Habíamos acordado que Kristen, la becaria que trabajaba con Kowalsky, recibiera a Laurie y Jana en la puerta de la facultad y se llevara directamente a la niña en busca de un refresco mientras Jana subía en el ascensor para ponernos al día.

Cuando llamó a la puerta, Ed se levantó de la silla casi de un salto, pero en caso de que Jana se sorprendiera de la rapidez con que le abrió la puerta, no lo demostró. Entró en el despacho con su habitual aura de serenidad, ataviada con una cazadora, unos vaqueros y un ligero perfume floral.

—No sé si sabéis que Laurie empezó a ir al colegio la

semana pasada. Solo un par de días a la semana. Me alegra decir que todo marcha bien. Las maestras están muy contentas con su forma de relacionarse con los demás niños. Solo se ha producido un pequeño incidente...

Me pregunté si Jana percibía que Ed y yo nos inclinábamos ávidamente hacia ella, renuentes a perdernos una sola palabra.

—En fin, no ha sido nada. La maestra me dijo que ni lo habría mencionado si yo no le hubiera pedido que me informara de todo. Fue en el recreo. Uno de los niños empujó a otro en los columpios. Como se hizo daño, se puso a llorar y Laurie cogió algo de plástico, no sé si era un rastrillo o algo así, eso que usan para jugar en la tierra, y golpeó al niño antes de que llegara la maestra para poner fin al problema.

—¿Le pegó al agresor, quieres decir? ¿Al niño que empujó al otro? —Mi intención era que todos los hechos estuvieran claros.

—No, eso fue lo raro. A quien le pegó fue al niño agredido. La maestra se la llevó junto con el otro niño y les explicó que habían hecho algo malo, y al parecer Laurie se mostró muy arrepentida e incluso le dio un abrazo al niño al que había golpeado. Ya digo que fue una cosa sin importancia.

Jana llevaba la melena suelta ese día y se la echó atrás con un gesto similar al que se hace cuando se sacude una sábana antes de ponerla en el tendedero. En una muñeca llevaba una goma elástica que se quitó para recogerse el pelo con un movimiento ágil. Eso me hizo ser consciente de mi propio pelo, áspero y de un rubio pajizo, sujeto detrás de las orejas y con las puntas rozándome los hombros. ¿Qué nos pasa a las mujeres que nos dejamos definir por lo que no somos, por las cualidades que no poseemos?

—Jana, ¿recuerdas que ya hemos hablado de cómo Laurie reaccionaba durante episodios no habituales, tal como afirmaste, para una niña de su edad? ¿Recuerdas que dijiste que parecía disociarse de su personalidad habitual? ¿Has notado que se haya repetido ese comportamiento?

Jana ladeó la cabeza mientras hacía memoria. El sol que entraba por las rendijas de las persianas trazaba rayas doradas en su cara.

—A veces, da la sensación de que estuviera en otro sitio, en un mundo distinto. Pero los niños son así, ¿no? Es bueno para ellos que sean capaces de perderse dentro de sus propias cabezas, ¿no creéis?

Fruncí el ceño, ansiando que concretara.

—Pero existe una diferencia entre soñar despierto y sumirse en un estado de fuga disociativa...

—No creo que debamos marear a Jana con la terminología médica, Anne —me interrumpió Ed. Su voz tenía un cierto deje... ¿de advertencia, quizá?—. Al fin y al cabo, no está aquí para diagnosticar a Laurie, sino para observar.

—Claro. No, si lo entiendo. Es que creo que necesitamos estar seguros de lo que tenemos entre manos, porque si Laurie realmente sufre fugas disociativas en vez de distraerse consigo misma como lo haría un niño normal de su edad...

—Anne, ¿quieres que Jana defina lo que es normal?

En esa ocasión, la advertencia era obvia.

—A ver —siguió Ed—, los mayores filósofos de la historia han luchado para definir ese concepto, así que deberíamos darle un poco de espacio a Jana y permitirle hacer su trabajo, que no es otro que el de cuidar a una niña muy vulnerable. Y, por cierto, lo está haciendo muy bien.

Hoy en día no se habría salido con la suya. Una Jana de hoy en día, con su grado universitario y su inteligencia natural, le habría echado en cara que la tratara con semejante paternalismo. Pero las cosas eran diferentes en aquella época. Los hombres como Ed Kowalsky todavía se sentían seguros de su lugar en el mundo. Se sentían con el derecho a tratarnos con ese paternalismo superior sin temor a sufrir represalias, y jamás habrían calificado su comportamiento como tal. En todo caso, Ed no era de los peores en ese aspecto.

—Como he dicho —terció Jana, cuyos ojos iban de Ed a mí como si hubiera advertido la tensión—, no es un comportamiento que se haya repetido mucho. En todo caso, no soy la persona adecuada para juzgarlo. Lo único que puedo decir es que Laurie parece estar integrada, dadas las circunstancias.

—¿Tus hijos se llevan bien con ella? —preguntó Ed.

—Claro. —Jana asintió con la cabeza—. Bueno, Lisa no se relaciona mucho con ella porque es mayor, y Barney me ha preguntado un par de veces que cuándo se va a ir Laurie a casa, pero seguramente porque quiere recuperarme para él solo.

—¿Alguna pregunta sobre sus padres? ¿Sobre su hermano? —Yo quería afianzar mi participación en el asunto, recuperar terreno.

—Sobre el hermano, ninguna. De vez en cuando menciona a sus padres de pasada, pero es raro, porque no parece afectarla en nada. Tal vez se le dé bien ocultar cosas, pero tengo la impresión de que está empezando a olvidarlos.

Ed cogió su libreta y anotó algo a toda prisa.

Cuando Laurie entró, de la mano de Kristen, parecía muy contenta.

—Hay una máquina con muchas cosas ricas en el escaparate y cuando echas una moneda hace un ruido así...
—Abrió la boca y emitió un sonido gutural—. Y luego te da una cosa que sale por abajo. Yo quería caramelos, pero esta señora... —miró a Kristen— me dijo que antes tenía que pedirte permiso. ¿Puedo, mamá?

La palabra pareció sorprendernos a todos. Miré de reojo a Jana, que se encogió de hombros como si dijera «es inevitable».

—Ya veremos, Laurie. Pero, cariño, escúchame. ¿Qué te he dicho sobre llamarme «mamá»? Ya hemos hablado del tema, ¿lo recuerdas?

Laurie sonrió.

—Sí. Se me ha olvidado. Pero ¿puedo comprarme caramelos? He sido muy buena.

—Ya veremos después, antes tenemos que hablar con el profesor Kowalsky y la doctora Cater.

Laurie empezó a dar brincos una vez que Kristen la sentó en la silla. Parecía diminuta. Su imagen me afectó más de lo que esperaba. Ed empezó a hacerle preguntas sobre su nueva escuela. Su afabilidad me impresionó. Le preguntó por sus juguetes preferidos y por los juegos con que se entretenía en su otra casa.

—Tenía muñecas, pero mamá... —dijo, y miró de reojo a Jana— la otra mamá, no me dejaba jugar con ellas siempre. Solo a veces, cuando ella las sacaba de las cajas.

—Hemos ido a ver tu otra casa —le dije—. Tienes un dormitorio muy bonito.

Ella asintió con gesto solemne, aceptando con normalidad que hubiéramos ido a visitar la casa donde vivía antes.

—Pero mi dormitorio nuevo me gusta más. Tengo una

caja con ruedas debajo de la cama con todos mis juguetes. Puedo sacarla y guardarla.

—Laurie, ¿había algo en tu otra casa que no te gustara?

Los presentes contuvimos el aliento. ¿Se habría precipitado Ed?

La pequeña se encogió de hombros.

—No me gustaba la silla de madera de la cocina porque se me clavó una astilla en el dedo.

—¿Algo más? ¿Y el sótano? ¿Bajabas alguna vez? ¿Te gustaba?

Brinco, brinco, brinco. ¿Me lo imaginé o sus movimientos parecían más frenéticos?

—No me gustaba el sótano. No me gustaba esa cosa.

—¿Qué cosa? —repitió Ed—. ¿Te refieres al sótano?

—No. A la cosa.

—¿Qué cosa, Laurie?

—La cosa que vivía en el sótano. —Laurie miraba a Ed como si fuera tan obvio que no necesitara explicarse.

—¿Puedes describirme lo que era, Laurie? —pregunté, intentando imitar el tono paciente de Ed.

Ella se encogió de hombros otra vez.

—No sé. No me acuerdo. Era una cosa que a veces era mala y por eso mamá y papá se enfadaban y a mí no me gustaba bajar porque olía mal. —Se tapó la nariz y soltó una risita.

—¿Puedes describir a la cosa, Laurie? —insistí, intentando que no se desviara del tema.

Se removió en la silla.

—No me acuerdo. Estaba oscuro. Creo que era un animal, no sé.

—¿Como una mascota?

Traté de contener la irritación que sentí por la interrupción de Jana. ¿Por qué no dejaba que fuera Laurie la que llegara a sus propias conclusiones en vez de ofrecerle una en bandeja?

—Sí, supongo. ¿Podemos ir ya a por los caramelos?

Mientras Jana se ponía en pie, nos sonrió como diciendo «no los envidio».

—Laurie, despídete del profesor Kowalsky y la doctora Cater —le dijo a la niña, cogiéndola de la mano.

—Adiós —dijo la niña con voz cantarina, al tiempo que se volvía hacia nosotros con una sonrisa radiante.

El recuerdo de esa sonrisa perduró en mi mente hasta mucho después de que se hubieran ido. Acompañado por la imagen de una dentellada perfecta en la piel de un niño pequeño.

28

Ewan

Debería acostarse y punto. Eso debería hacer. Ewan notaba cómo el alcohol que había bebido recorría su cuerpo. Normalmente, se ceñía a la cerveza, y esa noche había estado bebiendo vino casi de la misma manera, de modo que en ese momento parecía un tonel, con el estómago hinchado y la cabeza embotada con el desagradable *sauvignon blanc* y la especiada salsa de pimienta en que había nadado el chuletón. Debería llamar el ascensor del hotel, subir a la cuarta planta, dar con su habitación entre todas esas puertas idénticas y acostarse en las almidonadas sábanas para dormir la mona.

Eso era lo que debería hacer. Pero no lo haría. Y el motivo era ella.

Ewan no lo había admitido, ni siquiera en su fuero interno, pero había puesto todas sus esperanzas en ese fin de semana. Rachel le había estado lanzando señales, muy sutiles, sí, pero él no era imbécil. Sabía cuándo las mujeres respondían, y ella desde luego lo había hecho. Nada demasiado evidente. Debía tener presente la posición que ocupaba en el departamento. Pero lo había recogido para ir al hotel. No se hacía eso a menos que te interesara el asunto, aunque fuera un poquito. Había estado muy nervioso por si la pierna le fallaba y lo ponía en ridículo; parecía que tenía personalidad propia. Pero todo había salido bien a ese respecto.

Sin embargo, desde que llegaron al hotel, ella se había distanciado. De repente, parecía que él no era nada, que era una pelusa que se había encontrado en la manga de la chaqueta y que creía poder sacudirse sin más.

Menuda forma de coquetear con ese Will. Se había dejado engatusar por ese idiota con chándal. Incluso le había hecho la pelota a Mark Hamilton... ¡y eso después de decirle a él, Ewan, que tenía que mantenerse lejos de Chloe! La hipocresía lo dejó de piedra. Se aferró a esa idea para controlar el dolor que lo asaltaba cada vez que bajaba la guardia.

—Otro whisky —pidió al camarero, que estaba ocupado recogiendo las sillas y las copas.

Ewan se dio la vuelta y se quedó consternado al ver que no quedaban tantas personas sentadas a las mesas como él creía. Habría jurado que todos estaban allí cuando se acercó a la barra; pero, en ese momento, solo quedaban Charlie, Amira y Chloe. Salvo por ellos, el sitio estaba vacío. Sus esperanzas habían cobrado vida cuando Rachel los acompañó a todos hasta el bar después de la cena, pero cuando Will se separó con la excusa de que tenía que levantarse temprano al día siguiente, Rachel decidió de repente que quería acostarse. La observó alejarse, un poco tambaleante, y se sintió arder por la humillación, sintió que habían jugado con él. Chloe también parecía harta, aunque no era de sorprender, teniendo en cuenta que la energía que había malgastado con Will durante toda la noche había sido en balde. En fin, que se uniera al club. El Club de los Idiotas. Igual deberían ponerse *pins* o algo.

—No seguirás mandando mensajitos, ¿verdad? —le soltó a Charlie cuando se sentó—. ¿Es que no eres capaz de soltar el dichoso teléfono?

—¿O qué? ¿Vas a mandarlo al rincón de los revoltosos?

Eso lo dijo Chloe, que parecía fingir que estaba más molesta de lo que estaba en realidad. Ewan se permitió un segundo para saborear el triunfo al darse cuenta de que no lo había abandonado por Will, después de todo. Había estado esforzándose para ponerlo celoso. Se sintió ceder un poquito. Todavía era una cría, la verdad, no había aprendido a ser dura ni a mentir como todos los demás.

Se bebió el whisky de un trago mientras se preguntaba por qué bebía siquiera. No podía decir que lo estuviera disfrutando. Y ya sabía que iba a estar para el arrastre por la mañana.

—Joder con Sarah —dijo Amira, sin venir a cuento. Estaba repatingada en uno de los sillones de terciopelo, dándole vueltas a un posavasos negro de cartón—. A ver, no me malinterpretéis, me alegro por ella y tal, pero... a ver, estoy harta de tener que cubrir su puesto. Dice que ha sido un descuido, pero cuando tienes dos críos de menos de cuatro años, digo yo que sabrás cómo pasan estas cosas.

—Ahora vas a decir que tener hijos es un estilo de vida que se elige —repuso Charlie—. Y luego tendrás que ir por ahí con un capirote blanco y una cruz ardiendo al hombro.

—Di lo que te dé la gana, Charlie, pero es lo que todo el mundo está pensando.

—¿Seguro que no lo dices porque, en el fondo, a ti también te gustaría tener un bebé? —terció Chloe de repente.

Coño, no era muy diplomática, no. Ni siquiera él habría preguntado algo así de sopetón, pensó Ewan. Algunas personas no podían tener hijos. Había que ir con pies de plomo.

—Tom y yo no podríamos permitirnos un bebé aunque quisiéramos, así que no.

Se quedaron sentados a la mesa, sumidos en un silencio tenso, hasta que Charlie recibió un mensaje de texto que hizo que fulminara el teléfono con la mirada antes de cerrarlo con un golpe seco y levantarse con tanta brusquedad que zarandeó la mesa.

—Vale. Hora de acostarse.

Aunque estaba borracho, algo en su tono hizo que Ewan se enderezara en la silla y lo observara pese a la neblina etílica que le nublaba la cabeza. Charlie siempre había sido muy extrovertido, uno de esos hombres que se llaman a sí mismo «nenaza» como si fuera algo de lo que sentirse orgulloso. Pero, en ese momento, tenía una expresión adusta y los ojos castaños tan entornados que casi no se le veían. Eso, además de la misteriosa herida del brazo, hizo que Ewan tuviera un mal presentimiento. ¿Por qué la gente no podía ser lo que aparentaba? ¿Por qué no dejaban de cambiar y evolucionar? Creía que había dejado todo eso atrás al irse de casa, cuando su cariñosa madre se transformaba durante unos días al mes en alguien que se tomaba todo lo que él hacía como una afrenta personal. Y ahora el tranquilo Charlie se estaba comportando como alguien muy huraño y borde, y lo estaba poniendo nervioso.

Amira también se puso en pie.

—Tengo que dormir para estar guapa y así afrontar lo que sea que nos tengan preparado para mañana.

—Orientación —masculló Chloe.

—¿Cómo? —preguntó Amira.

—Ya sabéis, cuando te sueltan en mitad del bosque con un mapa y tienes que encontrar el camino de vuelta. Will me lo ha dicho. Vamos a competir de nuevo con el equipo comercial y de *marketing*.

Ewan empezaba a tener mucho sueño, como si el whisky se hubiera mezclado con la sangre para formar una pasta pringosa que lo bloqueaba todo y le dificultaba pensar. Aun así, se dio cuenta de que no le gustaba la manera en que Chloe había pronunciado el nombre de Will. Como si estuviera acostumbrada, como si tuvieran una relación especial o algo.

—Genial —dijo Amira, y cogió su bolso del respaldo de la silla—. Justo cuando creía que la cosa no podía mejorar.

Después de su marcha, el silencio se volvió tan denso como la neblina de su cabeza. Chloe se apartó el pelo de la cara y se lo peinó con los dedos, con la vista clavada a un lado. El esfuerzo que hacía para aparentar indiferencia lo conmovió. Era muy joven, se recordó una vez más. No se había portado bien con ella.

—Lo siento —soltó, incluso antes de saber que iba a decir nada—. Me he portado como un cabrón contigo.

Ella se agitó el pelo una vez más, sin dejar de mirar a un lado, y se encogió de hombros.

—Sí, fuiste un capullo, pero sobreviviré.

—No; lo digo en serio. Lo siento mucho. Me gustas de verdad, Chloe.

Ewan metió el pie por debajo de la mesa con la intención de darle un toquecito en la pierna en señal de paz, pero, en cambio, acabó frotándole la pantorrilla. Chloe clavó la vista en la mesa, como si estuviera observando algo escrito en la superficie; pero, pese a sus mejillas coloradas, no apartó la pierna.

¿Cómo sucedió? ¿Cómo sucedían esas cosas? Pasó de estar acariciándole la pierna con el pie a estar en el ascensor, besándose, mientras él saboreaba la *crème brûlée* que Chloe había pedido de postre. Y luego estaba metiendo la tarjeta en la cerradura de la habitación de ella y entraban a trompicones, cayendo en la cama. Todo fue ardiente, sudoroso, divertido y muy real, y él estaba borracho y cachondo, y no pensaba en nada salvo en lo que estaban haciendo. Y todo fue genial hasta que...

Después, intentó encontrarle sentido a todo, intentó recordar cuándo había cambiado y qué lo había cambiado; pero solo recordaba que pasó de estar revolcándose en la cama tal como hacían dos jóvenes borrachos cuando estaban pasándoselo bien, excitados por lo que estaba a punto de suceder... a tener a Rachel en la cabeza. No recordaba si fue algo que dijo Chloe o un pensamiento fugaz. Recordó que Rachel lo había engañado, que le había dado un trato de favor en la oficina, que se había ofrecido a llevarlo al hotel. Y que luego pasó de él durante todo el día. Lo humilló. Coqueteó con Will delante de él. La rabia corría por sus venas, insistente e imparable. Y después de eso, ya no le hizo gracia nada.

—¿Qué pasa? —dijo Chloe, pero era como si ella estuviera en otra habitación. Muy lejos de la rabia que lo consumía, que hacía que le costase respirar—. Para —dijo la Chloe que estaba lejos, pero él solo veía delante de sus ojos a Rachel mirando a Will, con el cuerpo inclinado hacia él.

Menuda zorra. Quería estrangularla. Eso le enseñaría a no tratar a la gente de esa manera. Apretaría y apretaría, y ella le suplicaría que la perdonase y él...—. ¡¡Para!!

En ese instante, la voz de Chloe ya no sonaba lejana. Estaba en la misma habitación. Ewan se miró las manos, que tenía alrededor del cuello de Chloe, y también le miró la cara, que estaba amoratada, y los ojos azules abiertos de par en par por el miedo y con varios capilares rotos.

Se incorporó, con la cabeza despejada de repente.

—¡Dios, Dios! Lo siento. ¿Estás bien?

Chloe cogió la sábana y se cubrió, mientras respiraba entre jadeos que la sacudían. Espantado, Ewan se percató de que unas marcas oscuras aparecían en su cuello, manchándole la piel. Adelantó una mano, ya que un impulso lo instaba a pasar los dedos por las marcas, como si pudiera eliminarlas con una caricia.

—¡No te acerques! —Chloe hablaba con la voz quebrada, pero el miedo que destilaba era inconfundible—. Estás loco.

—No, no lo estoy. Es que... Dios, lo siento muchísimo.

Ewan sabía que no tenía sentido lo que decía, pero la estupefacción parecía haberlo confundido, y era incapaz de terminar una frase o un pensamiento. Solo sabía que, durante unos segundos, la mujer que estaba en la cama bajo su cuerpo, la mujer cuyo cuello había apretado con las manos, no era Chloe.

—Fuera de mi habitación.

—Por favor, deja que te explique... —Pero cuando intentó dar con las palabras, no pudo. No había sido él mismo, no había estado en su cuerpo ni en su sano juicio. Y ella también había sido otra persona, pero ¿cómo podía hacer que lo comprendiera cuando nada tenía sentido?—. Lo siento —repitió—. Lo siento mucho.

Recogió su ropa del suelo e intentó no mirar las marcas del cuello de Chloe, que parecían cada vez más oscuras y extensas. Jamás le había puesto la mano encima a una mujer presa de la rabia. Nunca. Y aunque le gustaba adoptar una pose de tío duro, su experiencia con la violencia física se limitaba a unas cuantas peleas en el colegio o alguna trifulca un sábado por la noche en un pub, con algún tío cachas a cuya novia le había sonreído.

Tenía ganas de echarse a llorar y vomitar. Se sentía culpable, avergonzado e incapaz de mirar esos ojos sanguinolentos.

—Lo siento —repitió una vez más.

Y giró el pomo de la puerta y salió a trompicones. Tuvo que parpadear para ajustar la vista cuando se topó con las cegadoras luces del pasillo. Se había puesto los pantalones del traje y llevaba la camisa floreada nueva desabrochada y, según se fijó, del revés. También llevaba los zapatos y los calcetines en la mano.

Una vez en el ascensor, su reflejo en el espejo lo asustó. Tenía la cara pálida y sudorosa, y las gotas de sudor eran como ampollas minúsculas en su piel. Parecía tener los ojos hundidos, y las pupilas parecían mirar con expresión desquiciada desde el final de un largo y oscuro túnel. Se apoyó en el tabique y se cubrió la cara con las manos para no tener que verse en el espejo.

Cuando el ascensor pitó dos pisos más arriba, mantuvo la misma postura. Sentía todo el cuerpo pesado, como un peso muerto que era incapaz de seguir arrastrando consigo. La pierna, que no le había dado problemas en el cable ese mismo día, le dolía en ese momento con una punzada persistente, como sucedía cada vez que presagiaba una noche difícil. Al final, consiguió apartarse de la pared y salir, cojeando, al pasillo.

—Hola, Ewan.

Después de todo lo que había pasado, que Rachel Masters estuviera en el pasillo desierto del hotel en plena noche se le antojó surrealista. En su nublada cabeza, se preguntó si toda esa noche había sido una especie de prueba que terminaría con él allí plantado, medio vestido delante de su jefa.

—¿Ahora te ha dado por el sonambulismo? ¿O tal vez por el nudismo?

—No es lo que piensas. —Recordó de repente los ojos sanguinolentos de Chloe, las marcas de su cuello, y creyó que iba a vomitar allí mismo. ¿Qué había pasado exactamente?

—Por favor, ahórrate las excusas, Ewan. Te dejé muy clara mi postura en cuanto a las relaciones personales entre compañeros. Voy a tener que pensármelo mucho. Es evidente que Chloe y tú no podéis trabajar en el mismo departamento. Uno de los dos tendrá que irse... Ahora deberías volver a tu habitación.

Tras cerrar la puerta, Ewan se acostó sin quitarse la ropa y clavó la vista en el techo mientras intentaba decidir qué era real. El techo estaba despejado, era blanco, no daba pistas. Lo observó hasta que localizó, en el rincón más alejado junto a la ventana, una fina grieta. Esa diminuta imperfección lo convenció de que no se había imaginado todo, de que no era una pesadilla de la que se despertaría pronto, con resaca pero sin sentirse avergonzado.

Le había hecho eso a Chloe de verdad. Y por la mañana ella se lo contaría a todos.

La habitación, como un útero con sus cortinas y sus paredes burdeos, se cerró en torno a su dolorida cabeza, hasta que tuvo la sensación de que le apretaban el cráneo con unas tenazas. Se quedó dormido con las manos unidas, pegadas al pecho, como si estuviera rezando.

29

Sarah

No había cobertura.
No la sorprendió. Al fin y al cabo, se encontraban en mitad de la nada. Pero el hecho de verse separada por completo de sus hijos, de Oliver, la ponía nerviosa y la asustaba. Hacía veinte años, antes de que todo el mundo usara teléfonos móviles, nadie podía estar en contacto con otra persona todo el día. Cuando se salía por la puerta, no se volvía a saber nada del otro hasta que se regresaba a casa. A menos que se tuviera un teléfono fijo a mano a todas horas. En otras circunstancias, tal vez la experiencia le hubiera resultado liberadora, pero se sentía tan desanimada, tan triste y tan agotada... Y tampoco ayudaba que el bosque que estaban atravesando fuera tan húmedo y oscuro.

—No miréis el teléfono —dijo Will alegremente—. Aquí no hay cobertura; si la hubiera, el ejercicio que vamos a hacer no tendría sentido, ¿verdad? Solo faltaba que empezarais a llamaros unos a otros para encontrar la salida del bosque o que pidierais una pizza para matar el gusanillo.

Pizza. Sarah sintió un hambre atroz. Había vomitado el desayuno por haberlo tomado demasiado rápido en el restaurante del hotel y ya tenía hambre de nuevo, de esa forma tan característica que se sufre durante la primera etapa del embarazo, cuando el cuerpo parece un agujero negro capaz de tragarse un volquete de comida sin disfrutarla siquiera. No comerían de nuevo hasta que encontraran el camino de vuelta al campamento base, o lo que era lo mismo, el minibús en que Will los había llevado hasta medio camino y al que él regresaría en breve. La idea era llevarlo hasta un nuevo emplazamiento marcado con una X en el mapa que les había entregado. A partir de entonces, dependería de ellos encontrar el camino hasta el minibús, una vez que hubieran localizado su propia ubicación en el mapa.

Ya llevaban andando al menos cuarenta minutos por el bosque y, antes de eso, habían atravesado varios prados. Incluso habían cruzado un par de arroyos bastante caudalosos, saltando piedras que parecían colocadas de forma estratégica. «Tened cuidado, la corriente es más fuerte de lo que parece», les había advertido Will.

Sarah odiaba cada segundo que pasaba. Pese al terror que le inspiraban los espacios cerrados desde que era pequeña, nunca se había sentido cómoda al aire libre en mitad del campo. La idea de estar aislada del mundo la hacía sentirse expuesta y vulnerable. Y su inquietud empeoraba por el hecho de llevar demasiada ropa encima. Dado que estaban en noviembre, había ido preparada para soportar condiciones árticas, con un chaquetón de plumas de Oliver que era como ir cubierta con un grueso edredón. Sin embargo, en vez de hacer frío, el día era húmedo y fresco, de manera que tenía calor y se sentía sudorosa con el bendito chaquetón.

—Un poco tenebroso, ¿no os parece? —dijo Will—. Al parecer, hasta hace poco tiempo los lugareños evitaban este lugar. Hay muchas historias sobre este bosque, que aseguran que está embrujado y tal. Un punto a favor, porque eso nos asegura que no os apetecerá demoraros mucho por aquí y que seréis los primeros en regresar al minibús... ¡y en quedaros con todo el champán!

El equipo de los comerciales estaba en otra localización equidistante a la suya, desde la cual emprenderían el camino hacia el mismo punto. El equipo que llegara primero ganaría una botella de dos litros de champán. Se suponía que la actividad obligaría a los equipos a trabajar juntos, de manera que regresaran sintiéndose más unidos y pensando en sí mismos como en una maquinaria bien engrasada. Sarah miró alrededor, a las caras de sus derrotados compañeros. Era difícil pensar en un grupo de gente que recordara menos a una maquinaria bien engrasada.

Ewan encabezaba el grupo mientras se adentraban en la penumbra del bosque, con las manos en los bolsillos y cabizbajo. La noche anterior había pillado una buena cogorza, así que seguro que tenía un resacón, pero al menos podría hacer un mínimo esfuerzo por parecer sociable, pensó. Y él no era el único. Charlie, que se había pasado el trayecto en el minibús pendiente del móvil hasta que perdió de repente la cobertura, solo hablaba a ratos con Paula y Rachel. Amira caminaba un poco alejada de los demás, algo que no la sorprendía, después de lo que había dicho la noche anterior. Sus palabras la habían dejado pasmada. Hubo unos segundos de completo silencio entre las palabras de

Amira y el momento en que todos las asimilaron, unos segundos durante los cuales el tiempo pareció detenerse. Paula se había quedado petrificada. Sarah sabía que Amira estaba avergonzada. Se había disculpado una y otra vez, pero el daño ya estaba hecho. Hasta Chloe, en la que siempre se podía confiar para entablar conversación, se mantenía en silencio en la retaguardia, como si caminara directa al patíbulo. Llevaba una chaqueta de The North Face con el cuello subido y abrochado, de manera que le cubría la parte inferior de la cara. Menos mal que Mark Hamilton acompañaba esa mañana al otro equipo y así no tenían que mantener las apariencias delante de él.

En ese momento, le parecía casi increíble, pero unas semanas antes el trabajo era otra parte más de su vida. En ese momento, le parecía que el trabajo era toda su vida. Porque era lo primero en lo que pensaba cuando despertaba por las mañanas y lo último antes de irse a dormir. La sensación de malestar no la abandonaba nunca, esa especie de estado de alerta por si se producía un enfrentamiento, de ser la culpable de los fallos y de estar siempre a punto de que la pillaran. Había llegado a un punto en que Oliver, Sam y Joe eran unas piezas más de su vida, por debajo de sus compañeros de trabajo y, más concretamente, de Rachel. «Sácala de ahí», había empezado a decirle Oliver al tiempo que le daba unos toquecitos en la cabeza con un dedo cada vez que la veía con la mirada perdida y expresión ansiosa, consciente de que estaba agobiada, de que estaba pensando en su nueva jefa.

Nadie le hablaba, y no podía culparlos. Sabía que todos habían tenido que cargar con más trabajo cuando cogió la baja por maternidad después del nacimiento de Sam, a pesar de las promesas de que contratarían a alguien para cubrir su puesto. Recordó cómo fue la cosa cuando Paula se tomó seis semanas de descanso tras la muerte de su madre, cómo habían tenido que repartirse sus responsabilidades entre todos. Aunque había habido comentarios sobre que fulanito o menganito había hecho algo en la mitad de tiempo que lo hacía Paula, o que alguien había reorganizado la forma en que Paula hacía algo para que el proceso resultara más eficiente. Sin embargo, todos habían estado saturados de trabajo y deseando que regresara. Así que comprendía la ambigüedad con que habían recibido sus noticias, pero estaba permitido tener hijos, ¿no? ¿No era un derecho fundamental o algo?

Lo más doloroso era la reacción de Charlie. Apenas había cruzado palabra con ella desde la escena del puente de cuerda.

Cada vez que trataba de captar su mirada, él fingía estar mirando algo en el móvil. Se sentía muy sola, pero cuando llamó a Oliver solo para oír su voz, él estaba distraído e irritado. Joe acababa de tirar un bote de lentejas al suelo de la cocina.

«¿Por qué guardas las lentejas en un armario tan bajo?», le espetó Oliver, enfadado, como si ella hubiera diseñado la cocina. Y, aunque después se disculpó por haber sido tan desagradable, ya había pasado el momento de confesarle con un susurro «Lo estoy pasando fatal», y que la consolara.

Fue un alivio comprobar que el dosel de hojas y ramas que se extendía por encima de sus cabezas ya no era tan espeso. Allá arriba, la luz seguía grisácea, pero resultaba menos opresiva. Tras salir de la espesura, comprobó que se encontraban en un amplio claro. El suelo estaba cubierto por una alfombra de hojarasca, convertida casi en barro a causa de la fina llovizna que caía como si fuera una neblina. El claro estaba atravesado por un riachuelo flanqueado por matorrales en ambas orillas, y con un lecho pedregoso sobre el cual fluía el agua con rapidez. Todos se detuvieron al ver que Will señalaba un punto situado en mitad de las piedras.

—En ese punto el riachuelo cruza un portal, o eso dice la leyenda. Ese punto se llama el Portal del Diablo. Al parecer, estos bosques estaban plagados de adoradores del demonio y ahí es donde los lugareños ahogaban a las mujeres acusadas de brujería.

Aunque el grueso chaquetón la tenía asfixiada, Sarah sintió un escalofrío.

—Una idea muy estimulante, ¿verdad? —añadió Will con una sonrisa—. El caso es que aquí es donde me despido. Pero no antes de haberos quitado los teléfonos para que nadie sucumba a la tentación de usar una aplicación de brújula. ¡No sería la primera vez! —Abrió su mochila y todos dejaron sus móviles en el interior.

A Sarah le sorprendió comprobar lo desnuda que se sentía sin él.

—Adiós, amigos —dijo Will mientras se alejaba por donde habían llegado—. Nos vemos en el otro lado.

Aunque las continuas bromas de Will empezaban a cansarla, sintió una gran pesadumbre al verlo marchar. No recordaba la última vez que se había sentido tan sola, y también se sentía mareada, porque empezaba a ver borrosos los árboles con la visión periférica.

Amira tenía el mapa oficial que les habían entregado.

—¿Alguien sabe cómo interpretar esto? ¿Qué significan las líneas verdes de puntos? Charlie, supongo que en otra vida fuiste un *boy scout*. Tienes toda la pinta.

Sarah sabía que a Charlie lo habían obligado a ser *boy scout* cuando era pequeño, y que había detestado la experiencia. Eso formaba parte de la campaña de su padre para convertirlo en un hombre. Charlie afirmaba que solo consiguió dos medallas durante todo el tiempo que estuvo con ellos, por dibujar y por cocinar, pero era muy exagerado y no sería raro que usara su triste infancia para ganarse sonrisas. Le había confesado en más de una ocasión esa tendencia suya a hablar de sus tristezas privadas y convertirlas en una fuente de entretenimiento.

—No tengo ni idea —contestó Charlie, mirando el mapa por encima del hombro de Amira—. ¿Lo estás sujetando bien?

—Chloe sacó un sobresaliente en Geografía —terció Paula—. Chloe, ven a echar un vistazo.

Para sorpresa de Sarah, la chica no fue dando saltitos como habría hecho normalmente.

—Soy una inútil —replicó en cambio, con la boca tapada por el cuello de la chaqueta, si bien su voz sonó más ronca y gutural de lo normal.

—Vamos, échale un vistazo, a ver si te viene algún recuerdo.

Chloe se acercó a regañadientes con la cara medio oculta por la chaqueta y las manos metidas en los bolsillos. Will había marcado la ubicación actual del minibús con una cruz en el mapa, pero antes debían localizar su posición para decidir en qué dirección ir. Toda una hazaña sin una brújula.

—Bueno, es evidente que estamos aquí —dijo Rachel, señalando un punto en el mapa con una uña, brillante por el esmalte transparente—, donde la línea azul divide el claro. Así que solo tenemos que ir desde aquí —siguió, dándole otro golpecito al mapa— hasta aquí. —Plantó el dedo sobre la cruz que había dibujado Will. Su rostro había perdido la sonrisa forzada que siempre llevaba delante de Mark y Will, y sus labios lucían el rictus tenso característico de la oficina—. El problema es cómo decidimos en qué dirección vamos.

A esas alturas, Sarah estaba mareada y se sentó en un tronco caído con la cabeza entre las manos. Durante los otros embarazos había sufrido teleles, como los llamaba ella, momentos en los que se mareaba y perdía la visión, como si el mundo desapareciera delante de sus ojos. Sufrió una arcada, pero, como tenía el estómago vacío, logró controlarla.

—Un momento. ¿Esto no significa algo? —Charlie estaba mirando con los ojos entornados un punto en el mapa, muy cerca del claro. Sarah sabía que el oftalmólogo le había prescrito gafas, pero era demasiado presumido para ponérselas—. ¿Estas dos cruces de aquí?

—Un cementerio —contestó Chloe—. Pequeño, por lo que parece.

—Donde enterraban a las brujas —añadió Amira. Nadie rio.

—Según el mapa, el cementerio está justo al noreste de nuestra posición, muy cerca, de manera que solo tenemos que encontrarlo y, desde allí, podremos decidir cómo avanzar hacia el suroeste, que es donde se encuentra el minibús.

Sarah, que seguía con la cabeza entre las manos, los oía a lo lejos y tenía problemas para entender la conversación. Alguien sugería que fueran en parejas en busca del cementerio, pero Ewan y Chloe, a los que les había tocado ir juntos, insistían en que tenía más sentido que cada uno fuera por su cuenta, para cubrir más terreno. Las cruces parecían estar muy cerca. No tendrían que andar mucho.

—Me temo que yo tendré que quedarme aquí —dijo Sarah sin alzar la vista—. No me siento bien.

Amira y Charlie se acercaron a ella y se sentaron a su lado, preocupados.

—Estoy bien. Solo necesito quedarme quieta unos minutos.

La verdad, no se encontraba nada bien. Y no solo era su estado físico, había algo negativo en ese sitio, algo en la manera en que los árboles se unían en la linde del bosque hasta convertirse en una masa oscura y en la atmósfera fétida, que parecía aspirar el aire de sus pulmones.

De repente, apareció una figura delante de ella. Puesto que tenía la cabeza gacha, Sarah solo distinguió los pitillos negros de Rachel y las botas de montaña Gore-Tex.

—Yo me quedo con ella —se ofreció la jefa—. Vosotros buscad el cementerio y volved con lo que descubráis.

El terror comenzó a luchar con las náuseas en el interior de Sarah, mientras seguía doblada y sentada en el tronco. Pero se sentía demasiado mareada como para protestar. Oyó a los demás hablando en voz baja mientras se alejaban en distintas direcciones y se internaban en el bosque.

Se quedaron solas.

—Lo siento —susurró Sarah. Tenía demasiado calor por culpa del chaquetón. Le parecía que las venas, las arterias y hasta los capilares estaban ardiendo en su interior y que tenía la cabeza llena de humo—. Estoy hecha un desastre. Siempre me pasa lo mismo en la primera etapa del embarazo.

—Imbécil.

Sarah levantó la cabeza de golpe y se encontró con los ojos azules de Rachel. Por un instante, la sorpresa le permitió distinguir claramente sus rasgos, la línea de sus pómulos y la cara de asco que estaba poniendo. Después, el mareo regresó y otra vez hundió la cara en las manos para controlarlo. Fue consciente de que Rachel se alejaba hacia el riachuelo, pero todo le daba vueltas, el calor que le provocaba el chaquetón le resultaba agobiante, y el suelo, con esa alfombra de hojas, se levantaba hacia ella...

Una voz la devolvió a la realidad. Alguien gritaba «¡Lo encontré!» desde un lugar lejano. Abrió los ojos y descubrió que estaba tumbada en el suelo, con la espalda contra el tronco. Todo le parecía irreal y difuminado. Se relamió los labios resecos mientras se obligaba a ponerse en pie y parpadeaba a causa de la llovizna.

Unos pasos sobre la hojarasca anunciaron la llegada de alguien.

—Lo encontré —repitió Ewan—. El cementerio. Está ahí al lado. —Señaló en una dirección detrás del tronco, y después cogió una rama y dibujó una flecha en dicha dirección para dejarlo claro—. Un sitio horroroso, la verdad. Me ha puesto los pelos de punta.

Los demás llegaron casi de inmediato, atraídos por el aviso de Ewan.

—Bien hecho —dijo Amira, y le dio una palmada en un hombro—. Vámonos. En algún lugar hay una botella de champán que lleva nuestro nombre. ¿Dónde está Rachel?

Rachel. Algo en el interior de Sarah se contrajo al oír el nombre. El vello de la nuca se le erizó al recordar la cara que había puesto su jefa mientras la insultaba. «Imbécil.»

—No sé dónde está. Yo...

Un grito interrumpió a Sarah en mitad de la frase. Era Chloe.

—¡Ay, Dios mío! ¡Ayudadme, rápido! —Estaba en la escarpada orilla del riachuelo, mirando hacia el pedregoso lecho.

A Sarah el miedo le formó un nudo en el estómago.

Los demás se habían acercado a Chloe.

—¿Respira? —preguntó Charlie.

Sarah se acercó lentamente a sus compañeros, ataviados con sus chaquetas impermeables y capuchas, y vio lo que estaban mirando.

Rachel yacía en el lecho del riachuelo, con las piernas y los pies sumergidos en el agua y la cabeza contra una piedra grande. Sarah se llevó una mano a la boca al ver el hilillo de sangre que le corría por la frente.

—Tiene pulso, gracias a Dios —contestó Ewan, que había sido el primero en bajar por la escarpada orilla y se encontraba en el agua, inclinado sobre el cuerpo inmóvil de Rachel.

Le zarandeó con suavidad un brazo y Rachel empezó a gemir. De no ser por la sangre, Sarah habría jurado que estaba fingiendo, por lo oportuno que había sido todo.

Amira y Charlie también habían bajado hasta el lecho del riachuelo y estaban agachados al lado de Rachel. Amira cogió a su jefa de la mano.

—Rachel, ¿estás bien? ¿Me oyes?

Nada. Solo ese gemido apenas audible y funesto.

Ewan miró hacia arriba, a Sarah.

—¿Qué coño le ha pasado?

En ese momento, todo el mundo la miró y ella se sintió arder debajo del abrigado chaquetón.

—No lo sé. Yo me quedé allí, medio desmayada.

Ewan frunció el ceño y sus cejas oscuras quedaron casi unidas por encima del puente de la nariz.

—¡Se está despertando! —anunció Amira, e inclinó la cabeza.

Rachel se sentó muy despacio y empezó a parpadear, molesta por la luz grisácea. Se llevó una mano a la cabeza y pareció sorprenderse al mirarse los dedos manchados de sangre.

—¿Qué ha pasado? —preguntó—. ¿Dónde estamos?

Ewan y Amira se dispusieron a llevarla de vuelta al claro, mientras Charlie revoloteaba alrededor dando órdenes que nadie atendía.

—Ewan, el pie izquierdo más arriba. ¡Amira, cuidado con esa piedra, que está suelta!

A la postre, consiguieron llegar arriba y llevarla hasta el tronco donde Sarah se había apoyado. La sentaron en él, pero acabó inclinada hacia delante. Aunque su piel era muy clara, en ese momento tenía la cara tan blanca que parecía de alabastro en contraste con el pelo oscuro. Abrió la boca como para hablar, pero acabó soltando el aire con fuerza. Unos segundos después, volvió a intentarlo.

—Alguien me ha empujado —dijo por fin.

Chloe jadeó y Sarah se quedó helada.

—¿Qué dices? —preguntó Ewan—. ¿Quién te ha empujado?

—No lo sé —soltó Rachel, que ya parecía haber recobrado su actitud habitual—. Estaba aquí mismo, hablando con Sarah, y después fui hasta la orilla del arroyo, miré hacia abajo y de repente alguien me empujó por la espalda.

Todos se volvieron para mirar a Sarah.

—Yo... no sé lo que sucedió —balbució—. Perdí el conocimiento durante un rato.

Rachel le dirigió una mirada afilada.

—¿Que has perdido el conocimiento? Qué dices. Si estabas hablando.

Sarah recordó algo.

—Sí. Estábamos hablando. Me llamaste imbécil.

—¿Cómo? —Lo de Rachel tenía mérito, porque pareció sinceramente sorprendida—. Yo no te he llamado imbécil. Solo dije que iba a echar un vistazo al arroyo.

Sarah experimentó una repentina oleada de calor y forcejó con la cremallera del chaquetón hasta bajarla, como si estuviera a punto de estallar en llamas.

—Eso no es verdad. Me dijiste... —Sin embargo, las dudas empezaron a asaltarla—. En fin, dijeras lo que dijeses, yo estaba sentada aquí en el tronco, con ganas de vomitar y mareada, y tú te alejaste y lo siguiente que recuerdo es que llegó Ewan.

—No. Cuando llegué, estabas consciente y de pie.

Le resultó increíble que Ewan adoptara una actitud tan beligerante.

—¡Porque ya me había espabilado! —Sabía que sus palabras podían sonar defensivas—. Me desperté porque gritaste. Recuperé el conocimiento y me levanté. Rachel ya no estaba. No había nadie más. ¿Seguro que no te resbalaste?

—No me resbalé. —Rachel pronunció la palabra como si fuera algo desagradable—. Me empujaron.

Se produjo un silencio mientras todos trataban de asimilar lo que había sucedido. Paula, que había estado muy callada desde su regreso de la exploración en solitario, fue la primera en romperlo.

—Creo que deberíamos hablar de todo esto cuando estemos de vuelta en el hotel. Rachel debería ir al hospital para que le examinen la herida de la cabeza.

Echaron a andar en dirección contraria a la que marcaba la flecha que Ewan había dibujado en el suelo con un palo, poniendo rumbo al suroeste, o eso esperaban, que era donde estaba el minibús. Mientras Chloe hacía uso de su sobresaliente en Geografía para interpretar el mapa, atravesaron el interminable bosque y, al final, llegaron a un prado atravesado por un camino público que los llevaría hasta el lugar al que debían llegar.

Ewan y Amira caminaban detrás de Chloe y Paula, acompañados por Rachel, que parecía haberse recuperado rápidamente. Sarah y Charlie se quedaron rezagados detrás del grupo. El susto había logrado que Charlie abandonara la extraña actitud que había demostrado desde que ella anunciara su embarazo el día anterior.

—¿Qué ha pasado realmente? —le preguntó a Sarah en voz baja.

Ella sintió otro ramalazo de culpa injustificado.

—Ya lo he dicho. Estuvimos hablando. Me llamó imbécil, así de sopetón. O al menos estoy segura de que lo hizo. Y después me desmayé.

—¿Perdiste el conocimiento por completo?

—Sí. Bueno, no del todo. Es más bien una especie de mareo que me deja impedida. Es algo típico del embarazo.

Creyó percibir que Charlie se tensaba al oír la palabra «embarazo».

—Así que, ¿no oíste ni viste nada?

—No, Charlie, nada de nada. ¿Qué pasa? ¿No me crees? ¿Crees que yo la empujé?

—No, por supuesto que no. A ver, todo el mundo sabe que estás cabreada por el expediente disciplinario, por no mencionar la revolución hormonal que sufres, pero eso no te convierte en una loca asesina, ¿verdad?

Sarah lo miró de reojo y vio el asomo de una sonrisa en sus labios. Se relajó un poco, con la esperanza de que otra vez fueran amigos.

—Estoy segura de que se resbaló, pero la averguenza admitirlo —dijo—. Así que se lo inventó todo.

—Sí, o a lo mejor lo planeó todo e incluso se golpeó la cabeza con una piedra para que pareciera convincente.

Ambos se echaron a reír. Sarah se habría echado a llorar por el alivio. Era fenomenal poder compartir confidencias con Charlie de nuevo después de haberse sentido tan abandonada.

Pero tras emerger de otra arboleda y ver el minibús a lo lejos, con el equipo de los comerciales ya reunido a su alrededor, bebiendo champán en vasos de plástico, sintió de nuevo el nudo en la boca del estómago. ¿Creería alguien que había tratado de hacerle daño a Rachel? La lluvia empezaba a caer con fuerza, calándole el chaquetón y goteándole por las pestañas. Sin embargo, con cada paso que la acercaba al minibús, su ansiedad aumentaba. Algo malo había pasado en el claro. Pero tenía la terrible sensación de que las cosas iban a empeorar más.

30

Anne

Pusieron otra fotografía en el telediario de anoche. Hecha con unas amigas delante de una cafetería o un bar, tres caras que sonreían a la cámara, con los brazos por encima de los hombros de las demás. Supe al instante quién eras. Te había estado siguiendo a lo largo de los años a través de Barbara. Cuando un caso te afecta tanto, no lo sueltas así como así. Pero hasta la fotografía de anoche no había reconocido nada de la persona que fuiste hace tantos años en las fotografías que Barbara me enviaba. Pero algo en esa foto, una expresión familiar en los ojos, me lo recordó todo.

Me pregunté cómo había sido tu vida. ¿Mantenías una relación estrecha con alguna de las mujeres que tenías al lado? Eso implicaría que al menos eras capaz de entablar una amistad. ¿Has sido feliz? ¿Qué ha convertido a esa persona que le sonreía a la cámara en alguien capaz de hacer lo que hiciste? ¿Ha sido culpa mía de alguna manera?

Antes de nuestra quinta sesión con Laurie, Kowalsky y yo nos reunimos con varios funcionarios de Servicios Sociales. Me moría de los nervios mientras subía presurosa los escalones de la entrada del edificio de ladrillo marrón donde estaba la Delegación de Servicios Sociales, en el centro de la ciudad, más allá del asta donde colgaba la bandera de las barras y las estrellas, muy ajada después de un sofocante verano. Cualquier autoridad me provocaba siempre la misma reacción.

Le dije a Ed que nos veríamos allí con la excusa de que era lo más conveniente; pero, en realidad, quería evitar otro tenso trayecto en su camioneta llena de pelos de perro. Desde que estuvimos en aquel oscuro sótano, nuestra relación se había resentido. Si bien unas semanas antes se inclinaba hacia mí con ese gesto tan típico suyo, como si el espacio personal fuera un concepto pasado de moda, en ese momento parecía alejarse de mí.

Llegaba tarde a la reunión. Me había pasado demasiado tiempo preparándome en un intento por predecir las preguntas que iban a hacerme, decidida a que no encontrasen carencia alguna en mí. Cuando por fin llegué a la sala de reuniones, después de haber tenido que pasarme por recepción porque no encontré el sitio a la primera, me faltaba el aire y estaba acalorada. Hacía un día muy tórrido para la época del año y me arrepentía de haberme puesto una camisa de manga larga y unos gruesos pantalones de algodón. A juzgar por lo caliente que tenía la piel, supe que me había puesto roja, algo que detestaba.

Al entrar en la sala de reuniones, tuve la extraña sensación de que me estaba entrometiendo. Ed estaba sentado a una mesa redonda, flanqueado por Debra, la corpulenta funcionaria de Servicios Sociales que había acompañado a

Laurie la primera vez que la vimos, y por otra mujer de pelo corto salpicado de canas y de piel morena, contra la cual sus dientes mostraron un blanco antinatural cuando sonrió.

—¿Doctora Cater? —preguntó ella—. Por favor, entre y tome asiento.

Había otra persona sentada a la mesa, un hombre delgado, de pelo rubio cobrizo que empezaba a clarear, con una camisa blanca de manga corta. Tenía pecas en la cara y los brazos, y una nariz muy rara, como si alguien se la hubiera pellizcado hasta dejarle esa forma. Jana se sentaba a su izquierda, con aire elegante e indiferente.

—Ya conoce a Debra Albright, la supervisora de Laurie, y a la madre de acogida de Laurie, Jana Green, por supuesto. Le presento a George Sullivan, que dirige nuestro equipo legal, y yo soy Nancy Meade, directora de la división de Menores de Servicios Sociales. Me temo que no hemos podido esperarla para empezar. Todos tenemos una agenda muy apretada. —Clavó la mirada en el reloj de pared para enfatizar sus palabras—. Bueno, estábamos hablando del caso de Laurie con el profesor Kowalsky y a todos nos satisfacen los progresos de la niña desde que arrestaron a sus padres. Como saben, tanto ella como su hermano David están tutelados por el Estado. Todavía seguimos evaluando a David. Es más pequeño, lo que en otras circunstancias facilitaría que acabara siendo adoptado con éxito; pero, por supuesto, están los abusos que sufrió durante sus primeros años. Con cuatro años y medio, Laurie también tiene la oportunidad de enterrar por completo esa parte de su vida. Tenemos una orden de adopción forzosa, de modo que, aunque sus padres se opongan, podemos iniciar los trámites si lo consideramos mejor. Tenemos acuerdos bilaterales de adopción con Canadá, Australia, Nueva Zelanda y el Reino Unido... lugares donde Laurie sería totalmente anónima. La señora Green, aquí presente, cree que sería lo mejor para ella dadas las circunstancias, y el profesor Kowalsky acaba de decirnos que, a juzgar por las sesiones que llevan, los dos son de la misma opinión, lo que hace que me pregunte si deberíamos poner ya las cosas en marcha. George, ¿puedes explicarnos los pasos legales en el proceso de...?

—Un momento. —Las palabras brotaron de mi boca antes de saber cómo iba a continuar. Cinco pares de ojos se clavaron en mí—. El asunto es que Ed y yo... quiero decir, el profesor Kowalsky y yo apenas hemos discutido el asunto a fondo. Las sesiones siguen su curso y creo que todavía es muy pronto para descartar por completo la posibilidad de que Laurie necesite terapia a largo plazo.

Nancy Meade parpadeó por la sorpresa, aunque mantuvo su sonrisa ultrablanca.

—En fin, es evidente que tendremos que asegurarnos, pero debo recordarle los problemas de tiempo. Por supuesto que los dos —dijo, y señaló con su delgada cabeza primero a Ed y luego a mí— saben mucho más que yo del límite de edad en la amnesia infantil, antes de que empiece la formación de recuerdos a largo plazo, pero supongo que estamos ahí, en el límite. Además, no hace falta que le diga que será más fácil encontrar padres adoptivos para una niña de cuatro años que para una de más edad.

—Creo que la doctora Cater peca de precavida —terció Ed y, a juzgar por la forma en la que enfatizó la primera sílaba de mi apellido, supe que mis palabras lo habían avergonzado—. Sabemos que el hipocampo y el córtex prefrontal, las dos partes del cerebro responsables de procesar los recuerdos, se desarrollan por completo a la edad que tiene Laurie ahora mismo, así que somos más que conscientes de que debemos darnos prisa. Tenemos un par de sesiones más programadas y no vamos a tomar una decisión final hasta que no estemos totalmente satisfechos con la idea de que la adopción es lo mejor, pero ahora mismo puedo decir que es la posibilidad más factible.

Me fulminó a través de las gafas como si me desafiara a llevarle la contraria. Me pellizqué la muñeca izquierda y no aparté la mirada.

Jana levantó uno de sus delgados dedos.

—¿Puedo decir algo? Sé que solo soy madre mientras que todos vosotros sois expertos.

Todos murmuraron su descontento ante tal afirmación. Ed meneó la cabeza.

—Solo quería dar mi punto de vista, en la medida en que sea valioso, ya que soy la que más ve a Laurie. Es una niñita maravillosa. Pero eso no quita que tenga ciertos comportamientos que me preocupan. Tiene berrinches como los niños de su edad y sigue reaccionando de manera exagerada cuando hay algún castigo más severo. Y sufre esa especie de trances, ya sabéis, de los que hemos hablado antes. —Se dirigía a Ed y a mí—. Barney, mi hijo pequeño, se asusta un poco cuando le pasa, y me pregunta que cuándo va a volver Laurie con su familia. Es todo un personaje. Pero teniendo en cuenta por todo lo que ha pasado, creo que se está adaptando bien, muy bien. Increíblemente bien, vamos. Y creo que se merece la mejor oportunidad que pueda tener de llevar una vida normal. Pero, como he dicho, no soy una experta.

Se encogió de hombros. Ese día llevaba una camiseta muy fina con un escote barco que dejaba al descubierto su esbelto cuello. Los dos hombres sentados a la mesa se la comían con los ojos, como si fuera un manjar.

—Me gusta pensar que yo también he entablado cierta relación con Laurie. —Debra, la asistente social a quien habíamos conocido durante la primera sesión con Menor L, parecía molesta. Como si se sintiera desplazada—. Al fin y al cabo, fui la primera persona que conoció cuando la policía la sacó de aquella casa.

Las aletas de la nariz de Nancy se agitaron como si contuviera un resoplido, pero mantuvo la sonrisa.

—Pues claro, Debra, has sido toda una constante en la vida de Laurie desde que está con nosotros, y sé que te tiene mucho aprecio, por eso valoraremos mucho tu opinión al respecto.

Debra apretó los labios y el placer le provocó un rubor que le tiñó las regordetas mejillas. Cuando volvió a hablar, lo hizo con un tono más dulce.

—Solo quería decir que Laurie siempre quiere agradar. Ya saben, basta con pedirle que haga algo una sola vez y ella corre a obedecer. ¿Saben a lo que me refiero?

—¿Y crees que eso es señal de que podrá empezar de cero? —Nancy sujetaba un lápiz sobre un cuaderno de notas, pero tenía el brazo apoyado sobre la hoja, tapándola de modo que yo no pudiera verla.

Debra ladeó la cabeza y adoptó una mirada pensativa mientras sopesaba la respuesta.

—Sí, lo creo —respondió—. Creo que es algo bueno, ¿no les parece?, que un niño quiera que la figura con autoridad esté contenta. Eso significa que imitará a los adultos que la rodean. Y es listísima. Aprende al vuelo.

Sentí que se me aceleraba el pulso y que se me secaba la boca, pero fui incapaz de contenerme.

—Con el debido respeto, no estoy del todo de acuerdo. El deseo de complacer no siempre es positivo. A veces, puede indicar que una persona reprime sus propios sentimientos a favor de los de los demás, y eso no es algo que se considere sano, sobre todo con el historial de Laurie. Para mí, es preocupante que Laurie no se haya descontrolado un poco más. Es una niña a la que han arrancado de su familia, de su casa, de todo lo que conoce. Habría esperado más ataques de ira, más rebeldía contra la autoridad. El hecho de que esté demostrando un comportamiento tan dócil, que parece brotar de la necesidad de la aprobación de un adulto, me hace temer que no está asimilando lo que le ha pasado, sino que lo está suprimiendo, porque ha aprendido que sus sentimientos no son válidos; es más, ha aprendido que sus sentimientos la meterán en problemas.

Tenía mucha palabrería por aquel entonces. Verborrea. Todas sufríamos de lo mismo. Todas las mujeres en el mundo académico. No nos atrevíamos a exponer nuestra opinión sin rodeos ante los demás, carecíamos de la confianza en nuestro juicio; de modo que revestíamos dicho juicio con un montón de lacitos y adornos y lo metíamos en una bonita caja con papel de regalo, para que fuera imposible saber de qué se trataba a menos que se empezaran a quitar capas de papel. Trabajábamos el doble que nuestros compañeros varones, hombres como Dan Oppenheimer, pero luego ofrecíamos nuestro conocimiento como un regalo que se podía despreciar o abrir cuando se quisiera, un regalo que el receptor tenía la potestad de rechazar o recibir a su antojo. En esa ocasión, sucedió lo primero.

—Es el primer caso importante en el que trabaja la doctora Cater, y estoy seguro de que no soy el único que la felicita por su esmero y compromiso —dijo Ed, que miró a los demás con una sonrisa—. Como hemos dicho antes, vamos a asegurarnos de que, sea cual sea nuestra recomendación final, tendrá como objetivo el mejor interés no solo de Laurie, sino también de quienquiera que vaya a estar en contacto con ella a lo largo de los próximos años. De modo que no vamos a llegar a una conclusión sin meditar mucho y sin discutirlo; pero, al mismo tiempo, estamos de acuerdo en la necesidad de tomar una decisión lo antes posible, a fin de que Laurie pueda empezar una nueva etapa en su vida, sea cual sea.

Cuando nos levantamos para estrecharnos la mano, miré el cuaderno de notas de Nancy Meade. Había anotado cada uno de nuestros nombres, Ed, Jana, Debra, el mío e incluso el de George Sullivan, el abogado. Junto a cada nombre había una versión reducida de lo que habían dicho. Menos al lado del mío. Junto a «Doctora Anne Cater» había una hilera de signos de interrogación.

31

Charlie

La vida de Charlie estaba fuera de control y él no dejaba de dar vueltas y vueltas, intentando aferrarse a algo para recuperarlo. Esa era la sensación que tenía. El fin de semana en Derbyshire había desestabilizado un elemento fundamental de su universo y, en ese momento, todo parecía fuera de sitio, todo estaba mal.

Para ser exactos, los problemas empezaron antes del fin de semana. Stefan llevaba varios días mostrándose muy distante. Cuando Charlie lo llamaba por teléfono, no se lo cogía. Le devolvía las llamadas horas más tarde y siempre cuando iba de camino al gimnasio, cuando estaba preparando un baño o cuando realizaba otra tarea que requería cortar pronto una conversación, que casi nunca era demasiado profunda. La única noche que pasaron juntos la semana anterior le destrozó el alma. Se suponía que iban a verse nada más salir del trabajo, pero Stefan había cancelado la cita en el último momento con la excusa de que tenía una cena de trabajo y lo llamaría más tarde, pero ya pasaba de la medianoche cuando por fin se puso en contacto.

—Supongo que ya te has metido en la cama con tu manzanilla —le dijo Stefan, y no precisamente de buenas maneras. Y Charlie, que estaba en el sofá con sus nuevos calzoncillos de Calvin Klein, comprados para la ocasión, tuvo que humillarse y fingir que acababa de llegar a casa antes de ofrecerse a coger un taxi para reunirse con él.

Algo que hizo, y cuando llegó, se encontró a Stefan en la cama.

—Estoy que me caigo —dijo cuando fue a abrirle la puerta con una bata raída que no le había visto nunca. Y se quedó dormido antes de que Charlie se hubiera quitado los pantalones.

La parte racional y sensata de Charlie sabía que Stefan ya se había cansado de él, que solo lo utilizaba para comer de vez en cuando o subirse el ego con la inconfundible adoración que le profesaba. Sin embargo, era incapaz de dejarlo. Encontrar a Stefan había sido como activar la opción «mejorar» en sus fotos digitales, de modo que los colores que antes se veían apagados y monocromos cobraron vida de repente, una vida gloriosa. Nunca había experimentado semejante agonía, como tampoco semejante euforia como cuando Stefan se reía de algo que él había dicho o lo sorprendía con un abrazo por la espalda cuando se estaba lavando los dientes. Charlie atesoraba esos momentos, por raros que fueran, como un alcohólico oculta botellas y las saca para saborearlas cuando nadie lo ve.

Sin embargo, el último viernes, el día previo al fin de semana en Derbyshire, se suponía que iba a reunirse con Stefan para cenar. Había pasado horas conectado, revisando recomendaciones de restaurantes, antes de escoger un lugar que creía que le gustaría a Stefan. No era la clase de sitio que él habría escogido (demasiado elegante y caro), pero era nuevo y había salido en la sección de cotilleos del periódico gratuito del tren de cercanías el mes anterior, durante la presentación del nuevo libro de una bloguera muy popular de la que Charlie ni había oído hablar.

A lo largo de todo el día, se había repetido que no debía emocionarse demasiado, se había recordado que lo más probable era que Stefan cancelara los planes en el último momento. Había intentado contener sus expectativas de modo que, cuando llegara el golpe, no fuera demasiado traumático. Sin embargo, cuando Stefan llamó a las 17.25 para decirle que, efectivamente, le había surgido algo (un cliente potencial al que tenía que hacerle la pelota), Charlie no fue capaz de contener las expectativas. Si bien había mantenido el tipo al teléfono, después, solo en su mesa, sintió un dolor lacerante en el pecho, como si alguien lo abriera en canal; y tras el dolor llegó una rabia más poderosa de la que había sentido en la vida.

De camino al metro, entró en Facebook para mirar el muro de Stefan. Este usaba las redes sociales de la misma manera que la mayoría de las personas usa la comida o el aire. Publicar fotos o actualizaciones de estado era un reflejo natural para él, como respirar. Y allí se encontró con una actualización automática de situación en la que se mostraba un mapita con una sección del Soho marcada en líneas rojas, acompañada por un mensaje automático: «Stefan Lovato estuvo en Buns'n'Roses con Jacob Collins.»

Charlie sabía muy bien quién era Jacob Collins, había presenciado el momento exacto en que Stefan y él se conocieron durante una exposición privada en una galería un par de semanas antes. Jacob: treinta y pocos, con barba, el pelo largo recogido en un moño en la coronilla, elegante, guapo a rabiar. No era un cliente potencial.

Esa actualización en el muro de Stefan hizo que un mecanismo se activara en su cabeza. *Clic.* Y, de repente, no era el Charlie que se tragaba las decepciones, cuyo trabajo era hacer reír a los demás o consolarlos cuando estaban tristes antes de irse a casa solo. Su corazón era como un animal salvaje e impredecible que había escapado de su jaula. En vez de ir a casa, fue al Soho. Buscó el Buns'n'Roses ese (que era tan espantoso como sugería su nombre). Se quedó en la acera de enfrente del restaurante mirando por el escaparate cómo el hombre a quien amaba se inclinaba sobre una mesita de modo que su cabeza tocara el ridículo moño de su acompañante... y algo en su cabeza reventó como una implosión diminuta.

La rabia se mezcló con la desolación, la frustración y el asco que sentía por sí mismo hasta formar un líquido tóxico que le corrió por las venas y arterias hasta regar todos los rincones de su cuerpo, hasta que ni una sola célula le resultó conocida.

Cogió un taxi hasta el apartamento de Stefan y se coló por una ventana trasera que sabía que no cerraba bien. Media hora después, cuando por fin salió, la rabia seguía corriéndole por las venas y volvió a casa en volandas gracias a una ola de furia ciega. De modo que solo cuando le sonó el despertador el sábado por la mañana para ir a Derbyshire y descubrió las manchas de sangre en las sábanas, producto del corte que se había hecho en el brazo al entrar en el apartamento de Stefan, se dio cuenta de todo lo que había hecho. De repente, vio la cama de Stefan tal cual la había dejado, con el edredón hecho jirones y las plumas desperdigadas por la habitación como si fueran confeti, y creyó que iba a vomitar.

De camino a la estación de St. Pancras para reunirse con Amira y Sarah, se inventó una historia para justificar el corte del brazo. Abrir una lata parecía una excusa muy tonta, pero no se le ocurrió nada mejor. Tenía el estómago tan tenso que empezó a dolerle, y estuvo a punto de vomitar en un par de ocasiones, ya que imaginaba que, en cualquier momento, sentiría una mano en el hombro y al volverse vería a la policía. Sin embargo, a medida que avanzaba la mañana sin recibir mensajes furiosos de Stefan acusándolo de destrozarle el piso, empezó a relajarse. Tal vez no había destrozado tanto como se creía. Tal vez Stefan lo consideraría una retribución justa por lo que había hecho. En ningún momento se le había ocurrido que Stefan no lo asociara con lo sucedido. En su mente era obvio, incluso inevitable. Después de beberse dos latas de gin-tonics con Sarah y Amira, se tranquilizó lo suficiente e incluso empezó a disfrutar el fin de semana en plan «de tan malo que es, es bueno». Hasta que empezó a recibir mensajes de texto. Empezaron a llegar el sábado por la tarde y continuaron toda la noche, y también el domingo. Stefan lo acusaba, Charlie se defendía y no admitía lo que había hecho, hasta que por fin entendió que Stefan había tardado tanto en ponerse en contacto con él porque había pasado la noche con Jacob. A partir de ese momento, la rabia regresó con tal virulencia que tuvo que apagar el teléfono para poder sosegarse. Después, llegó el incidente de la caída de Rachel al riachuelo y se olvidó por completo de todo el asunto con Stefan.

Sin embargo, en ese momento, mientras se dirigía a la oficina el lunes por la mañana, lo envolvía una especie de nubarrón negro, dividido como estaba entre el dolor de haber perdido a Stefan y el miedo del destrozo hecho en su piso. No dejaba de pensar en Jacob Collins con su ridícula barba y su ridículo moño. Charlie sabía que Jacob tenía un floreciente negocio de venta de helados artesanos en furgonetas repartidas por toda la ciudad. Dinero. Con Stefan, todo acababa reducido al dinero.

Tomó una decisión. Si Rachel volvía a trabajar ese día, iría directo a su despacho y le exigiría que lo apoyase para el ascenso. Sabía que no era justo con Paula, pero ya era hora de pensar en sí mismo. No podía seguir viviendo en ese limbo, sin objetivos, solo. Sin rumbo. Tal vez hubiera fracasado sentimentalmente, pero todavía podía conseguir algo en el plano laboral, salir del agujero en que estaba.

—¿Cómo está el ambiente ahí dentro? —le preguntó a Amira cuando entró en la cocina, nada más salir del ascensor, y se la encontró llenando la tetera.

Ella se encogió de hombros.

—Como era de esperar.

Amira tenía unas ojeras tremendas bajo los ojos oscuros, como si alguien se las hubiera pintado con carboncillo.

—A lo mejor Rachel no viene a trabajar... visto lo que pasó.

Ella se encogió de hombros otra vez.

—Es como una serpiente, renueva la piel. Seguramente aparecerá como si nada.

—¿Qué pasa, Amira? Parece que estás de bajón total.

Se encogió de hombros por tercera vez y suspiró. Luego, pareció derrumbarse.

—La he cagado, Charlie. Pero del todo. Estoy entrampada con un montón de tarjetas de crédito en varias tiendas. Creía que podría pagar los intereses con lo que gano, pero se me olvidó por completo la puta comunidad del piso. Me pasaron el recibo automáticamente y ahora ya no me queda nada... no me dan crédito en ninguna parte. Y he recibido una carta de embargo esta mañana.

Una lágrima se formó en el rabillo del ojo de Amira. Charlie siguió el recorrido por su mejilla con desolación. Amira no era una llorica. Sarah parecía estallar en lágrimas con tanta frecuencia que, a menudo, se preguntaba si tenía una reserva de agua salada tras su delicada membrana ocular, de modo que bastaba con un pinchacito para que se vaciara. Pero Amira no era así. Tampoco podía decirse que fuera dura, pero no tenía las emociones tan a flor de piel como Sarah. De modo que la lágrima hizo que Charlie se sintiera muy incómodo.

—¿Qué dice Tom?

Amira agachó la cabeza cuando a la primera lágrima le siguió otra. Y otra.

—No se lo he contado —admitió al cabo de un momento—. Se cabrearía mucho si llega a saber que he seguido comprando cosas, con la enorme hipoteca que tenemos. Pero creí que podría pagar las deudas sin que se enterase.

De repente, Charlie se exasperó.

—¿Cómo narices creías que ibas a poder pagar todo si ya habías sobrepasado el crédito?

Amira lo miró y en su cara apareció algo que se parecía sospechosamente a la culpa.

—Si te cuento algo, ¿me prometes que no se lo dirás a nadie?

Charlie asintió con la cabeza, aunque una parte de su cabeza quería negarse. Ya había demasiados secretos en la oficina. No sabía si podría cargar con otro. Pero saltaba a la vista que Amira necesitaba desahogarse con alguien.

—Rachel me llamó a su despacho hace un tiempo. No vino a cuento de nada, yo no hice nada para que lo hiciera.

Amira lo miraba como si él fuera a acusarla de algo, y Charlie volvió a asentir con la cabeza para tranquilizarla, aunque no tenía ni idea de por qué la estaba tranquilizando.

—Me preguntó si me interesaría un ascenso —siguió Amira—. Le dije que un ascenso era imposible porque no hay vacantes.

La inquietud se apoderó de Charlie, haciendo que se le pusiera piel de gallina.

—Así que me dijo que se refería al puesto de Paula y me preguntó si lo quería. ¡No me mires así, joder! Le dije que no, ¿vale? Se lo dejé muy claro. Le dije que era una puñalada trapera. Pero ella insistió en sacar el tema. Una y otra vez. Y, ¿sabes?, yo sería la caña en ese puesto. Además, significaría muchísimo más dinero, y ya sabes que Paula lleva demasiado tiempo en el puesto. Es tan anticuada que parece sacada del jurásico.

—¿Me estás diciendo que cambiaste de idea sobre lo de aceptar?

—Sí —asintió con la cabeza, con expresión desolada—. No me malinterpretes, me siento fatal por haberlo hecho. Pero necesito el dinero y el departamento necesita un buen meneo. Todo el mundo sabe que Paula se limita a ver pasar el tiempo hasta que pueda jubilarse. Así que me dije que pronto estaría ganando más dinero y que podría pagar todas las facturas. ¿Por qué sonríes? ¿Qué te hace tanta gracia?

Charlie sintió cómo la carcajada brotaba de su interior, de forma dolorosa. Rachel había jugado con los dos. Menuda zorra. Qué hija de puta.

—¿Sabes qué? —respondió sin dejar de sonreír, aunque tenía ganas de vomitar—. A mí también me ofreció el puesto.

Amira lo miró fijamente, con los ojos anegados en lágrimas, tantas que sus iris parecían piedrecillas de mármol marrones agitadas por el agua.

—¿Y aceptaste?

—Claro que no. Hice lo mismo que tú. Lo rechacé un par de veces. Pero luego empecé a pensármelo y me dije que bien podría aprovechar la oportunidad, porque se va a deshacer de Paula pase lo que pase. A ver, vamos a hablar claro, es un peso muerto, ¿no?

Oyó un sonido a su espalda, como si alguien se quedara sin aliento. Delante de él, la cara de Amira cambió por completo y la vio abrir la boca por el espanto. El miedo lo paralizó, ya que no quería ver lo mismo que estaba viendo Amira. Pero volvió la cabeza despacio, como si lo guiara una fuerza exterior invencible.

Paula estaba en el vano de la puerta, con una expresión paralizada. Después, de repente, sus facciones se descolgaron.

—Creía que éramos amigos —dijo con una voz tan cargada de dolor que parecía salir de algún lugar recóndito de su estómago.

—Lo somos —replicó Charlie—. Es que...

Pero ya era demasiado tarde. Paula se había ido.

—¡Joder! —exclamó Amira.

Pero Charlie sentía demasiada vergüenza como para mirarla.

32

Paula

La ansiedad, que hasta entonces había sido como un ejército de hormigas corriendo por sus venas, se había convertido en auténtico pánico que avanzaba con el ímpetu de un tsunami, arrastrando a su paso la serenidad, el orden y la estabilidad.

Paula abandonó la oficina justo después de la escena con Amira y Charlie, y por primera vez en su vida laboral no justificó su ausencia, ni informó de que se iba. Debería haber sido una experiencia liberadora; pero, en cambio, la cabeza le daba vueltas con las palabras que había oído en la cocina: «peso muerto», «anticuada», «jurásico».

Durante su peor época con Ian, cuando llegaba a casa y se encontraba con un muro de resentimiento y con ese tira y afloja de pullas que solo puede llevar a cabo alguien que te conoce a fondo, que conoce tus debilidades ocultas y tus puntos débiles, lo único que la mantenía a salvo y evitaba que acabara hecha añicos como una frágil copa de cristal era la imagen que tenía de sí misma en el trabajo: seria y responsable. Cuando Cam empezó a dar guerra y Amy dejó el bachillerato, y tanto Ian como ella descubrieron que les resultaba imposible hablar del tema sin culparse mutuamente, el trabajo fue su refugio, su ancla en un mundo que no paraba de dar vueltas. El resto de su vida podía hacerse pedazos, pero en la oficina era una profesional, alguien en quien los demás confiaban para mantener las cosas organizadas, alguien a quien admiraban.

Pero todo era mentira.

Durante toda esa tarde, los pensamientos que solía mantener a raya invadieron su mente atropelladamente. Unos pensamientos que creía haber dejado atrás en la infancia. Era una inútil. Era mala. Nadie en su sano juicio confiaría en ella, no le caería bien a nadie y, por supuesto, nadie la querría. ¿Por qué había creído que podía ser buena en algo?

Si Rachel la despedía, la empresa le daría tres meses de sueldo y listo. Rachel lo llamaría «reestructuración». Paula lo tenía claro. Su puesto de trabajo sería eliminado, pero quien la reemplazara (Charlie o Amira, una de esas dos víboras traicioneras) ocuparía un puesto con una denominación distinta que, en el fondo, sería el mismo. Tres meses de sueldo. Eso sería lo único que iba a conseguir después de una década de lealtad, de llegar temprano todas las mañanas y de quedarse por las tardes hasta mucho después de que los demás se hubieran ido. Nunca había sido ambiciosa, siempre había imaginado que acabaría su vida laboral en esa oficina, el centro estabilizador cuyo eje ella era.

¿Quién le daría un empleo a esas alturas? Tenía cincuenta y cinco años; los aparentaba y los sentía. No era de esas mujeres que se mantienen en forma y afirman que los cincuenta son los nuevos treinta. Todas las empresas querían a alguien juvenil, alguien que siguiera las últimas tendencias. ¿Quién iba a darle trabajo a un dinosaurio del que se habían deshecho en su último trabajo como si fuera un desecho?

—¿Me estás escuchando? —le preguntó Amy durante la cena, al ver que su madre guardaba silencio después de contarle una larga historia sobre un cliente del pub donde trabajaba que había insistido en que le abrieran dos botellas de vino a la vez.

—Lo siento —se disculpó Paula—. Hoy no soy yo.

Pero si no era ella, ¿quién era?

No le dijo a Ian lo que había oído en la cocina de la oficina. La etapa en la que podían consolarse mutuamente había quedado muy atrás en sus vidas. De modo que se fue a la cama temprano y se encerró con sus pensamientos destructivos como única compañía. Unos pensamientos que giraban y giraban en su cabeza como si fuera una lavadora que centrifugara su falta de autoestima.

Durante esa larga noche, que pasó en vela, estuvo acompaña por un golpeteo en los oídos. El ruido que hacían sus inseguridades mientras daban vueltas en el cerebro.

33

Anne

Tenía que pasar tarde o temprano, y ya había pasado. Algún periodista británico. Allí no había reglas. La prensa sensacionalista escarbaba hasta el fondo. Habían descubierto los detalles de la adopción que se llevó a cabo tantos años antes. Habían seguido la pista hasta La Luz y habían encontrado una historia mayor de lo que imaginaban.

Me enteré de todo esta misma mañana cuando la secretaria del departamento llamó a la puerta de mi despacho.

—Siento molestarla, profesora Cater, pero hay un periodista al teléfono. Está haciendo muchas preguntas sobre un tal profesor Korsky que trabajaba aquí.

—¿Te refieres a Kowalsky?

—Sí, ese. Es muy insistente. Dice que es algo relacionado con un caso muy importante en Inglaterra.

—Hablaré con él. Pásamelo.

Mientras oía cómo se alejaba la secretaria con el repiqueteo de sus tacones por el pasillo, pasando por delante de las fotos enmarcadas de la facultad, respiré hondo, mantuve el aire en los pulmones y conté mentalmente a fin de controlar mis pensamientos. Cuando el teléfono empezó a sonar, solté el aire de forma lenta y controlada.

—¿Profesora Cater? Soy Derek Walsh, del periódico londinense *The Sun*.

—Hola, señor Walsh. ¿En qué puedo ayudarlo? —Elegí un tono afable, pero profesional. Si sonríes mientras hablas por teléfono, la otra persona lo percibe.

Me explicó el terrible suceso acontecido en Londres y fingí que no estaba al tanto.

—Señor Walsh, aquí no suelen llegarnos las noticias internacionales.

Me aseguró que no le sorprendía, ya que había pasado un año estudiando en Massachusetts durante sus estudios universitarios. Parecía muy orgulloso de ese hecho.

—El asunto es que —siguió, y su voz dejó patente la emoción que sentía— hemos estado investigando y encontramos lo de la adopción, y después ahondamos un poco más y descubrimos unas circunstancias extraordinarias, y resulta que el profesor Kowalsky fue el psiquiatra que se encargó de gestionar el proceso de adopción. Parece que fue él quien autorizó los trámites, tras asegurar que no había traumas irreparables. Así que debemos considerarlo responsable de lo sucedido. A él y a su asistente, se me ha olvidado el nombre. Espere un momento...

Se oyó un ruido al otro lado de la línea, como si alguien hubiera soltado el auricular sobre una superficie dura. Cerré los ojos y respiré despacio. Oí que movía unos papeles, tras lo cual el periodista cogió de nuevo el teléfono.

—Ah, sí. Aquí está. Sí, el ayudante de Kowalsky era...
—Unos golpecitos como de un bolígrafo contra papel. El

tiempo pareció detenerse—. Era un tal doctor Oppenheimer. ¿Le suena?

El alivio fue tal que me inundó la debilidad. Me habían indultado.

Sin embargo, en el momento de los hechos, tantos años antes, no fue precisamente alivio, sino furia lo que corría por mis venas cuando mi enemigo, Dan Oppenheimer, se entrometió y acabó acaparando lo que había sido mi investigación, mi territorio.

No dormí bien los días posteriores a nuestro encuentro en la Delegación de Servicios Sociales. Era joven y carecía de experiencia a la hora de juzgar las relaciones interpersonales. Todavía me cuesta trabajo. De hecho, un psiquiatra al que veía hace años me preguntó si alguna vez me había planteado la posibilidad de sufrir un caso leve de autismo, como le sucede a la mayoría de la gente, añadió. En aquel entonces, tenía claro que algo se había estropeado entre Ed Kowalsky y yo, pero desconocía cuán profundo era el daño.

Teníamos previsto encontrarnos con Laurie otra vez. En aquella ocasión, íbamos a visitar la escuela a la que asistía dos días a la semana. La idea era hablar con las maestras de su progreso, observar sus relaciones con los demás niños y después llevarla a comprarle un helado con Jana. Decidimos que sería un encuentro informal, de manera que me quedé pasmada al entrar en la oficina de la directora y ver que Ed iba acompañado. Por Daniel Oppenheimer. Los dos ocupaban casi por completo la diminuta estancia.

—Ah, Anne. Conoces a Dan, ¿verdad? —me preguntó Ed como si tal cosa.

Asentí con la cabeza, incapaz de mirar a mi rival, todo un logro teniendo en cuenta la altura de Oppenheimer.

—De ahora en adelante, nos acompañará en las evaluaciones. Creo que hemos llegado a un punto con Laurie en que dos ojos más resultarán beneficiosos y, por supuesto, Dan se conoce el caso como la palma de la mano por su intervención con David.

—¿Y qué pasa con las interferencias? Pensaba que habías decidido que ambos casos necesitaban tratarse por separado, para evitar que un asesor pueda verse influido por el otro.

Ed asintió con la cabeza antes incluso de que yo acabara de hablar, como si hubiera previsto mi pregunta.

—Pues sí. Pero ahora que hemos acabado con la fase preliminar y hemos tenido tiempo para, eh... mmm... calibrar a cada niño de forma independiente, creo que ese riesgo ha pasado. Seré sincero contigo, Anne. Nos inclinamos por la adopción en el caso de David. Es un año más pequeño que Laurie y ha respondido muy bien al tratamiento al que lo están sometiendo, tanto física como mentalmente. También creo que hemos llegado a un punto crítico con Laurie. Su edad hace imperativo que tomemos cuanto antes una decisión sobre su futuro, y creo que Dan podrá ayudarnos a tomar dicha decisión.

El corazón me latía tan rápido que creí que todos podían oírlo, incluso a través del jersey que me había puesto por el repentino frío. Después de un mes de septiembre que no se había distinguido demasiado de los calurosos meses precedentes, los últimos dos días había llegado por fin el otoño, trayendo consigo un viento frío que yo agradecía de buena gana.

—Claro, por supuesto. Cuantos más, mejor.

Mi falsa alegría chirrió en mis oídos, pero ¿qué otra cosa podía hacer? Era obvio que había preferido la supuesta competición con Dan a un potencial desacuerdo por mi parte. Dan Oppenheimer trataría de cimentar su carrera profesional con ese caso, mientras que yo no sería capaz de hacerlo. Siempre lo he aceptado y seguramente sea el verdadero motivo por el que Ed solo le había permitido observar la mitad del proceso hasta ese momento. Pero, a esas alturas, yo había demostrado ser menos sumisa de lo que había supuesto en un principio, y se había propuesto limitar el daño. Si éramos tres en el equipo, vencería el punto de vista de la mayoría. Oppenheimer respaldaría a Kowalsky si le resultaba ventajoso para su propia carrera. Así pues, acababan de dejarme fuera de juego.

Las maestras de la escuela revoloteaban alrededor de Dan y Ed. Llamaban a Dan «profesor», aunque él intentaba corregirlas. A mí me consultaban las cuestiones prácticas, «¿Necesitaremos café, limonada?», y me contaban los detalles domésticos de la vida de Laurie. Así que en mitad de una anécdota sobre cómo Laurie había ayudado a una niña más pequeña, la maestra que lo estaba contando se volvió hacia mí y articuló con los labios «En el cuarto de baño», tras lo cual miró a los demás para seguir con la historia.

Durante todo ese tiempo, estuve sentada en una silla diminuta que era la única libre, pues los hombres se habían acomodado en las dos grandes, consumida por la ansiedad. ¿Debería haberme guardado mis opiniones? ¿Haber seguido las directrices de Ed Kowalsky? ¿Haber guardado silencio por el bien de mi carrera profesional? Pensé en Harvard, en Yale y Cornell. En el despacho que imaginaba en un edificio de ladrillo rojo cubierto de hiedra y en la vista que tendría por encima de los árboles, que cambiarían de verde a naranja antes de perder las hojas. Ahora, gracias a la ventaja que me ofrecen los años transcurridos, ansío reconducir a esa yo joven, tan incómoda en la sillita, con las rodillas casi rozándole la barbilla. «Sigue las reglas —le digo—. Asiente cuando él hable y di que sí cuando te llegue el turno. Ya habrá tiempo para encontrar tu propia voz cuando salgas de ahí.» Pero mi yo joven, tan triste y abatido, no me escucha.

—¿Diría usted que en general Laurie distingue entre el bien y el mal? —La primera pregunta de Dan durante el proceso nos sorprendió a todos.

La directora de la escuela, una rubia menuda con un vestido hasta las rodillas adornado con una lazada en el cuello, y zapatos blancos planos con las suelas manchadas de pintura roja, un detalle que delataba su profesión, se mordió el labio inferior antes de contestar.

—Obviamente, es muy pequeña todavía y existe un debate sobre la capacidad de un niño de cuatro años para establecer ese tipo de diferencias morales; pero, en general, yo diría que sabe distinguir un buen comportamiento de uno inaceptable. Creo que alguien debió de enseñarle a diferenciar lo bueno de lo malo, aunque viviendo en esa casa es imposible imaginar que conocieran la diferencia.

Si con sus palabras esperaba sonsacar alguna confidencia relacionada con el pasado de Laurie, iba a llevarse una desilusión.

—¿No ha habido ningún incidente que les resulte preocupante? —preguntó Ed, cerrando la puerta a la elucubración y devolviendo la conversación a lo tangible.

La directora frunció el ceño.

—Ha habido incidentes sin importancia, como sucede con cualquier niño de esa edad. Reacciona mal cuando se le riñe. A veces corre para esconderse, otras veces se enfada o se molesta.

—¿Y si es otro niño quien recibe la reprimenda? —pregunté.

La directora se volvió hacia mí con una expresión sorprendida, como si se percatara en ese momento de mi presencia.

—En esas situaciones tampoco responde bien —contestó una chica joven peinada con dos trenzas, que había aguardado en el vano de la puerta a la espera de una oportunidad para participar.

—No sé si esto puede interesarles —terció la directora tras otra pausa—. Pero el otro día, mientras sufríamos esa repentina ola de calor, no sé si lo recuerdan... en fin, todos los niños estaban en el patio y, bueno, hubo problemas entre dos niñas pequeñas. Ya saben cómo son los niños —añadió, mirándome antes de continuar—. Me temo que una de las dos había estado acosando a la otra. Intentamos solucionar el problema, pero ese comportamiento no es algo inusual. Laurie no fue la fuente del problema, pero era evidente que todo el jaleo la afectaba; a veces, nos informaba de lo que sucedía y otras veces participaba del mal comportamiento, como por ejemplo al negarse a que la niña jugara con los demás o al repetir algunas de las cosas feas que se decían. Lo normal. Pero, en esta ocasión en concreto, todos los niños estaban jugando en el patio. Nosotros nos encontrábamos en el porche, celebrando una pequeña reunión para acordar las actividades de la tarde. Desde ese lugar, veíamos lo que sucedía en el patio y, poco a poco, nos dimos cuenta de que pasaba algo en el extremo más alejado, cerca de la casita de juegos, un alboroto. Corrí para comprobar qué sucedía, y vi que todos los niños se habían reunido alrededor de la casita. Algunos se reían con nerviosismo, pero había un par de niñas llorando. La niña que había estado acosando a la otra niña estaba en la puerta y al verme dijo: «¡Yo no he sido!» Así sin más. Así que me quedó claro que algo había sucedido. Cuando me acerqué, Laurie y la otra niña estaban dentro de lá casita. Sandy, a quien Laurie había atado con un saltador.

—Bueno, no parece muy grave —replicó Ed—. Desde luego que no es lo ideal, pero tampoco es un comportamiento aberrante.

—Sandy estaba desnuda —añadió la chica de las trenzas que seguía en la puerta, aprovechando la oportunidad para hacerse con el protagonismo—. Bueno, casi desnuda. Laurie le había quitado la ropa antes de atarla.

—Pero no del todo —puntualizó la directora con deje reprobatorio—. Pero sí, fue... algo deplorable. La niña se lo dijo a sus padres y tuvimos que convocar una reunión con los padres y las niñas implicadas.

—¿Cuándo sucedió esto? —pregunté, extrañada de que Jana no lo hubiera mencionado durante nuestro último encuentro.

—Hace un par de días —contestó la directora—. Para ser sincera, parece más grave de lo que fue en realidad. Dejando a un lado lo del saltador y la ropa, Laurie no la dañó de ninguna manera. Y como ya he señalado, no fue la instigadora de la campaña de acoso. De hecho, los padres de la víctima estaban más preocupados por la niña que lo inició todo.

—¿Notó algo raro en la actitud de Laurie cuando la encontró en la casita? —pregunté. Con el rabillo del ojo, vi que Kowalsky se tensaba y se enderezaba, como si la pregunta lo hubiera pillado desprevenido al creer que el interrogatorio había finalizado.

—Bueno, no estaba ni enfadada ni alterada, si se refiere a eso —contestó la directora con aspereza. Miró a Ed y Dan, y me pregunté si habría percibido la tensión existente entre nosotros—. De hecho, estaba inusualmente tranquila, casi como en trance.

Una vez que salimos al patio, localizamos a Laurie. Estaba jugando con otra niña en el arenero, emplazado en el extremo más alejado. Las observamos unos minutos. Estaban ensimismadas con el juego, que consistía en excavar túneles con las manos en una montaña de arena.

—Parece que se ha integrado bien —comentó Dan—. ¿Puede señalar la niña con la que tuvo el altercado?

—Bueno, yo no lo llamaría así —protestó la directora con los labios apretados—. Pero es esa, la niña con la que está jugando ahora.

Miré de reojo a Ed a tiempo para captar la breve satisfacción que asomó a su rostro. El incidente de la casita de juegos había minado brevemente su confianza, pero allí estaba la niña, tranquila, sociable y pacífica.

Más tarde, después de que llegara Jana para recoger a Laurie, las llevamos a un restaurante cercano. Si a la niña le resultó raro sentarse en un reservado rodeada por adultos, no lo demostró. Mientras la observaba, sentí un escalofrío que me subía por la espalda. La tranquilidad de Laurie era poco natural. ¿Una niña de cuatro años y medio no debería estar haciendo preguntas, por ejemplo, que quién era Dan? No se movía en su asiento, ni daba brincos ni preguntaba si podían irse ya. Lo único que demostraba era esa conformidad distante. ¿Dónde estaba escondiendo la ira, el dolor, la confusión por lo que le estaba pasando y por haber perdido su antigua vida?

—¿Te gusta la escuela? —le preguntó Dan. Estaba

sentado enfrente de ella y, dada su altura, tenía que inclinar la cabeza para poder mirarla. Parecía incómodo, como si no estuviera acostumbrado a hablar con niños pequeños.

Durante el primer año que coincidimos en clase, Dan me tiró los tejos con torpeza. Me sorprendió tanto que no lo reconocí por lo que era hasta que llegué a casa. Coincidimos en la biblioteca, fuimos juntos a tomar un café y al sentarnos presionó su pierna contra la mía mientras me miraba fijamente. Por un instante, se lo permití mientras su calor corporal me invadía a tal punto que creí que estallaría en llamas. Después, aparté la pierna y sugerí que fuéramos a pagar. Habían pasado dos años desde entonces y, en aquella época, yo ya tenía las cosas muy claras respecto a las relaciones sentimentales. En aquel entonces, yo buscaba la gran historia de amor, esperaba al desconocido carismático. Sin embargo, no fue hasta mucho después, una vez que mi matrimonio con Johnny se fue al traste, cuando descubrí que el amor no llega como una avalancha y te arrastra a su paso, sino que a veces te mira de cierta forma y, de repente, te das cuenta de que estaba allí todo el rato, debajo de tus narices. Bueno, me estoy desviando del tema. El caso es que, fuera cual fuese mi definición del amor, Dan Oppenheimer no la representaba.

Durante la época de la colaboración con Kowalsky, Dan estaba saliendo con una atractiva universitaria que estudiaba en Stanford e iba a verlo cada dos semanas. Se rumoreaba que Dan tenía la vista puesta en un puesto de profesor en Stanford. Este caso podía ser su puerta de acceso.

—La escuela está bien, gracias —respondió Laurie sin levantar la vista de su helado, que consistía en una copa enorme de cristal que la obligaba a usar una cucharilla de mango largo para alcanzar el chocolate del fondo.

—¿Y los demás niños? —Ed estaba sentado en un extremo del banco del reservado—. ¿Has hecho amigos?

—Ajá. —Laurie pasó la cucharilla por el lateral de la copa.

Ed lo intentó de nuevo.

—Me han dicho que tuviste una discusión con Sandy.

Laurie se encogió de hombros.

—¿Te apetece contárnoslo?

En contraste con la actitud de Ed, la pregunta de Dan pareció torpe. Laurie alzó la vista, parpadeó y miró de nuevo su helado.

—Ya ha pasado todo. Le pedí perdón y ella me dijo que no pasaba nada, así que ya somos amigas otra vez. Ya no tenemos que hablar más de eso.

—Es lo que le han dicho en la escuela —nos explicó Jana, que extendió un brazo delgado hacia Laurie para darle un apretón en un hombro—. Les dicen que una vez que las peleas se solucionan y todos han pedido perdón y aceptado las disculpas de los demás, tienen que olvidarse del asunto y seguir adelante.

—Bah, no fue nada —terció Laurie—. Ya pasó. —Siguió escarbando en el fondo de la copa, aunque ya no quedaba nada.

—¿Laurie? —intervine desde el otro extremo de la mesa—. Cuando Sandy y tú tuvisteis la... discusión en la casita de juegos, ¿quieres contarnos qué sentiste? ¿Estabas muy enfadada con Sandy?

Negó enfáticamente con la cabeza. A su lado, Jana se mordió el labio inferior como para contener una protesta. De repente, sentí los labios muy secos y bebí un sorbo de Coca-Cola con rapidez antes de seguir.

—Pero debías de estar un poco enfadada con ella, porque si no, no la habrías atado.

Otra vez negó con la cabeza.

—No estaba enfadada con Sandy. Sandy me cae bien. Es mi amiga.

—Entonces, ¿por qué la ataste?

Sentí que la mirada de Ed me taladraba a través de sus gafas, pero mantuve los ojos clavados en la niña.

Ella se encogió de hombros una vez más.

—No sé. Creo que debió de hacerlo la otra Laurie.

Eso hizo que todos nos enderezáramos. Dan se apoyó en el respaldo del asiento como si así pudiera examinar mejor la situación, mientras que Ed empezó a pasarse los dedos por el pelo con nerviosismo, tal como era su costumbre.

—Cielo... —dijo Jana, mirando a la niña a los ojos—, ¿qué quieres decir con la otra Laurie?

—No sé.

—¿Puedes ver a esa otra Laurie? —preguntó Ed con voz controlada y hablando despacio.

Dan intervino, con brusquedad y demasiado rápido. Con avidez.

—¿Puedes oírla? ¿Te habla dentro de la cabeza?

Laurie lo miró sin comprender.

—No. No la oigo en la cabeza. Eso sería raro. —Soltó una risita—. Pero a veces hace cosas cuando yo no estoy mirando.

Ed me miró y yo meneé la cabeza con disimulo. La bomba que había soltado Laurie nos había tomado por sorpresa.

—Cariño, ¿puedes explicar eso? —le pidió Jana—. ¿Puedes explicar lo que pasa cuando no estás mirando?

La niña comenzaba a mostrar señales de que la conversación la aburría. Se había acabado el helado y empezaba a moverse en su asiento con impaciencia.

—A veces es como si yo me fuera, así... —Cerró los ojos—. Y luego pasa esto... —Los abrió de nuevo—. Y entonces ha sucedido algo que yo no he hecho.

—¿Te refieres a algo malo?

—Malo no. —Laurie frunció el ceño—. Un poquito malo. Pero yo no lo he hecho.

Después de que Jana se llevara a Laurie a casa, los tres nos quedamos en el restaurante. Dan fue el primero en hablar.

—Uau —dijo, con una sonrisa en su delgado y alargado rostro—. Eso ha sido interesante. ¿Qué os parece? ¿Disociación? ¿Fuga? ¿Psicosis?

Parecía emocionado con cualquiera de las posibilidades, como si fueran los platos de un menú, en vez de tres trastornos psiquiátricos graves quizá padecidos por una niña de cuatro años.

—No estoy seguro de que debamos interpretarlo de esa manera —contestó Ed mientras le echaba azúcar a su segundo café—. Muchos niños pequeños se inventan *alter ego* que actúan de forma que a ellos no se les permite. Mis propios hijos lo han hecho. Jon, que ahora tiene ocho años, solía hablar de sí mismo en tercera persona cuando era pequeño, como si fuera una entidad separada, sobre todo si se encontraba en una situación moralmente ambigua. Por ejemplo, si estaba viendo una película donde salía alguien malo, decía: «Jon va a pegarle al malo.» Era una disociación, pero no significaba que padeciera un trastorno.

—Pero en este caso —repliqué—, y dado el contexto, teniendo en cuenta su pasado...

—Sé que hicimos muchas indagaciones al principio de este caso para contextualizar a Laurie —me interrumpió Ed—. Pero debemos ser muy cuidadosos, Anne, para no permitir que el contexto dicte nuestra forma de responder a Laurie. Debemos reaccionar a lo que ella nos ofrece y no a nuestra interpretación sobre cómo encaja lo que ella nos ofrece en el contexto que conocemos. Eso sería muy peligroso.

—No podría estar más de acuerdo —dijo Dan—. Me refiero al incidente en la casita de juegos y a esta mención de la otra Laurie. En realidad, solo son una parte del todo.

Ed asintió con la cabeza y dijo:

—Dan, puesto que acabas de llegar y eres nuevo en el caso, ¿qué impresión tienes de Laurie? Aparte de los dos detalles que has mencionado.

—Si le soy sincero, señor...

—Deja las formalidades, Dan.

—Por supuesto, claro. Para serte sincero, Ed, me asombra lo estable y equilibrada que parece. Me parece muy unida a su madre de acogida y tiene amigas en la escuela, lo que confirma que es capaz de crear vínculos emocionales con otras personas, algo fundamental. Y parece realmente arrepentida por lo sucedido en la casita de juegos, lo que significa que es capaz de sentir remordimientos. Así que yo diría que son dos grandes puntos a favor. De hecho, lo que he visto hoy me da pie a sentirme esperanzado.

—Ed, con todos los respetos —tercié—, no sé si está bien que dejemos a un lado esos dos factores. Me refiero a que son relevantes en relación con lo que nos han pedido que evaluemos, ¿no te parece?

Kowalsky clavó la vista en los posos de su café, como si estuviera tratando de leer su futuro en ellos.

—Anne, claro que son relevantes —contestó—. Pero me preocupa que te aferres a ellos para reforzar la historia que ya has creado en la cabeza a partir de los detalles que has visto en la prensa. Debemos ser totalmente objetivos. Ese es nuestro trabajo.

Durante el trayecto de vuelta a la pequeña habitación de la casa que compartía con otras tres chicas, me detuve en la licorería y contemplé el escaparate largamente.

34

Chloe

—Chloe, ¿dónde están esos informes? Te dije que los quería en mi mesa a las diez y media.

—Lo siento, Rachel. Estoy tardando más de lo que creía.

—Intenta ceñirte a los plazos, por favor. No debería tener que recordártelo.

A Chloe le ardieron las mejillas como si la hubiera abofeteado. Clavó la mirada en el apósito de la frente de Rachel, medio oculto por el pelo, e intentó no echarse a llorar.

—Lo siento —murmuró a la espalda de la jefa, que ya se alejaba de regreso a su despacho.

Chloe no se había sentido peor en la vida. Ansiaba hablar con alguien de lo que estaba pasando, pero su padre había tenido que ir a Estados Unidos por un viaje de trabajo y su madre lo había acompañado. Todavía eran inseparables. Antes le gustaba mucho la estrecha relación que mantenían, pero lo de Ewan había conseguido que dudara de todo lo que creía acerca de las relaciones. Siempre había supuesto que las cosas le sucederían de la misma manera que a sus padres, pero ahora no lo tenía tan claro. A lo mejor todos los hombres de quienes se enamorara se volverían contra ella, como había pasado con Ewan. Intentó imaginarse a su madre tratada de esa forma, rechazada y luego atacada físicamente, queriendo convencerse de que era un rito de iniciación por el que todas tenían que pasar; pero fue incapaz. Debía de ser algo que provocaba ella.

Miró a Paula, a la espera de una mirada tranquilizadora. Era consciente de que Paula no saldría en su defensa abiertamente, pero, por lo general, podía contar con ella para que la mirase con las cejas enarcadas, en plan comprensivo. Sin embargo, Paula estaba encorvada sobre su mesa, con la cabeza gacha, tal como estaba desde que llegó esa mañana. Chloe le había preguntado dónde había ido el día anterior por la tarde, cuando desapareció sin mediar palabra, pero Paula la miró con cara rara, como si ni siquiera la reconociese, y Chloe se asustó tanto que dijo «Ah, bueno, da igual, ya estás aquí» o algo así, y regresó a su mesa. Al otro lado de la oficina, Sarah se levantó y salió por la puerta de doble hoja. Guiada por un impulso, Chloe se puso en pie y la siguió. Rachel no podía impedirle que fuera al baño, ¿verdad?

Una vez en el servicio, se miró en el espejo. Las marcas del cuello se habían difuminado, pero si se fijaba con atención, todavía podía ver una ligera mancha en la piel, allí donde los dedos de Ewan le habían apretado la garganta. El estómago le dio un vuelco, como cada vez que recordaba la noche del sábado, lo vidriosos que se le habían puesto los ojos a Ewan. Se preguntó si debería haberlo denunciado. Ya se imaginaba lo que diría Amira. O su madre. Ewan le había dado miedo, eso lo recordaba bien. Sin embargo, una minúscula parte de ella, una parte de la que se avergonzaba con todo su ser, se vanagloriaba de que Ewan sintiera tanto por ella, tanta pasión, como para haber hecho eso. Además, una vez borradas las huellas físicas, empezó a preguntarse si en realidad había sido tan malo como lo recordaba, o si había reaccionado de forma exagerada, como le sucedía a veces. Su madre siempre le decía que no se dejara llevar por los impulsos, que se contuviera un poco más. ¿Había exagerado lo sucedido? Ewan había intentado hablar con ella varias veces el día anterior y también esa mañana, pero había pasado de él. Aun así, su actitud hacía que se sintiera algo mejor, porque era él quien la perseguía a ella, para variar.

Oyó arcadas procedentes de la puerta cerrada de un retrete.

—¿Sarah? ¿Estás bien?

Un ruido. Algo entre un gemido y un suspiro.

—¿Sarah?

La puerta se abrió y Sarah salió, limpiándose la boca con un trozo de papel higiénico. Sarah siempre había estado rellenita en carnes y aún mantenía todas sus curvas, pero tenía la cara demacrada, como si alguien le hubiera apretado los mofletes hasta deshinchárselos, de modo que la piel colgaba, grisácea, sobre sus pómulos.

—¿Estás bien?

Sarah negó con la cabeza.

—Pues no —dijo con un hilo de voz.

—¿Qué ha pasado esta mañana?

Cuando Chloe había llegado esa mañana a las nueve en punto, las venecianas del despacho de Rachel estaban bajadas y Amira le había dicho que Sarah y Mark Hamilton estaban reunidos dentro, con Rachel y James Ellis, el director de Recursos Humanos.

—No irá diciendo todavía que la empujaste al arroyo, ¿verdad? —le preguntó Chloe.

Sarah se encogió como si la hubiera golpeado.

—No. Dios, no. No puede hacerlo. Así yo tendría una causa para demandarla, ¿no? Por difamación o injurias al honor o lo que sea. No, la reunión de esta mañana era para decir que soy una vaga, que siempre llego tarde, que siempre voy retrasada, para intentar convencer a los demás de que me he quedado embarazada a propósito porque me amenazó con tomar medidas disciplinarias.

—¡Seguro que no ha dicho eso!

—No tan a las claras, pero lo ha dejado caer, vamos. Por suerte, James tiene conocimientos básicos de biología y le dijo que era muy poco probable que pudiera sacarme un embarazo de la manga de esa manera. Y también le dejó muy claro que le sería muy difícil deshacerse de mí porque las leyes que protegen a las embarazadas son muy estrictas.

—¿O sea que se ha echado atrás?

—No. Dijo que no podía trabajar conmigo porque soy pésima en mi trabajo. Y yo le contesté que me estaba discriminando por tener hijos pequeños, además de por haberme quedado embarazada.

—Bien hecho.

—Sí, ya, pero a esas alturas casi estaba llorando, y entonces ella dijo que no podía lidiar con trabajadores tan emotivos e incapaces de aceptar las críticas. Así que Mark sugirió que podían trasladarme a otro departamento. Como si fuera un mueble viejo que nadie quiere. De verdad, Chloe, ¡no sabes lo humillante que fue!

Alzó la voz y agarró la delgada muñeca de Chloe, un

gesto que le recordó con incomodidad la forma en que los dedos de Ewan le habían rodeado el cuello el sábado por la noche. Sarah solía hablar en voz muy baja.

—¿Sabes qué le pasa a Paula? —preguntó Chloe para cambiar de tema.

La desaparición de la asistente de dirección a media mañana el día anterior la había desconcertado, pero cuando intentó hablar del tema con Charlie y Amira, la miraron con el ceño fruncido como si se estuviera extralimitando por sacarlo a colación. Charlie supuso que Paula se había sentido indispuesta, mientras que Amira le soltó un «No es asunto tuyo, ¿no?». A ninguno de los dos pareció inquietarles ese comportamiento tan fuera de lugar. Charlie y Amira ni siquiera levantaron la vista de su mesa cuando Rachel volvió del almuerzo, con ese apósito en la frente, y montó un pollo por el hecho de que Paula no estuviera, e hizo que Chloe le dejara varios mensajes en el contestador para preguntar dónde estaba. Dijeron que estaban muy ocupados; pero, más tarde, Chloe los vio junto a los ascensores, con pinta de estar discutiendo por algo, así que era evidente que no estaban tan ocupados.

—Ni idea —contestó Sarah, y le soltó el brazo—. A lo mejor ha tenido un bajón postraumático después de lo de la cuerda en las torres. Me sorprende que no estemos todos medio atacados, dándonos cabezazos contra la pared. El ambiente de este sitio es tóxico.

—Pero ¿tú estás bien? —preguntó Chloe—. Con el bebé y todo lo demás.

Para su consternación, Sarah se llevó una mano a la boca, como si hubiera dicho algo sorprendente.

—Ay, Dios, lo siento. Pero no pasa nada malo, ¿verdad? —insistió Chloe, alarmada—. ¿He metido la pata?

Sarah habló con voz estrangulada, cuando por fin fue capaz de hacerlo.

—No te preocupes. Es que eres la primera persona que me pregunta por el embarazo. Me refiero a preguntarme con buena intención. La verdad es que, en cierto sentido, me habría gustado que Rachel me despidiera. Es espantoso saber que todo el mundo está resentido conmigo. Incluso Charlie.

Eso le recordó a Chloe la discusión que había presenciado entre Charlie y Amira, pero justo cuando estaba a punto de preguntarle a Sarah si sabía lo que les pasaba, la puerta de los servicios se abrió y entró Rachel con sus vertiginosos zapatos de tacón. *Tap, tap, tap, tap.*

A Chloe se le secó la boca de repente.

—Chloe, supongo que ya has terminado los informes, ¿verdad?

—Solo he venido... al baño —susurró ella, antes de regresar, humillada, a su puesto.

Después de terminar los temidos informes, que sabía que Rachel encontraría deficientes de todas formas, Chloe entró en su dirección de correo electrónico. En su bandeja de entrada había 73 mensajes nuevos. Se le cayó el alma a los pies. Nunca había sido especialmente ambiciosa, siempre se había imaginado que la vida saldría a su encuentro y no al revés. Pero pensar que había pasado todos esos años estudiando, que había soportado no solo a todos esos profesores particulares que aparecían en la puerta los miércoles por la tarde con el casco de la bici en una mano, sino también las clases universitarias a las nueve de la mañana a las que se había obligado a ir, que había soportado ese momento de infarto mientras sostenía el sobre con las notas... y todo para acabar sentada a una mesa un martes por la mañana, en una oficina desmoralizada, lidiando con 73 mensajes sobre cuestiones relacionadas con la seguridad laboral, la nueva política de la cafetería de la empresa, además de preguntas del departamento de Contabilidad, de Sistemas y de Recursos Humanos. De repente, sintió un pánico atroz. Miró de reojo a Paula y se estremeció: un vistazo a un futuro nada prometedor.

Intentó desterrar de su cabeza esos lúgubres pensamientos. Normalmente era una persona muy positiva, que publicaba con regularidad listas dando las gracias en las redes sociales, pero el opresivo ambiente en la oficina («tóxico», como lo había denominado Sarah) empezaba a hacerle mella. No miró a Ewan, sentado dos mesas más allá; pero era muy consciente de todos sus movimientos, de cómo se movía su pecho con cada respiración, de los golpecitos de su bolígrafo contra la mesa mientras tenía el teléfono pegado a la oreja, a la espera de que le contestaran.

Se obligó a concentrarse en la pantalla y empezó a repasar la interminable lista de mensajes hasta que sus ojos repararon en un nombre conocido. Gill Marsh. «¡Hola, pipiola!», rezaba en «asunto». Era el apodo cariñoso que Gill le había puesto nada más empezar a trabajar como becaria, poco después de salir de la universidad, pero ya no le provocaba el mismo efecto alentador. En cambio, le provocó inquietud. «Solo quería saber cómo había ido el fin de semana. ¿Algún cotilleo del que debería enterarme?», ponía el mensaje. Chloe echó un vistazo por la oficina, con la sensación de que todos la estaban mirando, de que todos sabían lo que hacía, lo que había hecho. Aunque comprobó que todos estaban atareados con su trabajo, no podía quitarse de encima la sensación de que la estaban juzgando.

«No es culpa mía —quería decirles—. Solo tengo veinticuatro años.»

No contestaría el mensaje, decidió. Ya había hecho bastante. Había hecho mucho más de lo que Gill podría esperar. El problema era que le estaba muy agradecida a Gill por darle un trabajo a jornada completa, por acogerla bajo el ala y por ser tan amable con ella, incluso al principio, cuando lo hacía todo mal. Gill era la clase de jefe paciente y comprensivo que todo el mundo debería tener al inicio de su carrera profesional. Había defendido a Chloe en las pocas ocasiones en que los demás habían perdido la paciencia con ella por cometer un error y había sacado tiempo de su apretada agenda para ser su mentora, para explicarle cómo priorizar las tareas y cómo aceptar las críticas sin tomárselas como algo personal. Habían sido casi amigas, pese a la diferencia de edad. Chloe puso el grito en el cielo cuando despidieron a Gill tan de repente, de forma tan arbitraria, aunque también lo pasó fatal por lo que significaba para ella. Sabía que iba a echarla muchísimo de menos. Así que cuando Gill empezó a preguntarle por lo que se estaba cociendo en la oficina a las pocas horas de que la expulsaran del edificio, no le importó en absoluto responderle. En su opinión, habían tratado a Gill de forma execrable y seguía siendo su jefa de pleno derecho. ¿No había sido Gill quien se había ganado a todos los grandes clientes con que trabajaban? ¿No había ideado Gill todos los sistemas que usaban? De modo que cuando Gill sugirió que algunos «altercados» menores, algunas alteraciones sutiles, podrían garantizar que Rachel no pasaría el período de prueba, Chloe no necesitó que le insistiera para convencerla.

Cambiar la hora en la pizarra de Sarah para que la reunión no saliera bien había sido fácil, pero Chloe sintió un aguijonazo de culpa al ver lo mucho que se había alterado Sarah y todo lo que había tenido que aguantar de Rachel. Machacar los laxantes para mezclarlos con el azúcar había sido idea de Gill. «Solo un poquito», dijo Gill cuando se reunieron para tomarse una copa después del trabajo, mientras le daba un blíster con las pastillas. «No te preocupes, no tendrá efectos a largo plazo, solo tendrá que salir corriendo al baño de vez en cuando para animar un poco el cotarro.» Fue evidente que no las había mezclado bien, porque el pobre Charlie fue el único que pagó todas las consecuencias, pero Gill tenía razón. No tuvo efectos a largo plazo y Charlie estaba como una rosa al cabo de unas horas.

Gill había dejado el fin de semana de convivencia en manos de Chloe. «Seguro que Mark Hamilton se planta allí —le dijo en un correo electrónico—. Cualquier excusa es buena con tal de alejarse de su mujer. Así que será la oportunidad perfecta para llevar a cabo un poquito de sabotaje y que quede bien claro que Rachel no controla nada. Tú solo mantente alerta ante cualquier oportunidad de armar alboroto.»

Lo de la cuerda de seguridad había sido una locura transitoria, y, cómo no, resultó un error espantoso. Cuando se dio cuenta de lo fácil que sería aflojar la tuerca del mosquetón que la enganchaba al arnés, no pensó ni por un segundo que iba a poner a alguien en peligro. Estaba tan cabreada con Ewan que había decidido darle un escarmiento, borrarle la sonrisa de la cara... tal vez incluso humillarlo un poco (otra vez esa palabra). Cuando llegó a la cima de la primera torre, mientras todos estaban pletóricos y eufóricos y se ayudaban los unos a los otros a subir, se dio cuenta de que la línea de las cuerdas de seguridad colgaba del cable guía superior, a la espera de que las engancharan, y ni siquiera se paró a pensar. Sabía que Ewan era el penúltimo porque lo había visto ponerse en la cola antes de que ella empezara a subir, de modo que contó y contó otra vez para asegurarse de que escogía la cuerda correcta. ¿Cómo iba a imaginarse que se cambiaría con Paula en el último momento? No entendió lo que significaba la expresión «con el corazón en la boca» hasta que estuvo en la otra torre, mirando a la pobre Paula dar pasitos por el cable en mitad de las torres, muerta de susto.

Mientras esperaba que rescatasen a Paula, con el estómago hecho un nudo, Chloe se juró en silencio que dejaría de hacerle el trabajo sucio a Gill. Pero luego llegó ese momento durante el ejercicio de orientación, cuando salió al claro y vio a Sarah dormida y Rachel de espaldas a ella, de pie al borde del escarpado riachuelo, y fue incapaz de resistir el impulso. Un empujoncito. Ni siquiera un empujón de verdad, más bien un toquecito, y al suelo. En realidad, no quiso hacerle daño, ni siquiera sabía que habría piedras abajo. Solo pensaba en lo avergonzada que se sentiría Rachel cuando acabara despatarrada en el barro, delante de toda su tropa.

Y también delante de Ewan.

Claro que luego todo se torció porque Rachel se hirió en la cabeza. Por un espantoso momento, Chloe creyó que estaba muerta.

Pero eso ya era agua pasada. Comprendía por qué su antigua jefa estaba cabreada, y le encantaría ver cómo le devolvían a Gill su puesto después de que el departamento se fuera a pique al mando de Rachel; pero ella ya había hecho su parte, durante la cual dos personas casi habían sufrido daños, y no quería tener nada más que ver con el asunto.

A decir verdad, Chloe empezaba a asustarse un poco por la forma en que Gill se había comportado desde su despido. A simple vista, siempre fingía que las cosas iban de maravilla, como si hubiera tenido un aluvión de ofertas de empleo y se estuviera tomando su tiempo para escoger. Sin embargo, Chloe sabía, gracias a los detalles que se le habían escapado a Gill, que no se estaban dando puñetazos precisamente para hacerse con sus servicios. Y si bien nadie podía culparla por odiar a Rachel, esa obsesión por su sustituta daba bastante repelús.

Ojalá pudiera hablar con Ewan al respecto. De todo.

Redactó un mensaje a toda prisa: «¿Una pinta en el Blue Posts después del trabajo?» Pero luego recordó su cara sobre ella en la habitación del hotel de Derbyshire, sus manos alrededor del cuello, y borró el mensaje, sintiéndose más sola que nunca.

Con la sensación de que tenía un enorme peso de plomo en el estómago, Chloe retomó la tarea de repasar los mensajes no leídos que tenía en la bandeja de entrada, pero volvió a desconcentrarse cuando la puerta de la oficina se abrió y apareció Mark Hamilton. Su presencia en esa planta era lo bastante inusual como para despertar la curiosidad de Chloe, sobre todo cuando se detuvo junto a la mesa de Amira. Para sorpresa de Chloe, Amira asintió con la cabeza antes de apartar la silla de su escritorio y seguir a Mark hasta el despacho de Rachel. El jefazo llamó una vez antes de entrar sin más, seguido por Amira. En el interior se oyeron voces airadas. Chloe miró a Sarah a los ojos, pero esta se encogió de hombros con un gesto casi imperceptible de «no tengo ni idea de lo que pasa».

El misterio aumentó cuando, unos minutos después, la puerta se abrió de golpe y apareció Rachel, con aspecto muy nervioso, para variar.

—Charlie. Ven un momento.

«¿Charlie? ¿Y ahora qué pasa?», pensó Chloe.

En su mesa, Charlie soltó un largo suspiro que se oyó en toda la oficina. Luego, muy despacio, se puso en pie y fue al despacho de la jefa. Chloe miró de nuevo a Sarah, pero esta se había dado la vuelta cuando Charlie pasó junto a ella. Chloe se sentía mal por ella. Perder un aliado era desolador. Las voces en el despacho seguían altas. Y luego la puerta se abrió por tercera vez y salió una Rachel muy pálida.

—Paula. ¿Puedes reunirte con nosotros, por favor?

Chloe volvió la cabeza hacia la mesa de Paula, convencida de que la vería ponerse en pie de un brinco como era su costumbre. Sin embargo, la asistente de dirección se mantuvo quieta, con la vista clavada en la pantalla de su ordenador y la misma expresión rara que había tenido todo el día. Algo iba muy mal.

—Paula, ¿me has oído? Te estoy pidiendo que vengas a mi despacho.

Paula siguió sin responder, mirando la pantalla del ordenador como si estuviera enfrascada en un videojuego y ellos, Rachel, Chloe, Amira e incluso Mark Hamilton, fueran personajes, no personas reales.

—¿Paula?

Por primera vez, Chloe detectó un temblor en la voz de Rachel y, para su sorpresa, le dio un poco de pena. Había algo muy raro en el hecho de que Paula se negara a contestar. Algo inquietante.

Durante unos segundos, Rachel se quedó en la puerta

de su despacho, como si no supiera qué hacer a continuación. Paula se mantuvo inexpresiva.

El silencio se extendió por toda la oficina como una goma elástica, hasta que se tensó lo bastante para romperse.

35

Sarah

—Vas a tener que decirles que te encuentras mal. Lo entenderán.

—¿Te has vuelto loco? Ayer hubo una reunión en la que básicamente intentaron decidir cómo librarse de mí. Si me despiden, no tendré paga de maternidad, no tendré nada. Y nadie me contratará durante mi embarazo. Así que, a menos que de repente te den un ascenso para que puedas mantenernos a todos, vas a ser tú quien tenga que tomarse el día libre.

—Pero hoy tengo que hacer un montón de cosas. Ay, joder. Vale, vale, pero como hoy vuelvas de la misma manera que volviste ayer...

Oliver la fulminó con la mirada, como si ella hubiera elegido que la acosaran en el trabajo y amenazasen su puesto. Pero luego se ablandó.

—Ven aquí. —Extendió los brazos y ella se pegó a su pecho, agradecida, deseando poder meterse en su torso y ser otra persona durante un rato. Estaba agotada de ser ella misma.

—Mamá, tú te quedas. —Sam se había bajado de la cama y se aferraba a ella desde atrás, con la ardiente mejilla pegada a su espalda.

—Vuelve a la cama, cariño. Papá va a quedarse contigo hoy.

—No quiero a papá. Te quiero a ti.

Sam se echó a llorar y empezó a moquear, de manera que le humedeció la parte posterior de la única camisa limpia que había podido encontrar esa mañana. Intentó explicarle que tenía que ir a trabajar, pero sus sollozos aumentaron, lo que hizo que Joe también se echara a llorar; así que, cuando por fin salió de la casa, el llanto de su hijo la acompañó hasta la calle.

Delante del edificio de oficinas titubeó, porque no quería entrar por la puerta principal. El corazón ya le latía acelerado y tenía un regusto amargo en la boca. Miedo. La recepcionista la miró con ojos inexpresivos mientras se dirigía a los ascensores. Los pies le pesaban una tonelada. Todo en su interior le gritaba que se diera media vuelta y regresase con su familia.

Casi esperaba encontrarse la oficina vacía. Paula había estado de un humor tan raro el día anterior, que Sarah creía que estaba al borde de un ataque de nervios. Además, ¿qué tramaban Charlie y Amira? O Ewan y Chloe, ya que lo pensaba. Pero cuando llegó a la quinta planta, todos estaban allí, en sus puestos. A lo mejor también temían las consecuencias de no presentarse a trabajar más de lo que temían estar allí.

Sarah se dejó caer en su silla e intentó no mirar a nadie. La tensión en el ambiente era palpable. Estaba calculando cuántas semanas le faltaban para poder tomarse la baja por maternidad, cuando Chloe se inclinó sobre su mesa.

—¿Cómo te sientes? —susurró.

Muy a su pesar, Sarah se sintió conmovida. Era evidente que Chloe intentaba trabar nuevas amistades desde lo que fuera que le había pasado con Ewan. Aunque se hacía una idea de lo que había sucedido, las cosas ya estaban bastante mal sin inventar situaciones que a lo mejor ni eran ciertas.

—Estoy bien. Bueno, salvo porque me siento fatal.

—Ja. Ya. —Chloe tenía la expresión de alguien que quiere obviar los prolegómenos de rigor para ir al meollo de algo más interesante—. Adivina quién está dentro. —Señaló los tabiques de cristal del despacho de Rachel, cuyas venecianas estaban cerradas una vez más, ocultando lo que sucedía en el interior.

Sarah se encogió de hombros.

—Mark y Rachel —le dijo Chloe—. Mark parecía muy serio cuando ha llegado. ¿Crees que puede estar a punto de darle la patada?

Sarah sintió que algo nacía en su corazón, algo que intentó controlar.

—No creo, Chloe. Pero sí puede que le esté dando algún consejo. Le hace falta.

Chloe parecía desilusionada.

—Ojalá lo hiciera. Rachel ha arruinado el departamento. Antes era divertido trabajar aquí, ¿verdad?

Sarah reflexionó. ¿Era divertido trabajar con Gill? Desde luego reinaba la armonía y era menos estresante, pero ¿divertido?

La puerta del despacho de Rachel se abrió y salió Mark Hamilton, seguido de la propia Rachel.

La cara de Mark ya no lucía la expresión de estudiada relajación que había tenido todo el fin de semana de convivencia. Vestido de nuevo con chaqueta y corbata, después de la ropa deportiva que tan mal le quedaba, exudaba una autoridad de la que había carecido en Derbyshire. A su lado, Rachel parecía encogida.

—Acercaos todos, por favor.

Incluso su voz había ganado peso desde el fin de semana, porque resonó entre las mesas de contrachapado gris y las pantallas de ordenador, cuyos salvapantallas personalizados eran lo único que le confería personalidad a una oficina muy anónima. Un primer plano de Ryan Gosling (Amira); una playa tailandesa, de arenas blancas, palmeras y coloridas barcas (Chloe); dos niñitos regordetes, tomando chocolate con sonrisas orgullosas, como si su glotonería fuera una hazaña de la que vanagloriarse (la propia Sarah).

Sarah se puso en pie a regañadientes. Aunque la barriga apenas se le notaba, había recuperado el peso extra que había ganado desde su último embarazo, y se sintió consumida por el cansancio, como si el bebé le estuviera robando toda la energía. Ansiaba estar en casa, tumbada en el sofá viendo dibujos animados con Sam, los dos cubiertos por la suave manta de lana que siempre tenía doblada en el brazo del sofá.

Sin embargo, la curiosidad por lo que quería decir Mark la llevó a alejarse de su mesa. Se preguntó si Chloe tendría razón. ¿Iban a despedir a Rachel delante de todos? Al fin y al cabo, la última vez que Mark los había reunido sin previo aviso fue para decirles que Gill se marchaba y que Rachel iba a hacerse cargo. Miró a Charlie, que hizo una mueca de «ni idea, pero no tiene pinta de buenas noticias». Al menos, volvía a mirarla.

—Muy bien —dijo Mark cuando todos estuvieron congregados. Estaba medio sentado en la esquina del escritorio de Paula, de modo que uno de sus zapatos negros de cuero quedaba plantado en el suelo, mientras que el otro se balanceaba a unos centímetros. Levantó una mano para frotarse la nariz, dejando al descubierto una muñeca bronceada, salpicada de pecas y vello rubio, sobre la que relucía un reloj de plata tan grande que sin duda estaba diseñado para un hombre mucho más corpulento—. No voy a andarme por las ramas. Creo que todos somos conscientes de que el ambiente de esta oficina no es el más adecuado. Se suponía que el fin de semana de convivencia era para que aprendierais a trabajar en equipo, pero parece que solo ha servido para aumentar la división. Ahora entiendo que muchos erais leales a Gill y que el período de transición ha sido difícil para vosotros, pero sois profesionales y vuestra lealtad debe ser en todo momento para la empresa que os paga el sueldo. Contratamos a Rachel por un motivo concreto: aumentar la productividad de este departamento y conseguir que los márgenes de beneficio estén en consonancia con los del resto de la empresa. ¿Creéis que esto es una ONG o qué?

Cuando soltó esa pregunta, Mark miraba directamente a Chloe, que puso cara de que acababan de abofetearla, con la boca abierta y expresión alarmada. Chloe solo cerró la boca cuando esa mirada recorrió a los demás congregados, que se removieron, incómodos, con la vista clavada en sus zapatos o en un punto por encima de la cabeza de Mark, en vez de mirarlo a los ojos y verse obligados a enfrentar su desafío. Sarah sintió que se encogía cuando su mirada pasó sobre ella.

—Rachel y yo hemos mantenido una larga conversación y hemos llegado a la conclusión de que es imposible que implemente los cambios para la que la contratamos a menos que cuente con un equipo que la apoye al cien por cien, que le sea leal y le ofrezca dedicación absoluta. No pienso señalar a nadie en concreto ahora mismo, pero hay miembros del personal que han sido, en el mejor de los casos, un obstáculo; y en el peor, destructivos... Y voy a hablaros muy claro: no toleraré semejante comportamiento. Rachel es una ejecutiva con mucha experiencia y un currículum ejemplar que ha sido contratada para realizar un trabajo, y tenemos suerte de contar con ella. Quien tenga algún problema con esta situación ya puede ir buscando trabajo en otra parte.

Una vez más, recorrió con la mirada a los congregados y una vez más Sarah se encogió bajo su mirada. ¿La estaba acusando a ella de ser un obstáculo, de ser destructiva?

A la postre, satisfecho de haber dejado clara su postura, Mark continuó:

—Venía con la intención de hacer cambios drásticos, pero Rachel me ha convencido de que le dé otra oportunidad al departamento, a ver si se endereza. Cree, y yo soy de la misma opinión, que hace falta una charla para despejar el ambiente, en un lugar neutral, lejos de la oficina. A tal efecto, se ha ofrecido a organizar una reunión mañana por la mañana en su propia casa, cerca de aquí. En circunstancias normales, no permitiría que todo un departamento se ausentara varias horas en horario laboral, pero creo que las circunstancias tienen poco de normales. Después de la debacle del fin de semana, os sugiero a todos que dediquéis el resto del día y toda la noche a pensar en las áreas que marchan mal y en maneras para mejorarlas. No quiero que la reunión se convierta en una excusa para airear trapos sucios. Quiero oír propuestas a fin de introducir cambios para que este departamento empiece a funcionar y dé los mismos resultados que el resto de la empresa. Pero no habrá otra oportunidad. Si no sois capaces de arreglar vuestras diferencias, tendré que acometer una reestructuración drástica.

Mark los miró a todos una vez más y se marchó de la oficina con el paso de alguien con un cuerpo mucho más poderoso. A Sarah le costaba imaginar que el hombre que había cruzado con temor aquel puente colgante y había permitido que lo comparasen con una flor o una mascota fuera el ejecutivo agresivo que acababa de ver. Se volvió para ver la reacción de Rachel, pero solo vio su espalda antes de que cerrase la puerta de su despacho. Luego buscó a Charlie, pero estaba mirándose el brazo, rascándose el corte que había estado cubierto por un apósito todo el fin de semana y que, en ese momento, ya tenía una costra y rastros de sangre seca. Mientras lo observaba, Sarah se estremeció, no por la sangre fresca que apareció al rascarse la seca, sino por la expresión de Charlie, por el hecho de que sus facciones parecían haber perdido todo lo que lo caracterizaba, como si lo hubieran reseteado a la configuración inicial de fábrica, mientras se miraba fijamente el brazo y seguía rascándose hasta que la sangre brotó en hilillos carmesíes que se extendieron por el brazo.

36

Anne

Lo estoy viendo en las noticias. No ha cambiado mucho. Tan seguro de sí mismo como siempre. O más, porque ahora es una seguridad nacida de la autoridad más que de la confianza de la juventud. Parece muy cómodo ante la cámara, algo que no me sorprende, la verdad. Lleva años participando en programas documentales y de noticias como colaborador experto. Décadas. Sabe cómo resumir la información con frases cortas. Y sabe cómo decir «Nos equivocamos» de manera que no parezca una admisión de culpabilidad, sino un resumen sincero de una situación difícil. Tal vez no llegáramos a la conclusión correcta, pero nuestros métodos y nuestra motivación fueron irreprochables.

«Nadie podría haberlo imaginado —asegura—. Recabamos todas las evidencias y, basándonos en una evaluación intensiva, hicimos un diagnóstico profesional siempre pensando en el bienestar de los niños, que es lo único que habría podido hacer cualquiera, dadas las circunstancias.» Mira directamente a la cámara mientras habla. Tiene las cosas claras: a veces se gana y a veces se pierde. La vida es así.

«Así que, profesor, ¿usted no diría que su diagnóstico fue equivocado?», le pregunta el entrevistador.

Dan Oppenheimer niega con la cabeza con una media sonrisa, como si quisiera decir «sé que debes hacer de abogado del diablo, pero no vayas por ahí».

«Debe recordar que eran tiempos distintos. Nuestra visión de la psicología infantil y de los efectos de los traumas sufridos a edad temprana ha cambiado por completo desde entonces. Y es obvio que nos enfrentábamos a un límite de tiempo. Queríamos ofrecerle la mejor oportunidad a los niños para llevar una vida normal y buena, algo que creo que a la postre hicimos, hasta ahora. Y para conseguirlo, tuvimos que tomar decisiones rápidamente.»

«¿Sería justo decir que cimentó usted su carrera profesional en ese caso? —pregunta el entrevistador—. El libro que escribió cuando daba clase en Stanford, *El niño que vivía en el sótano (y la niña que lo mantenía encerrado)*, fue lo que lo propulsó al estrellato académico. ¿No sigue siendo el mayor superventas de todos los tiempos publicado por una universidad?»

«En Estados Unidos —precisa Dan, y se encoge de hombros con modestia—. Pero debo señalar que he publicado otros libros después de ese y que mis intereses se han trasladado a otros campos.»

El entrevistador no está por la labor de dejarse engañar.

«Pero este fue el libro que cimentó su reputación. Y ahora resulta que tanto usted como... —dice, y echa un vistazo a las notas que tiene delante, en la mesa— el profesor Kowalsky cometieron un error al apoyar una adopción en el extranjero. Y como resultado de esa decisión, pusieron a otras personas en peligro y, en última instancia, contribuyeron a que se produjeran en Inglaterra los terribles acontecimientos recientes.»

«Como sabe —replica Dan, abandonada ya toda frivolidad de su semblante—, el profesor Kowalsky fue el psiquiatra que lideraba el caso, y también había otra profesora universitaria que colaboraba en el proceso de evaluación.»

A solas en mi salón, con los pantalones deportivos aún puestos y con el pelo canoso apartado de la cara por un grueso elástico negro, siento que se me tensa todo el cuerpo. ¿Ha llegado por fin el momento? ¿El punto en que me desenmascaran? ¿Se reconocerá por fin mi colaboración? Me descubro temiéndolo y deseándolo a la vez.

«No creo que tenga sentido nombrarla a estas alturas. Era una joven recién graduada y a la que el caso le resultó... un desafío emocional.»

Tomo una brusca bocanada de aire.

«Puesto que el profesor Kowalsky ha muerto, es usted el único que puede contarnos qué sucedió. Después de todo, profesor Oppenheimer, usted dio luz verde a la adopción.»

«Bueno, Brad, debe entender que estamos hablando de una criatura muy pequeña, de manera que su personalidad distaba mucho de estar formada, pero le aseguro que parecía inteligente, que aprendía con suma rapidez y era capaz de demostrar empatía y crear vínculos emocionales con otras personas. Pese a las atrocidades que habían sucedido en su hogar, no mostraba hostilidad aparente y casi ninguna agresividad. En última instancia, la decisión recaía en el profesor Kowalsky. Él era el psiquiatra jefe del equipo. Yo solo estaba empezando y, aunque debo admitir que ciertos detalles me alertaron, acepté sin rechistar el criterio más experimentado del profesor.»

Aferro el mando a distancia. Por primera vez, caigo en la cuenta de que no habrá desagravio, de que no se reparará el mal causado. Ed Kowalsky está muerto, falleció a causa de un derrame cerebral mientras hacía cola para comprarse un zumo después de haber obtenido un meritorio sexto lugar en la carrera ciclista de veteranos. La ironía no le pasó desapercibida a nadie. Para sorpresa de todos, al final no se aprovechó del caso sensacionalista de la Casa de los Horrores más allá de usarlo para consolidar su posición en la universidad. La excusa que esgrimió fueron sus hijos, su apego a la ciudad. Pero, en realidad, carecía de ambición. Le gustaba ser el pez gordo en el estanque pequeño. Le gustaba que el rector y el vicerrector lo invitaran a cenar en su club de golf y que lo describieran como «una de las joyas de la corona de la universidad». No creo que se recuperara jamás del meteórico éxito de Dan Oppenheimer. Ed publicó sus propias conclusiones sobre el caso, por supuesto. Todos sus artículos tuvieron buena acogida, pero ninguno de ellos lo convirtió en una estrella más allá del reducido mundo académico. Antes pensaba que yo era la única traumatizada por el caso de Menor L, pero después de la muerte de Ed me percaté de que no era así.

Hasta el día de su muerte, que, dicho sea de paso, me permitió ascender hasta el puesto que ocupo ahora, admito que fantaseé con la idea de que le pidieran cuentas. Bueno, a él y a Oppenheimer. Y ahora que el día ha llegado por fin, y que solo queda Oppenheimer, veo que no va a suceder. Nada puede desacreditar al profesor Dan Oppenheimer porque todos esos años de éxitos y fama son el grueso de su credibilidad, sin tener en cuenta lo que sucedió antes.

37

Rachel

Rachel estaba nerviosa, como si fuera la propietaria de una casa que se está preparando para la llegada de un cliente potencial, no una jefa que se está preparando para recibir a sus subordinados. Repasó la cocina con ojo crítico, revisando la pared de relucientes armarios blancos, cuyos tiradores no arruinaban el frontal satinado, tal como ella se temía cuando se sentó a hablar con el diseñador de la cocina.

—No; tiene que ser todo limpio —insistió cuando el diseñador sugirió interrumpir la interminable superficie blanca con algún toque de color o una textura diferente, incluso con un tono marfil.

El diseñador se llevó una decepción porque ella se mantuvo en sus trece, pero, claro, él no había llegado hasta donde había llegado ella, no había cocinado en una cocina tan diminuta que parecía que las paredes, con los armarios de contrachapado y las puertas desvencijadas, estaban a punto de caérsele encima. No se había jurado a sí mismo que si conseguía evitar los trabajos de mierda que su madre había tenido que aceptar, la ausencia paterna que había reducido la ambición y la autoestima de sus hermanos al sucio polvo que esnifaban de mugrientas cisternas, lo que significaba que debía quedarse a cargo de su hermana pequeña a todas horas, aunque solo tenía dos años menos que ella... que si conseguía escapar de todo eso, viviría en un lugar limpio y luminoso que sería solo suyo.

Rachel adoraba su casa. Cuando Ronan y ella fueron a visitarla, estaba dividida de forma caótica en estudios y apartamentos, y a Ronan le disgustó la distribución y el desagradable olor de las pertenencias de otras personas, un olor que brotaba de los desvencijados muebles. En su opinión, era muy pequeño. Sus compañeros (trabajaba en un banco de inversión) vivían en apartamentos lujosos con vistas al río o en mansiones enormes en Kensington o Notting Hill, de modo que él tenía algo más impresionante en mente. Pero en cuanto aparcaron delante de la casa, que estaba al final de una calle llena de adosados blancos de estilo georgiano, en Islington, y Rachel vio la perfecta simetría con los tres ventanales en cada piso y la amplia escalinata que conducía a una elegante entrada, supo que la quería.

—Echaremos abajo estos dichosos tabiques y devolveremos las estancias a su tamaño original —anunció al tiempo que golpeaba una pared de escayola, en busca del sonido a hueco característico.

—Pero ni así será lo bastante grande —protestó él—. Buscamos una casa familiar, ese era uno de los requisitos.

Era también un recordatorio de los hijos que habían acordado tener, pero que ella seguía retrasando. Siempre había un hito más en su carrera que debía alcanzar antes de poder tomarse un respiro. Ronan sabía que lo mejor era no sugerir siquiera que no hacía falta que trabajara. Aunque no conocía al detalle sus orígenes (nadie lo conocía, ella se había asegurado de que así fuera), sabía lo bastante para darse cuenta de que cuando uno se ha visto obligado a trabajar mucho para llegar al lugar que quiere, no se renuncia a eso fácilmente. Si el trabajo ha sido tu salvación, siempre estás en deuda con él.

—El espacio no es problema —dijo el agente inmobiliario, que presentía una venta—. La mitad de las casas de esta calle han ampliado el sótano y añadido una o dos plantas. También pueden excavar en la parte trasera y añadir todas las ventanas que quieran para que no sea oscuro. La mayoría tiene una cocina ahí abajo, y a veces un gimnasio o una sala multimedia, o incluso una piscina.

Que era justo lo que ellos habían hecho, y cuando estuvo terminada, incluso Ronan tuvo que admitir que ella tenía razón. Los dos amplios pisos superiores, con sus altos ventanales, se completaban con la cocina en el sótano, donde entraba luz a raudales a través de los ventanales orientados al recién excavado patio trasero, y debajo de la cocina, una zona de gimnasio con sauna y zona de baño. Dado que ese piso no tenía luz natural, Rachel se había decantado por decorarlo como una especie de cueva, con suelos de pizarra negra y paredes forradas con piedra oscura. Habían añadido un extra en una pared, de modo que daba la sensación de que había una cascada de agua cristalina que parecía brotar de un manantial subterráneo. Unas bombillas de bajo consumo encastradas en la piedra eran la única fuente de iluminación, lo que contribuía al ambiente claustrofóbico que había buscado. Rachel se había opuesto al gimnasio al principio, por temor a que no encajara con la elegancia georgiana del resto de la casa; pero, a esas alturas, pasaba horas allí abajo, castigándose en la cinta de correr, sumida en la penumbra, disfrutando de la sensación de estar aislada de todo y de todos, enterrada en las entrañas de su preciosa casa. Después del ejercicio, se desnudaba, echaba agua sobre el carbón y se tumbaba en el banco de madera de la sauna, para eliminar con el sudor la suciedad y las impurezas hasta que salía veinte minutos después, renovada y renacida.

Por más estresante que hubiera sido el día, sentía cómo se evaporaba la tensión en cuanto entraba en la casa y pasaba al amplio vestíbulo con suelos de madera pulidos y la escalinata que se curvaba con elegancia para llegar al piso superior. De modo que para ella fue algo natural ofrecerse a organizar esa reunión urgente de personal en su casa. Según su experiencia, poco podrían despejar el ambiente en la oficina, donde la política y la jerarquía estaban siempre presentes en cualquier conversación. En principio, no había querido participar en el fin de semana de convivencia, pero esperaba que al menos sirviera para solucionar los problemas en el departamento, para separar el grano de la paja, de modo que los que quedaran volvieran con las pilas cargadas. Pero la cosa no había salido así. Pasaron cosas muy raras durante ese fin de semana, desde el principio. Ella había intentado liderarlos a todos, sobre todo con el deseo de impresionar a Mark, pero el ambiente se había enrarecido cada vez más.

Rachel no era muy dada a las fantasías. Cuando uno procedía de donde procedía ella, se aprendía muy pronto que solo lo real y lo tangible tenían valor: no se podía confiar en nada más. De modo que sabía que no se había inventado que alguien la empujó por la espalda cuando estaba junto al riachuelo. Pero ¿cómo saber con seguridad que había sido una mano y no alguien que la rozara al pasar, una súbita ráfaga de viento o imaginaciones suyas tras la pérdida de conocimiento? La incertidumbre era algo con lo que se creía incapaz de vivir.

La ponzoñosa política de la oficina empezaba a pasarle factura. Siempre había tenido que luchar por todo y, para ella, era normal entender el trabajo como una competición. Las personas no sacaban lo mejor de sí mismas a menos que tuvieran algo que perder. De modo que siempre promovía una sana rivalidad entre su personal. Pero Amira y Charlie habían descubierto que los había estado enfrentando, y los dos se mostraban abiertamente hostiles con ella; mientras que la sufrida Sarah, sin duda la más débil de la oficina, se había quedado embarazada y, por tanto, no podía despedirla. Mark fingía que la apoyaba, pero le había recordado con elocuencia que seguía en su período de prueba. En su opinión, sería un desastre que «prescindieran» de ella tan poco tiempo después de haber aceptado su nuevo puesto, máxime teniendo en cuenta lo que había pasado en su anterior trabajo.

Rachel presionó la esquina superior de uno de los elegantes armaritos de cocina, haciendo que se abriera silenciosamente. Extendió un brazo y sacó dos cuencos de estilo marroquí, uno naranja y otro azul cobalto, que procedió a llenar con patatas fritas y nueces. Había pensado en pedir comida a una de las empresas de *catering* que a veces usaba cuando Ronan y ella recibían invitados, pero no quería dar la impresión de estar alardeando. Era importante ofrecer la imagen apropiada. El buen gusto no era difícil de adquirir, simplemente se copiaba de otras personas o de revistas, hasta que se convertía en algo propio, o en algo casi tan propio que no había diferencia. Pero ese asunto de los matices, de juzgar las situaciones sociales, de saber cuándo no entrar a saco, era más complicado. Y negociar era algo que iba contra su instinto, al igual que reprimirse, saber cuándo jugar las cartas o cuándo ocultar la que llevaba en la manga.

Aún seguía aprendiendo, y equivocándose muchas veces. Para Rachel, los interminables compromisos y el protocolo que había que seguir para crear «relaciones profesionales armoniosas» (¡cómo odiaba la jerga de Recursos Humanos!) eran una tortura. El mundo no funcionaba así. El mundo era un lugar donde un perro se comía a otro, desde los niños en la India que rebuscaban en los montones de basura para sobrevivir hasta los jefes de Estado que se reunían en ese momento para discutir sobre la acuciante crisis de los refugiados. De modo que ¿por qué tenían que fingir que la vida laboral era como una merienda elegante durante la cual todos «validaban las opiniones de los demás» y solo se producían «críticas constructivas»? Se había encontrado con un montón de Paulas y Sarahs, hormiguitas debiluchas que trasladaban su vida personal a la oficina como los caracoles, siempre a cuestas. No durarían ni un día en la oficina de Ronan, donde el ambiente estaba tan cargado de testosterona que manchaba los dedos, se pegaba a la garganta y te obligaba a endurecer muchísimo la piel so pena de acabar despellejado como un rinoceronte.

Por supuesto, la cara negativa de esa realidad fue que a Ronan cada vez le costaba más distanciarse de la persona que era en el trabajo, y había empezado a llevarse a casa parte de esa abrasiva personalidad cada noche. Rachel creía que jamás olvidaría el día que Ronan le dijo «No te lo tomes como algo personal» cuando ella descubrió la dirección de correo electrónico secreta que había usado para mandarle mensajes y fotos de su pene a la becaria de veintidós años con la que se había estado acostando durante ocho meses. La dejó la semana antes de que Rachel aceptara su nuevo puesto en Mark Hamilton Recruitment.

El sonido del portero automático la sobresaltó. Una miradita a la pantalla le reveló a Paula delante de la gruesa cancela negra que habían instalado entre el jardín delantero y la acera. Joder. No estaba segura de que Paula fuera a aparecer. Lamentaba que la silenciosa y regordeta asistente de dirección hubiera descubierto de esa forma que era un exceso de equipaje, pero en cierto sentido también era un alivio. Era mucho mejor que se aireara todo antes que ir cuchicheando por la espalda. Más preocupante era la animosidad que dicha maniobra había provocado en Amira y Charlie. Eran los dos trabajadores que menos le convenía perder.

—Pasa —le dijo por el interfono, tras lo cual pulsó el botón verde para abrir la cancela.

Antes de que Paula desapareciera de su vista, la observó en busca de algo que le indicara su estado de ánimo. Rachel no se asustaba con facilidad, pero la absoluta calma con que Paula había reaccionado al enterarse de que dos de sus compañeros de trabajo optaban a su puesto la había acojonado. La mujer no había ido a verla en ningún momento para hacerle preguntas ni para reclamar una explicación, sino que había permanecido en su mesa, realizando sus tareas habituales, mientras Amira y Charlie ponían el grito en el cielo tras la puerta de su despacho e insistían en que llamara a Mark Hamilton para oír sus quejas.

«Ninguno os negasteis —les dijo Rachel al final—. No os ofendisteis por el hecho de que os ofreciera el trabajo de

Paula mientras ella seguía en el puesto, lo que os ofende es haber descubierto que no erais los únicos que optabais a él. El problema es vuestro orgullo herido, nada más.»

Esas palabras les cerraron la boca.

Sin embargo, el extraño silencio de Paula, su forma de pasar de ella en la oficina como si no estuviera allí... eso era distinto, y la inquietaba mucho. Mientras subía corriendo la escalera que conducía de la cocina a la puerta principal, Rachel descubrió que esperaba que alguno de los demás llegara pronto, para así pasar el menor tiempo posible a solas con Paula.

Fue un alivio abrir la puerta y ver que Ewan se colaba por la cancela abierta, detrás de Paula. Seguía contando con él como un aliado pese al ambiente que hubo durante el fin de semana de convivencia. Se equivocó al coquetear con Will tan abiertamente. Ewan se había sentido humillado, lo sabía. Sentía que había jugado con él. Pero tenía derecho a coquetear un poco después de que Ronan le hubiera dado la patada tal como se la había dado, ¿no? Tendría que ganarse de nuevo a Ewan. Aunque carecía de la experiencia y la madurez para un ascenso, su ambición lo convertía en una pieza valiosa en el departamento.

Siempre que lo tratara como era debido.

Claro que antes estaba el asunto de Paula, que estaba de pie allí, en su puerta, mirándola de forma turbadora con esos ojos inexpresivos.

—Hola —la saludó su asistente con su habitual flema, sin revelar nada—. No sabía si había acertado con la dirección.

Normalmente, los invitados se mostraban más efusivos cuando veían la casa por primera vez. Ewan fue más entusiasta.

—Madre mía. Es increíble —dijo mientras pasaba al vestíbulo y observaba los dos ventanales de medio punto que presidían la escalinata y enmarcaban a la perfección los dos sicomoros del patio trasero, cuyas ramas se recortaban contra el pálido azul del cielo invernal.

Rachel sintió alivio al ver que el enfurruñamiento del fin de semana parecía haber desaparecido. Ewan echó un vistazo alrededor, deteniéndose en la escultura de la espalda de una mujer realizada en mármol blanco que descansaba en el alféizar de un ventanal, y también en la obra original de Peter Blake emplazada delante de la puerta principal, con una inocencia que la conmovió. Seguía siendo un crío.

—Uy. Las manos quietas. Voy a tener que registrarte los bolsillos cuando te vayas.

Lo dijo a modo de broma, pero se dio cuenta de que había herido los sentimientos de Ewan al ver que su expresión se ensombrecía. Sin embargo, el portero sonó cuando iba a disculparse, anunciando la llegada de los demás, como si lo hubieran acordado así de antemano. La idea de que no quisieran arriesgarse a ser los primeros en llegar para estar a solas con ella le dolió más de lo que esperaba. Sabía que el liderazgo nunca solía promover la popularidad, pero ella no era un monstruo. No les tenía mucho cariño a los demás, pero estaba segura de que, en otras circunstancias, podría haber trabado amistad con Amira y Charlie.

Hizo pasar a su equipo, una denominación más que desafortunada, a la cocina. Había sopesado la idea de llevarlos al salón, pero acabó descartándola. Aunque estaba decorado en tonos blancos como el resto de la casa, la perfecta simetría de los ventanales y la altura de la estancia le conferían una formalidad que temía que fuera contraproducente para la reunión. La cocina, tan amplia que ocupaba toda la planta inferior de la casa, con puertas plegables de cristal que daban al nuevo patio y con adoquines italianos que habían tenido que pasar por encima de la casa con ayuda de una grúa, era menos intimidante.

Rachel sabía que se había pasado de la raya.

Cuando Mark Hamilton la tanteó para ocupar el puesto de Gill Marsh, dejó claro que buscaba un cambio radical en el departamento. Quería que alguien jugara «duro», eso había dicho él. Lo recordaba por la forma en que había enfatizado la palabra, como si la hubiera estado ensayando. Se sintió halagada por el hecho de que la hubiera buscado y, además, no tenía reparos en dejar su anterior puesto después de aquel asunto tan desagradable que se produjo con la subdirectora del departamento. Aunque ella no había tenido la culpa ni mucho menos. La mujer tenía un historial de problemas mentales que le había ocultado a la empresa. Pero sí había sido inquietante ver cómo alguien sufría un ataque de nervios delante de ella. Y, después, el marido de la mujer había complicado las cosas, ya que empezó a mandarles correos electrónicos a los empleados, acusándola a ella de un montón de ridiculeces infundadas. Los mensajes fueron enviados de forma anónima, de modo que no pudo emprender acciones legales, pero todo el mundo sabía que había sido él. Rachel se preguntó qué estaría haciendo en ese momento con toda su rabia y su odio. Tal vez hubiera empezado a enviarle mensajes al personal de su trabajo actual. No le sorprendería nada.

De modo que había hecho el trabajo para el que la habían contratado. Era más fácil entrar a matar y tomar las decisiones difíciles antes de estrechar lazos con nadie, y después levantar el pie del acelerador. Pero tal vez el abandono de Ronan la había afectado más de lo que creía. Desde luego, no iban a darle un premio por su diplomacia. Se había pasado de la raya y de resultas... se había visto obligada a organizar esa reunión improvisada para calmar los ánimos. Mark Hamilton se puso hecho una furia cuando lo llamaron para mediar entre Amira y Charlie y ella. «Me da igual cómo lo hagas, pero arréglalo», le ordenó. Rachel se había llevado un buen susto. No estaba acostumbrada a estar de malas con la dirección.

La mesa de la cocina era una pieza *vintage* de los años sesenta. Blanca y circular, con una columna metálica en el centro, que se ensanchaba en el pie. A su alrededor, seis sillas retro de la misma época, con forma de S, todas cromadas y con asientos acolchados de diferentes colores (rojo, turquesa, amarillo, naranja, verde y rosa chicle), los únicos toques de color en un espacio absolutamente blanco. Habían sido la única contribución de Ronan a la decoración. Pujó por ellas en eBay y pagó un precio exorbitado a un marchante de Camden, que se las entregó al día siguiente. Rachel suponía que acabaría llevándoselas a su nueva vivienda. La idea de que se sentara en esas sillas en otra casa, tal vez incluso con la becaria de veintidós años, le provocó una punzada en el pecho.

Una vez que todos estuvieron sentados a la mesa y que ella se acomodó en un taburete que arrastró desde la isla situada en el centro de la cocina (aunque comprendió demasiado tarde que la altura extra no ayudaba a eliminar las barreras que se habían erigido entre su equipo y ella), se lanzó con su ensayado discurso.

—Me he dado cuenta de que hemos empezado con mal pie —comenzó—. Como lo mío no es precisamente el baile, no me sorprende en absoluto.

Silencio.

Rachel continuó. La habían contratado para tomar decisiones difíciles, dijo. De todas formas, debería haber hecho las cosas de otra manera. Entendía que Paula se sintiera molesta y marginada, pero le aseguró que su puesto en la empresa nunca había peligrado. Que nunca había querido que se fuera, solo que ocupara un puesto más ajustado a sus capacidades. Que Amira y Charlie nunca habían competido entre sí, que solo estaba evaluando la capacidad de cada persona para asegurarse de que la mejor ocupaba el puesto adecuado.

Su voz le pareció falsa incluso a ella. Pero siguió hablando. Sabía lo que tenía que decir. Lo que ellos necesitaban oír.

Ya lo había hecho antes.

38

Charlie

¿Eso era lo que se sentía cuando se sufría un ataque de nervios? Era como si el Charlie normal hubiera abandonado su cuerpo y estuviera observando a ese otro yo extraño retorciéndose por el odio. La casa de Rachel, con su exclusiva dirección y su costosa y discreta decoración, era el tipo de lugar que impresionaría a Stefan. Allí sentado en esa fabulosa cocina, con sus modernos electrodomésticos, escuchando las ocurrencias de Rachel sobre «ventajas únicas» y «habilidades», Charlie tenía la impresión de que la casa se estaba burlando de él, de que Rachel se estaba burlando de él, mostrándole con esa representación de ladrillo y cemento lo que jamás llegaría a ser, lo que jamás llegaría a conseguir.

Las personas como Rachel destruían a los demás, tal como había asegurado aquel primer correo electrónico. Conseguían que actuaras como ellas, aunque al hacerlo algo de ti muriera por el camino, ofreciéndote un premio. Y después, cuando te rebajabas hasta acabar enfangado como ellas, te arrebataban el premio. Y allí te quedabas, plantado en la nada. Un don nadie.

Charlie se pellizcó la costra de la herida del corte que había sufrido en el brazo al arrasar el piso de Stefan. Recordó algunas de las palabras que le había dicho Stefan por teléfono cuando lo llamó para tratar de explicarse: perdedor, loco, bicho raro. Charlie siempre había sido duro consigo mismo, su peor crítico. Sin embargo, siempre se había sentido orgulloso de su integridad y su lealtad. Ambas cualidades habían sido innegociables. No obstante, por Stefan había renunciado a ellas. No, no había renunciado a ellas. Había permitido que se las arrebataran.

Y ¿qué había conseguido a cambio?

Echó un vistazo en torno a la mesa, a las personas que antes consideraba amigos, y solo vio a unos cuantos desconocidos que, de diferentes formas, se habían traicionado a sí mismos y habían dejado detrás esos cascarones vacíos.

Delante de él, en la mesa, había un cuchillo que Rachel había usado para cortar la quiche del supermercado que había calentado en el horno. Un cuchillo pesado, afilado, caro. Mientras Rachel les hablaba, Charlie lo cogió y se lo pasó por la yema del pulgar, disfrutando de lo sólido que parecía, de su peso en la mano.

Si miraba fijamente la hoja, veía los relucientes ojos de ese otro Charlie que lo estaba observando.

39

Rachel

Eran chorradas. Todos lo sabían, y ella también. De todas formas, mientras hablaba de crear un equipo lo más unido posible, de lo emocionada que se había sentido al reconocer el potencial del equipo que había heredado, Rachel miró alrededor para comprobar cómo estaban asimilando sus palabras. Lo más importante en ese momento era tranquilizar a todo el mundo y conseguir que volvieran a rendir en el trabajo, y luego, poco a poco, intentaría de nuevo eliminar a los miembros más débiles. No podía librarse de Sarah, pero sí empezar a quitarle responsabilidades. Luego, cuando por fin se fuera de baja por maternidad, se daría cuenta de que estaba haciendo un trabajo distinto, y con la reestructuración de personal que tenía en mente, Sarah acabaría en un puesto muy diferente, de menor categoría que el que tenía en ese momento... y con una reducción salarial acorde a las circunstancias. Era muy posible que decidiera que no merecía la pena volver al trabajo, con lo que costaba la guardería.

Sin duda, Chloe intentaría conseguir el puesto de Sarah, que seguramente habría que reformular para no tener problemas con las normas de Recursos Humanos. Era un ascenso natural para la chica, pero, con un poco de suerte, al no conseguirlo se buscaría otro trabajo. Porque había decidido darle el puesto de Sarah a Paula. Sería un descenso humillante, y tal vez eso la ayudara a decidir que la finalización voluntaria del contrato no era algo tan malo después de todo. Pero eso sería en el futuro. Ahora, Rachel intentaba tender puentes. Ojalá no se topara con demasiada resistencia. La hostilidad flotaba sobre la mesa como una peste insoportable.

—Perdona que no demos botes de alegría al oírte —dijo Amira—. Creo que todos nos sentimos... —Dejó la frase en el aire, y Rachel se dio cuenta de que Amira se estaba arrepintiendo de haberse tomado la atribución de hablar por los demás. No eran un grupo cerrado, unido por la oposición a ella. No eran un grupo, y punto. Esa certeza la tranquilizó—. En fin, quiero decir que yo tengo la sensación de que has intentado enfrentarnos a todos desde que llegaste, para poder hacer los cambios que quieres sin temor a encontrar resistencia. Has cultivado favoritismos de forma deliberada y sistemática, y has escogido a uno de nosotros como tu mascota preferida. —No miró a Ewan, no hacía falta—. Has hecho todo lo posible para minar la posición de quienes, por la razón que sea, no encajan en tu visión de lo que debería ser el departamento. Vamos, que tus tácticas entran en lo que se considera acoso laboral, en mi opinión.

Amira echó un vistazo alrededor como si buscara apoyo. Aliviada al ver que nadie respondía, Rachel se apresuró a aprovechar la ventaja.

—Hablar de acoso laboral es una acusación muy fuerte, Amira. De hecho, diría que roza la difamación y que es una ofensa que merece acciones disciplinarias, puede que incluso legales. ¿Alguno está de acuerdo con ella? Es el momento propicio para desahogaros, ahora que estamos despejando el ambiente.

Miró despacio a todos los que se sentaban a la mesa y se obligó a establecer contacto visual con cada persona. Uno a uno, todos agacharon la cabeza o encontraron algo fascinante al otro lado de la ventana o cerca de la puerta. Todos salvo Ewan, que no había levantado la cabeza, y Charlie, que jugueteaba con el cuchillo de cocina.

Para Rachel, el silencio fue como si alguien hubiera abierto una válvula en su pecho y estuviera saliendo toda la presión. Mantendría su equipo unido. No habría revueltas. Mark Hamilton no la despediría tras el período de prueba. El alivio fue abrumador. Y lo siguió de cerca algo que se parecía mucho a la ternura por las personas sentadas a su mesa.

—Por esto mismo estamos aquí —dijo en voz baja—. Para airear todas estas heridas enquistadas y poder superarlas. Amira, te agradezco que hayas sido tan directa. Enseguida hablaremos todos para saber lo que piensa cada cual, pero antes... ¡vamos a comer! —Abrió la puerta del frigorífico de par en par y sacó varios platos cubiertos con plástico en los que había colocado la comida comprada en M&S esa mañana temprano—. ¿Abrimos un par de botellas de vino? Sé que, técnicamente, estamos en horario laboral, pero es más importante que lo aclaremos todo. Y no hay mejor forma de hacerlo que con una copa de vino.

Ronan lo había llamado el «precipicio», ese momento crítico en toda negociación cuando ya has hecho tu discurso y estás en el borde, a la espera de que el cliente muerda el anzuelo o se eche atrás. Ese momento justo fue el precipicio de Rachel. Y lo había superado, ahora podía permitirse ser más blanda. Pero primero el vino.

—Ewan, ¿me ayudas a escoger un par de botellas de la bodega que hay en la planta de abajo?

La «bodega» era solo un trastero al lado del gimnasio con un frigorífico para bebidas y unos estantes para botellas de vino tinto, pero Ronan siempre lo había llamado así, y así se había quedado. Escoger a Ewan tal vez subsanara el error que había cometido con la broma de registrarle los bolsillos. Además, no le sentaría mal echar un vistazo al gimnasio y la sauna. Ewan se dejaba impresionar por las cosas materiales. La deseaba, pero deseaba todavía más lo que ella tenía. Rachel reconocía ese deseo.

En la mesa, el ambiente seguía tenso. Los demás seguían sentados con las espaldas muy rectas, como si moverse pudiera hacerles daño.

Ewan mantuvo la mirada gacha.

—No; creo que no hace falta —masculló sin moverse.

—Vamos, Ewan. Hay algo ahí abajo que te gustará mucho.

Rachel contuvo el aliento. Al final, Ewan se puso en pie. Y ella pudo respirar.

—Está por aquí —le dijo al tiempo que lo precedía por la puerta que daba a la estrecha escalera que conducía al sótano. Solo cuando la puerta se cerró tras ellos, dejándolos a oscuras, Rachel recordó el interruptor en la pared de la cocina, al otro lado de la puerta. Joder. Pero solo eran unos pocos escalones hasta llegar al gimnasio, donde la luz era muy tenue pero mejor que nada.

Oyó los pasos de Ewan tras ella, y también su agitada respiración.

40

Anne

—Mamá, ¿puedo ver mi correo electrónico en tu portátil? El móvil este tan asqueroso que tengo me está dando problemas otra vez.

—Claro.

Cuando recordé lo que tenía abierto en la pantalla, ya era demasiado tarde.

—¿Qué hacen aquí estos artículos? ¿Un caso de Londres? ¿Por eso estabas viendo la BBC con tanto interés? ¿Qué está pasando? ¿Mamá?

Shannon siempre había sido capaz de soltar una ristra de preguntas sin detenerse siquiera a respirar. Cuando era pequeña me agotaba, porque no sabía qué pregunta responder primero.

—Ah, solo es una cosa de la que estoy pendiente para una de las asignaturas que imparto.

Sonó falso hasta a mis oídos. Shannon sabe que hace años que no añado contenido nuevo a mis asignaturas. Ese es en parte el motivo de que me haya quedado aquí todo este tiempo. Seguir adelante sin esfuerzo me dejaba más tiempo para las cosas realmente importantes, más tiempo para Shannon.

Pero Shannon está mirando con el ceño fruncido algo que ha visto en la pantalla, y siento un escalofrío en brazos y piernas.

—Este chico... el de las fotos. Su cara me suena. ¿Por eso estás tan interesada en este caso? ¿Porque lo conocemos?

Abro la boca para decir que no, pero soy incapaz de hablar.

Shannon alza la vista y ve algo raro en mi cara.

—Por favor... —dice, mirándome con los ojos entornados.

Mi casa es un espacio diáfano, y yo estoy sentada en el sofá, viendo la tele, mientras que ella está sentada en un taburete de la cocina con el portátil delante. Hemos adoptado estas mismas posiciones tantas veces a lo largo de los años que es como si hubiéramos creado una rutina. Nos imagino suspendidas aquí eternamente, como un par de figurillas en una casa de muñecas.

—¡Como si me lo fuera a tragar! —continuó—. Las dos sabemos que no actualizas tus asignaturas desde la Edad Media. Estoy segura de que tus alumnos siguen escribiendo con pluma y tinta. ¿Por qué el interés en este caso? ¿De dónde conocemos a este chico?

Por primera vez desde hace años, tengo el repentino impulso de beberme un vodka de un solo trago para que me dé fuerzas. Shannon sigue mirándome, a la espera de mis respuestas.

—Mamá, ¿quién es?

—Shannon... cariño... es tu hermano.

41

Ewan

Se quedaron allí de pie, en el amplio y blanco vestíbulo, con la luz que entraba a través de los enormes ventanales que presidían la escalinata, de modo que sus preciosas pertenencias, los cuadros, los adornos e incluso la curiosa espalda desnuda situada en el alféizar, parecían expuestos a la perfección, como en una galería de arte. Rachel llevaba un atuendo informal: unos ajustados vaqueros oscuros y una vaporosa blusa blanca, y se había recogido el pelo negro en una coleta. Lo miraba con una sonrisa como si se alegrara de verdad de verlo allí. Él sintió que se relajaba por primera vez en varios días. El miedo que se había enroscado en su estómago como una cuerda desde el sábado por la noche desapareció por fin. Por un instante, se había imaginado viviendo en esa casa, o en una parecida, junto a esa mujer, o junto a una mujer como ella. Sin nadie que le dijera qué podía hacer y qué no. Sin nadie que lo rebajara, ni lo limitara ni se confabulara con otros, de modo que tuviera la sensación de que era él contra el resto del mundo. Y luego había dicho aquello de que iba a tener que registrarle los bolsillos cuando se fuera, y él lo vio todo rojo.

Durante el tiempo que habían pasado abajo, en esa enorme cocina tan ostentosa, mientras Rachel hablaba y hablaba hasta que sus palabras se convirtieron en un zumbido ininteligible en su cabeza, tuvo la sensación de que algo le oprimía el pecho. Cuando empezó a ir al gimnasio y levantar pesas, descubrió que lo invadía un miedo irracional, porque pensaba que la barra se le iba a caer encima, aplastándolo. Se quedaba tumbado en el banco, imaginándose el dolor de toda esa presión en las costillas, imaginándose cómo se partirían, cómo los pulmones que había debajo se desinflarían como globos. Sentado en una silla con un cojín verde lima a la mesa redonda de Rachel, se había sentido tal como se había imaginado tanto tiempo atrás en el gimnasio.

Y luego ella le pidió que lo acompañara al sótano. Se quedó en la silla, incapaz de moverse. Así que ella insistió y todo el mundo empezó a mirarlo, y el silencio fue tan ensordecedor y palpable que podría haberlo cortado con el cuchillo con que Charlie jugueteaba. De repente, se vio de pie, con esa horrible opresión en el pecho y viéndolo todo rojo, aunque tenía los ojos cerrados, como si tuviera los párpados pintados de ese mismo color.

42

Charlie

El sonido de la puerta al cerrarse tras Rachel y Ewan fue para Charlie como si algo se hubiera roto en su cabeza. Seguía como dividido en dos personas, pero en ese momento el antiguo Charlie se estaba desvaneciendo en beneficio de esa cosa nueva y retorcida, llena de rabia y de algo más, algo punzante, como las agujas que se le clavaban en la cabeza y que, por fin, identificó como miedo.

Les tenía miedo, les tenía miedo a esas personas con las que había trabajado día sí y día también a lo largo de tantos años. Tenía miedo de lo que eran capaces de hacer, y miedo de lo que él era capaz de hacer.

Intentó con todas sus fuerzas concentrarse de nuevo. Los demás estaban hablando de Ewan y Rachel.

—Seguro que cree que es su día de suerte... una invitación para echarle el guante a la jefa —dijo Amira.

—No lo creo.

Eso lo dijo Paula. Pese a la confusión de su cabeza,

Charlie se sorprendió al oír que expresaba su opinión. Había estado muy callada esos dos últimos días, desde que los oyó a Amira y a él pelearse por su puesto como dos perros por un hueso.

—Llegamos a la puerta casi al mismo tiempo —siguió Paula—. Ewan estaba admirando la casa hasta que ella soltó una bordería. Le dijo que sospechaba que le iba a birlar la plata o algo así. Luego él cerró la boca. No creo que se lo perdone fácilmente.

La voz de Paula sonaba desolada y monocorde, como si hablara a través de una capa de espuma.

Charlie intentó recuperar esa sensación avergonzada que lo acompañaba desde que decidió pugnar por el puesto de Paula, pero no lo consiguió. Era como si la rabia, el odio y el miedo hubieran expulsado el resto de emociones. Todo estaba desdibujado, como suelto. Las voces que lo rodeaban le llegaban a través de una neblina, como si fueran incorpóreas.

Solo el cuchillo era real. Sólido. Oculto por la mesa, se pasó la hoja por el muslo, por sus pantalones de vestir. Luego apoyó el brazo herido en el regazo y, con cuidado, se acarició la herida con el filo del cuchillo. Como si estuviera sumido en un trance, hizo presión en la parte superior y vio cómo la sangre brotaba en varios puntos, como rubíes contra la sangre seca.

La voz de Chloe flotó alrededor de sus oídos.

—Ya es mayorcito. Lo bastante como para arreglárselas solo.

Chloe parecía triste y mayor de lo que era en realidad, y Charlie se preguntó de pasada si tal vez estaba experimentando lo mismo que él, la sensación de que la estaba reemplazado una Chloe extraña. Sin embargo, la idea desapareció al instante, y Charlie se perdió una vez más en el brillo carmesí de su brazo.

Hizo más presión y disfrutó del punzante dolor. Se lo merecía. Se lo merecían todos. Rachel podía haber manejado los hilos, pero todos habían sido cómplices, todos habían jugado un papel clave a la hora de convertirse en víctimas o verdugos a su antojo. Le revolvían el estómago. Todos ellos. Él más que nadie.

Le dolía la cabeza y le latían las sienes. Se llevó la mano a la frente y la sangre trazó un arco por encima de la mesa.

Alguien gritó.

43

Anne

Mi hija siempre ha sabido que es adoptada. Nunca hemos guardado secretos al respecto. Tiene los ojos almendrados y verdes, mientras que los míos son azules. Siempre he tenido una figura andrógina, sin curvas y ligeramente encorvada, como si tuviera que disculparme por mi estatura, mientras que Shannon posee unas curvas voluptuosas, ese tipo de figura que encaja a la perfección con la moda retro que tanto le gusta (jerséis ajustados y faldas de tubo ceñidas a las caderas y acompañadas del frufrú de la tela cuando se mueve) y una melena rubia y ondulada que le llega a los hombros. Es guapa. Por supuesto que no es mi hija biológica.

Sin embargo, es mía en cualquier otro sentido. Es la luz de mi vida. La recompensa por todo el bien que he hecho en la vida o que he pensado hacer. La única razón por la que no me he entregado a la botella o he acabado como mi madre, distanciada de amigos y familiares, jugando al póquer *online* con desconocidos con tal de relacionarme con alguien.

Shannon Laurie Cater. La Menor L.

No fue fácil.

Cuando quedó patente que Kowalsky y yo teníamos distintas opiniones acerca de si Laurie era capaz o no de integrarse en una familia, en una nueva vida, en un nuevo país incluso, si era capaz de desterrar de su mente todo lo que había sucedido antes, incluyó a Dan Oppenheimer en el equipo para que lo respaldara. En aquella época, la psiquiatría infantil era una especialidad poco desarrollada. Creo que en algunas instituciones académicas más progresistas ya habían empezado a reconocer lo cruciales que son las experiencias durante el primer año de vida, antes incluso de que el niño aprenda a hablar, para su desarrollo posterior. Pero en nuestro remanso de paz ese no era el caso. De manera que el profesor y Dan adoptaron la postura imperante. Eso fue antes de que se publicaran unos estudios concluyentes sobre que, en casos de abusos severos, los recuerdos se retrasan hasta los seis o incluso los siete años, pero contaban con suficientes pruebas no científicas para convencerse de que el tiempo estaba de su parte.

No obstante, había algo en Laurie, en su forma de mirarme con sus claros ojos verdes, en su firme determinación de sacar algo bueno de las cartas asquerosas que le había repartido la vida, que me ayudó a mantenerme firme en mi postura. Al igual que Ed y Dan, percibía que Laurie poseía el potencial para ser feliz, para integrarse a la perfección, pero a diferencia de ellos, yo creía que... no, yo sabía que para lograr ese brillante futuro tendría que adentrarse en la oscuridad de su pasado. Los lapsos en su comportamiento eran demasiado llamativos como para pasarlos por alto. En vez de enviarla a un entorno nuevo y de suprimir su pasado, guardándolo en un bolsillito interno donde estaría escondido pero siempre presente, necesitaba una terapia constante e intensiva. Necesitaba hablar sobre lo que le había pasado, sacar todo eso de la caja donde lo hubiera guardado y sacudirlo como un mantel polvoriento, airearlo para que perdiera su poder.

Yo lo tenía clarísimo. De manera que me mantuve en mis trece en contra de Kowalsky y Oppenheimer, y cuando amenazaron con obviarme, llevé a mis propios expertos, la mayoría procedentes de las mismas universidades de élite en que Oppenheimer ansiaba trabajar. Llamaba a esos expertos por las noches y dejaba largos mensajes en sus contestadores automáticos. Recibí un par de negativas, pero la mayoría se mostró dispuesta a colaborar, a aportar sus nuevas teorías a este caso tan mediático. Cada vez había más evidencias de que la terapia intensiva durante los primeros tres años de vida, durante los cuales el cerebro sigue desarrollándose, es más efectiva en los casos de trauma severo que si se espera a tratar los problemas que pudieran aflorar en la edad adulta. Trabajaba por las noches en la biblioteca de la universidad para aportar estudios y más estudios que respaldaran mi convencimiento de que Laurie necesitaba quedarse donde estaba su pasado y enfrentarse a él, para superarlo en un momento dado y, entonces sí, poder seguir adelante.

No me convertí en una persona popular. Pero hice mis deberes, impresioné a las personas adecuadas y, al final, una extraordinaria comisión formada por autoridades relevantes dictaminó que Laurie debía seguir bajo nuestra tutela, y el permiso de adopción se anuló.

El caso de su hermano era muy distinto. David, el Menor D. También conocido como «la Cosa». Era un año y medio más pequeño que Laurie y había sido tratado por un grupo de expertos. Además de Oppenheimer y Kowalsky, había recibido tratamiento intensivo para superar los efectos físicos de haber estado siempre encerrado e inmovilizado de forma intermitente a una edad tan temprana y vital para su desarrollo. Tuvo que aprender a andar. Sufría un retardo afásico. Se le había negado la relación con otros seres humanos, de manera que no había asimilado el lenguaje ni desarrollado la capacidad de habla. Un equipo pequeño, pero muy entregado a su labor, del departamento de Ciencia Cognitiva y Lenguaje había trabajado con él de forma incansable durante semanas para superar el retraso que sufría en sus habilidades comunicativas.

Pero si bien físicamente respondía al tratamiento mejor de lo que se esperaba, lo más crítico era su desarrollo emocional. Oppenheimer y Kowalsky fueron los responsables de autorizar la orden de adopción. Decidieron que se recuperaría, que olvidaría.

—¿Lo conociste? ¿Conociste a mi hermano?

Desde que le pedí que se sentara conmigo en el sofá y se acomodara para hablar con tranquilidad, Shannon me había escuchado sumida en un silencio absoluto. Siempre ha sido así. Aunque su carácter es voluble y tiende a hablar sin pensar, cuando hay mucho en juego, espera y reflexiona antes de decantarse por una reacción o emoción, como si estuviera eligiendo la ropa delante de un armario abierto. Siempre ha sabido que sus primeros años de vida fueron traumáticos. Sabe que estuvo bajo la tutela del Estado después de que sus padres se demostraran incapaces de cuidarla. Sabe que tiene un hermano que fue adoptado en el extranjero. Sabe que durante años recibió tratamiento psicológico cuando era pequeña y que así fue como nos conocimos. Sabe que sus padres están en la cárcel por lo que hicieron a sus hijos.

Los hechos que no he compartido con ella son los siguientes: sus padres fueron condenados a cadena perpetua por lo que hicieron a su hijo. Su padre lleva encerrado en el pabellón psiquiátrico de un centro penitenciario federal de Misuri desde hace veinte años, desde que empezó a afirmar que era Dios. Su madre, Noelle Egan, la de los ojos inanimados, salió de la cárcel hace cinco años. Su disposición para testificar contra su marido, así como su insistencia a la hora de asegurar que él la tenía esclavizada y que era incapaz de actuar de forma independiente, jugó a su favor. Según todos los informes, fue una reclusa modélica. Cuando descubrí que estaba libre y que había estado husmeando el rastro de su hija, repasé los informes para asegurarme de que no había nada que pudiera conducirla hasta Shannon. Noelle siempre ha pensado que sus dos hijos fueron adoptados en el extranjero. De esa manera, he podido mantener a mi hija a salvo.

El hermano de Shannon sí fue adoptado en el extranjero, pero en vez de que su rastro se perdiera en el sistema, como siempre le he hecho creer, he seguido su pista a través de Barbara Campbell, la asistente social que se encargó de todo lo relacionado con la adopción.

Siempre me ha asombrado la capacidad de Shannon para reinventarse. ¿O es simplemente su instinto de supervivencia? Sea lo que sea, siempre me he dicho que dejo que ella marque el camino, que solo le oculto lo que ella decide ignorar. Durante los dos años posteriores a la adopción, trabajamos con ahínco para explorar sus sentimientos sobre sus padres y sobre lo sucedido en aquella casa. Pero, después de que cumpliera los seis o siete años, después de firmar los últimos documentos y de que fuera legalmente mía, estaba preparada para pasar página. Para entonces, yo me había casado con Johnny, a quien ella todavía llama «papá», aunque no lo vea mucho desde que se casó de nuevo y se mudó. Le habría dicho la verdad en aquel entonces, o al menos me gusta pensar que lo habría hecho, pero ella no me preguntó. Y, poco a poco, los detalles de lo sucedido antes parecieron desvanecerse de su mente. Y aquí está ahora, mirándome con esos ojos tan inquisitivos, por fin, y preguntándome por su hermano. Y yo estoy obligada a decirle la verdad, se lo debo.

—Sí —contesto—. Bueno, en realidad no lo conocí, solo lo vi a través de un cristal.

—¿Qué aspecto tenía?

—Se parecía a ti, cariño. Se parecía mucho a ti.

Ya le he explicado los detalles básicos de la infancia de su hermano, tratando siempre de ceñirme a los hechos, sin analizarlos y sin entrar en el terreno emocional.

Y ahora me va a hacer la pregunta que llevo temiendo desde que firmé los documentos de adopción hace tantos años. Mientras habla, la animo en silencio a que se detenga, a que cambie de dirección. Pero ella sigue.

—¿Qué hacía yo mientras él estaba en aquella jaula?

Sé lo que quiere oír. Sé que quiere que le diga que ella no sabía que estaba allí. No es algo imposible. He oído que un austríaco mantuvo a su hija encerrada en el sótano de su domicilio familiar durante veinticuatro años, que incluso tuvo siete hijos con ella, sin que su esposa y sus otros hijos sospecharan lo que ocurría. Es tentador mentirle. O si no mentirle, sí omitir la verdad. Pero no lo hago. Le cuento lo que sucedió y lo que ella hizo. Le aseguro que ella no tuvo la culpa, y sé que lo entiende, pero de todas formas se echa a llorar en silencio. No hay sollozos, solo un par de lagrimones que resbalan por sus mejillas lentamente.

—Debió de sentirse muy solo.

Extiendo un brazo para cogerle una mano y le doy un apretón para no ceder a la tentación de decirle algún tópico como «era demasiado pequeño como para entender lo que sucedía» o «no conocía otra cosa».

Espero que se rebele contra mí, que exija saber por qué no se lo dije antes, que me pregunte cómo pude ocultárselo. Pero no lo hace. En cambio, me pregunta por David. Quiere saber por qué él fue adoptado en el extranjero y ella no, de manera que intento explicarle lo sucedido con Kowalsky y Oppenheimer, cómo eran las cosas en aquella época, la idea de que cuanto más pequeño se era, mayor era la capacidad para olvidar.

—¿Ha sido feliz? —pregunta ahora—. ¿Su nueva familia lo ha querido lo suficiente para que olvidara lo que le sucedió?

En este caso, sí puedo decirle lo que ella quiere oír. Los padres adoptivos de Menor D son buenas personas. Barbara se aseguró de que lo fueran. Aunque nunca estuvieron al tanto de los detalles, les dijeron que el pequeño había tenido unos comienzos muy traumáticos, que había sufrido maltrato y abandono, y se desvivieron por compensarlo.

—Ha tenido una buena vida —le aseguro, sin soltarle la mano—. Lo han querido muchísimo.

—Entonces, ¿por qué ha sucedido esto? —pregunta, señalando el portátil, en cuya pantalla sigue el artículo periodístico con la foto de un hombre de rasgos idénticos a los suyos.

Me encojo de hombros.

—A saber. Tal vez había algo personal entre la víctima y él, y hubo algún detonante, o no sé, tal vez fumaba *crack* o algo. Siempre he temido que si suprimía los recuerdos sin asimilarlos de la forma adecuada, algo podría sacarlos a la superficie. O si no a los recuerdos en sí, al menos a las emociones que sentía en aquel entonces. El miedo, la furia, la confusión.

—Pero ¿quién era? Me refiero a la víctima.

—Su nueva jefa, creo. Barbara la describe como una persona que ejercía acoso laboral. Asegura que dirigía a sus subordinados enfrentándolos entre sí, halagando a unos y castigando a otros, de manera que al final la confianza desaparecía y todos sospechaban que los demás conspiraban en su contra. Eso podría suponer un desencadenante para alguien como David.

—¿Qué dice la prensa británica? ¿Se compadecerán los jueces de él cuando conozcan su pasado?

—La prensa no puede dar detalles hasta que comience el juicio. Ese es el sistema que tienen allí.

—Así que no sabemos si lo provocaron. Tal vez lo haya hecho en defensa propia. Menuda lagarta, por lo que parece. A lo mejor lo estaba incitando. Podría haberlo hecho, ¿verdad?

Mi hija se apresura a defender al hermano al que acaba de descubrir, y se me parte el corazón al recordar cómo era en la escuela, durante los años posteriores a la terapia, cuando se relacionaba con algún niño que sufría acoso; lo mucho que eso la alteraba, lo firme que se mostraba en su defensa. ¿Una forma de compensar su pasado? Tal vez. O tal vez habría hecho lo mismo sin la terapia. Tal vez habría llegado a rebelarse por sus propios medios contra los patrones de comportamiento aprendidos durante la infancia y habría pasado de acosadora a defensora de los débiles. Los niños son así. Arrastran las distintas versiones de sí mismos

de manera que nunca se sabe cuál es la real, pero los quieres de todas formas. Deseo abrazarla y ayudarla a olvidarlo todo. Deseo librarla del peso de lo que acabo de contarle para que no pase la noche en vela, preguntándose quién es y lo que es. Deseo conseguir que piense que su hermanito sigue siendo la víctima, no el verdugo. Pero merece saber la verdad.
—Cariño, fue horroroso. Lo que él le hizo. Espantoso.

44

Ewan

Cuando cruzó la puerta de la cocina y vio la estrecha escalera que desaparecía en la oscuridad de la planta inferior, con otra puerta al final, sintió unas punzadas en la cabeza, como si alguien estuviera intentando salir a martillazos de su cráneo.

—Por aquí —dijo ella.

Y luego la puerta de la cocina se cerró de golpe tras ellos, bloqueando la luz, y todo se quedó tan negro como boca de lobo, y los golpes en su cabeza eran tan fuertes mientras bajaban los escalones a tientas que tenía la sensación de que le vibraba todo el cuerpo, como si él mismo fuera lo que pugnaba por salir a martillazos. El pecho estaba a punto de estallarle y respiraba con dificultad, jadeante y audible. El aire allí abajo era distinto al de la cocina. Varios grados más frío, húmedo.

—El pomo de la puerta tiene que estar por aquí. —La voz de Rachel, por delante de él, pareció llegarle de muy lejos.

Y en ese momento, junto con el dolor y la falta de aliento, otra sensación se abría paso, como un torrente, en su interior. Pánico. «No abras la puerta. Por favor, no abras la puerta», suplicó en silencio. No sabía qué le daba miedo y las palabras estaban atrapadas en su interior junto con el terror.

—Ajá, aquí está. Creo que el sótano te va a encantar.

La puerta crujió al abrirse.

—El interruptor de la luz está aquí cerca, no te preocupes.

Clic. Una tenue luz amarillenta se reflejó en una superficie mojada y como rocosa. Otro recuerdo afloró en su cabeza: «Oscuro. Muy oscuro. El agua que caía por las paredes. El olor a piedra mojada. Huesos fríos.» No sabía de dónde salían esos recuerdos, pero sí sabía que lo debilitaban, como si estuviera desapareciendo.

—¿Qué te parece? No está mal, ¿eh? —Rachel abarcaba con las manos la estancia en penumbra, que resultó una especie de gimnasio.

Una máquina de remos negra estaba situada en un rincón junto a una cinta de correr. Había un banco de pesas y una bicicleta de *spinning*, y también una máquina para hacer abdominales. En una situación normal, estaría revisando el equipo, pero eso no era normal. Él no era normal. Otro recuerdo relampagueó en su cabeza. «Agua. Humedad. El estómago vacío. Dolor. Dolor. Dolor.»

Rachel estaba agachada sobre una caja negra que había junto a la pared. Se enderezó con algo en las manos.

—¿Qué te parece? —Se lo enseñó: una cuerda—. ¿Vemos quién salta más a la comba?

—No —dijo él. O tal vez pensara decirlo, pero ella se le acercó con la cuerda enroscada en las manos. Entonces

Ewan recordó algo o creyó recordarlo. Cuerdas que se le hincaban en la delicada piel. Un colchón desnudo. El anhelo de abrazarse con fuerza, la necesidad de sentir calor humano.

Y ella siguió acercándose.

Rachel quería hacerle daño. Y después haría que los demás le hicieran daño. Por eso lo había llevado allí solo, a ese lugar oscuro que olía a frío, donde el *ploc, ploc, ploc* del agua sobre la piedra era como un dolor físico en su corazón.

La rabia brotó de la nada, llegó con tanta fuerza como si se hubiera estado acumulando en su interior durante toda su vida, a la espera de liberarse.

Rachel se dio cuenta, demasiado tarde, de que algo había cambiado. Ewan vio cómo su expresión pasaba de desafiante a preocupada, y luego a otra cosa. Asustada, se volvió hacia la puerta, pero él la agarró del brazo.

—¡Suélt...! —La orden quedó silenciada porque él le tapó la boca con la mano, desde atrás.

El poder se adueñó de él, mezclándose con el miedo, la rabia y esos extraños recuerdos que era incapaz de ubicar. Le rodeó el cuello con la otra mano, tal cual había hecho con Chloe. Le echó la cabeza atrás para que tuviera el cuello estirado, y le acarició la nuez con el pulgar, haciendo más presión con cada pasada. Esa mujer hacía daño a las personas. Le había hecho daño antes y se lo volvería a hacer si le daba otra oportunidad. Más recuerdos: golpes que recibía un cuerpo demasiado pequeño para resistirlos. Nada de llorar, porque ¿de qué servía?

En ese momento, Rachel se debatía, se retorcía bajo su apretón mientras intentaba aflojarle las manos con los dedos. Con cada movimiento de ella, su antiguo yo desaparecía cada vez más, desgranándose como el cemento en mal estado y aflorando la rabia, ese núcleo ardiente que era él. Le cogió un dedo y el crujido del hueso al romperse fue el restallido de su furiosa rabia.

45

Anne

—¿Cómo de espantoso?

Shannon se pone en pie y vuelve al portátil para repasar las noticias que tengo en la pantalla. Las leyes de enjuiciamiento criminal británicas implican que los periódicos serios todavía no han dado detalles específicos del crimen, pero esos mismos escrúpulos no afectan a internet. La primera vez que leí lo que se suponía que había hecho Menor D, tuve que ir corriendo al cuarto de baño para vomitar. Algunas de las descripciones más morbosas están en la pantalla, de modo que aparto la vista para no ver cómo le afecta leerlas.

—¡Madre mía! —Se cubre la boca con una mano y abre los ojos como platos.

—Cariño —digo—, a lo mejor no es tan malo como lo pintan. Puede que estuviera muerta antes de que...

Pero no tiene sentido.

—¿La asó?

—Shannon, cariño, no creas todo que lees. Son rumores. Los hechos no están contrastados.

—¡Por el amor de Dios! —Está leyendo en la pantalla—. «La ató, la puso en el banco superior de la sauna y subió la temperatura al máximo como si estuviera asando un pollo.» —Se queda sentada, como si la fuerza de su espanto la retuviera en el sitio—. ¿Por qué no bajaron los demás? Joder, estaban una planta por encima. ¿Por qué nadie lo detuvo?

—Había cerrado la puerta. David... o Ewan, como se llama ahora, había cerrado la puerta. Al principio, los demás creyeron que estaban haciendo... En fin, que estaban manteniendo relaciones sexuales, así que nadie hizo nada. Y luego hubo un incidente. Un miembro del grupo tuvo una crisis, empezó a cortarse el brazo a modo de llamada de atención desesperada. Cuando se dieron cuenta de que algo malo pasaba en la planta de abajo y llamaron a la policía, ya era demasiado tarde.

Shannon sigue repasando las noticias; ojalá dejara de hacerlo. Describen cosas espantosas, detalles de una cara ennegrecida y de piel derretida en el suelo de la sauna.

Me levanto y me acerco a mi hija. Extiendo un brazo por encima de su hombro y cierro con delicadeza el portátil, y luego la rodeo con los brazos. Al principio, ella se resiste y se queda muy tiesa; por un momento, regresa el antiguo miedo, el miedo de ser incapaz de llegar a ella, de que nunca permitirá que la quiera. Pero después se le escapa un ruidito, como el que haría un niño pequeño antes de echarse a llorar, se vuelve para mirarme con el cuerpo totalmente laxo, como si ya no soportara su peso, y se deja caer contra mí. Apoyo mi cara en su pelo, que le huele a coco, y nos quedamos así largo rato.

46

Anne

La primera sorpresa es lo moderno que es. Me esperaba un lugar de ladrillo oscuro muy victoriano, del color de la sangre seca. Pero, en cambio, es moderno, anodino incluso. Beis. Como los edificios bajos de las zonas industriales frente a los que pasamos en el trayecto en tren. Más tarde descubriríamos que hay otra ala, un antiguo hospital, enorme e imponente, pero mientras recorríamos el camino y dejábamos atrás unos jardines bien cuidados para pasar por la puerta de doble hoja, bien podríamos haber ido a solicitar una hipoteca o a cerrar una compra de material de oficina al por mayor. Solo las impresionantes puertas metálicas que atravesamos en el taxi que nos trajo desde la estación de tren, protegidas por un guardia de seguridad serio y flanqueadas por altas cercas coronadas de alambre de púa, revelaban la verdadera naturaleza de ese lugar.

—Dejen sus pertenencias aquí.

Ni siquiera después de pasar dos días en el Reino Unido soy capaz de acostumbrarme al acento. Shannon y yo ya no nos damos codazos cada vez que alguien abre la boca, pero esa forma de pronunciar tan seca no deja de sorprendernos. La funcionaria que hay detrás de la mesa habla de forma distinta a como hablan las personas que conocimos en Londres, aunque solo estamos a unos trescientos kilómetros al noroeste de la capital. En Estados Unidos es prácticamente como ir al pueblo de al lado, pero aquí las distancias parecen más acusadas.

Shannon y yo dejamos los bolsos y abrigos en unas bandejas de plástico, como para pasar los controles de seguridad de un aeropuerto, salvo que, en esta ocasión, van a guardarlo todo en una taquilla en vez de devolvérnoslo. Al desprenderme de la ropa de abrigo, tengo la extraña sensación de que voy a asistir a una fiesta o un evento social y que he entregado mi abrigo en el guardarropa. Pero luego nos registran, cachean e interrogan, y rellenamos un formulario tras otro, y ya no me parece que voy a asistir a una fiesta, sino que estoy en el peor viaje del mundo, asaltada por la burocracia a cada paso del camino, y también asaltada por algo amenazante a cada firma que estampo.

Por fin, nos guían por unos pasillos recién pintados de un suave amarillo claro, con puertas en verde pastel. Podríamos estar en cualquier motel respetable, aunque bastante modesto. Salvo por el hecho de que, a lo lejos, oigo el desolado llanto de un hombre. Shannon me coge la mano. Me la aprieta con fuerza, como si fuera yo quien necesitara ánimos. No puedo creerme el milagro que es Shannon, una mujer valiente y fuerte. Mi hija.

Nos hacen pasar a una sala de visitas. Tiene una mesita

auxiliar, cuatro butacas cómodas y persianas opacas en la ventana para bloquear el mundo exterior.

—Ewan vendrá enseguida —dice nuestro acompañante, un hombre bajo de barba y pelo canoso, peinado hacia atrás, y con unos ojos tan juntos que casi parecen tocarse. Lo dice como si hubiéramos ido a tomar el té o algo.

—Ay, Dios, qué nervios —dice Shannon cuando el hombre nos deja solas—. ¿Y si me odia? Tiene todo el derecho del mundo a hacerlo. Soy parte del motivo de que haya acabado aquí.

—Shannon, tenías cuatro años —le recuerdo.

Hemos tenido esa conversación tantas veces que ya hasta sueño con ella. Desde que hiciera el trascendental descubrimiento cinco meses antes, Shannon ha leído todo lo que ha encontrado acerca de su familia en un intento por comprender. Para mi sorpresa y enorme alivio, nunca me ha culpado por no contarle toda la verdad. Ahora admite que siempre ha sabido que había algo muy lúgubre en su pasado, pero que prefería no tener que enfrentarse a ello. Dice que antes se mosqueaba por mi insistencia en animarla a hablar de todo, por esa pregunta que le hacía a todas horas, «¿Qué sentiste?», pero que ahora se da cuenta de mis motivos. Recuerda que, de niña, solía tener lo que ella llama «vacíos». Cuando algo era demasiado confuso o le daba demasiado miedo, huía de su cabeza y permitía que su cuerpo funcionara en piloto automático. Al obligarla a revivir aquellos momentos, a analizar lo que sucedía entonces y por qué reaccionaba de esa forma, aprendió poco a poco a anticiparse a los desencadenantes y a poder hacerles frente de un modo que, estaba convencida, su hermano pequeño era incapaz.

—Tenía miedo de todo cuando llegó —nos dijo Sheila,

la madre adoptiva de Ewan, cuando los visitamos el día anterior en su casa a las afueras de Coventry—. Al principio, nos preocupaba haber aceptado algo que escapaba a nuestra capacidad. A ver, sabíamos que tenía un pasado problemático. Sabíamos que había sufrido abusos y negligencia. Estábamos preparados para eso, o creíamos estarlo. Pero no esperábamos que nos tuviera miedo. Menuda sorpresa nos llevamos.

—¿Cuánto tiempo tardó en aclimatarse? —preguntó Shannon, y yo sabía que ansiaba llegar a la parte en que David por fin tuvo permiso para ser feliz.

—Unas cuantas semanas, creo, ¿no fue así, cariño? —Sheila se volvió hacia su marido, Neil, un hombre corpulento con rubicundas mejillas, como las de un bebedor, que se miró las manos durante toda nuestra visita, como si allí pudiera encontrar escritas las respuestas que necesitaba.

—Sí, unas cuantas semanas —convino él sin levantar la vista—. Al principio, daba pena de lo delgado que estaba. No decía nada, solo te seguía de una habitación a otra con los ojos abiertos de par en par. Y luego, un día, Sheila tuvo que ir a alguna parte, ya no recuerdo dónde, a comprar o algo, y cuando volvió y entró en la cocina, él dijo «mamá». Y sonrió. Y eso fue todo, la verdad.

—Nunca se me olvidará —dijo Sheila, y sus ojos claros, que estaban enrojecidos cuando llegamos, como si hubiera estado llorando, se volvieron a humedecer—. La gente va diciendo que es un monstruo, pero no lo es. Lo que hizo... lo que dicen que hizo... Ewan jamás lo haría. No a una mujer. Siempre se mostró muy protector conmigo, ¿a que sí, cariño?

Neil no contestó, se limitó a asentir con la cabeza y soltar un hondo suspiro.

Sheila estaba sentada en un escabel de cuero, ya que no había bastante sitio en el atestado salón para más asientos que el sofá de tres plazas en que Shannon y yo estábamos sentadas y el sillón orejero donde estaba repantigado Neil. Cualquiera diría que yo sería la idónea para lidiar con las lágrimas, ¿no? Al fin y al cabo, soy la profesional. Pero fue Shannon quien se levantó y se arrodilló en la polvorienta moqueta rosa junto a la desolada mujer, y quien la abrazó por los temblorosos hombros, y quien dijo las cosas que una mujer en la situación de Sheila querría oír. «Hizo usted un buen trabajo», «No estaba en sus cabales» y «Salta a la vista lo mucho que lo quiso».

Y era verdad. Saltaba a la vista. Las fotografías colocadas por todo el salón y por el estrecho pasillo eran todas de Ewan Johnson durante varias etapas de su infancia y adolescencia. Un niño angelical, aunque nervioso, en su primer día de colegio, vestido con un uniforme de talla más grande. Un poco mayor, con el pelo alborotado y sonriéndole a la cámara, de modo que se veía la mella donde deberían estar los cuatro dientes frontales. Un guapo adolescente, sentado en una canoa, con un chaleco salvavidas sobre su bronceado torso desnudo, mirando al fotógrafo con los ojos verdes de Shannon. La foto de rigor del baile de graduación, entre Neil y Sheila, a quienes les sacaba una cabeza, con un brazo encima del hombro de cada uno y con un traje nuevo, todos muy felices y orgullosos.

Las fotografías mienten. Todos editamos nuestro pasado y escogemos lo que más se ajusta a la imagen de nuestras vidas que queremos proyectar. Pero hubo amor allí, en esa modesta casa. Lo sentimos en lo más hondo. Era lo que necesitábamos, lo que Shannon necesitaba saber.

Más tarde, Neil admitió que Ewan no había sido un ángel. Participó en unas cuantas peleas en el colegio, aunque nada serio. A veces, ni siquiera era capaz de explicar qué había motivado la pelea, solo decía que una «neblina de rabia» se había apoderado de él. De vez en cuando, se le agarrotaba una pierna, a todas luces un legado del encarcelamiento sufrido en aquel sótano, aunque a Neil y Sheila les habían dicho que era resultado de una herida previa. Los niños que se burlaban de esa cojera ocasional casi siempre terminaban arrepintiéndose de haberlo hecho. Además, Ewan tampoco había sido muy tierno con las muchachas que lo seguían durante sus años adolescentes, coladitas por él. «Dile que no estoy», solía mascullar antes de subir a esconderse en su dormitorio.

Hubo una época, entre los quince y los diecisiete años, les contó Neil, en que discutían por todo. Ewan no dejaba de poner a prueba la autoridad de su padre, rechazándola.

—Yo estaba entre los dos —explicó Sheila—. Pero es lo normal, ¿no? Todos los chicos atraviesan una fase en que se enfrentan a sus padres.

Una vez, Ewan se emborrachó y tuvieron que hacerle un lavado de estómago. En otra ocasión, Sheila encontró una bolsita con pastillas blancas escondida en su dormitorio. Otra vez, recordó Neil, sus amigos lo llevaron a casa tras una fiesta, gritando como un loco; dijeron que había fumado porros y le había pasado algo a su cerebro. Estaba convencido de que la gente intentaba matarlo, incluso sus padres. Sheila quiso llevarlo al hospital, pero Neil la convenció de que esperase unas horas, y por suerte se le pasó. Su hijo no había vuelto a probar nada de eso.

Cuando entró en la veintena, se tranquilizó un poco; ya no era tan rebelde, sino más considerado. Y parecía irle bastante bien en el trabajo.

Hasta que llegó Rachel Masters.

La voz de Neil se apagó cuando pronunció el nombre de la mujer que Ewan había matado, y Sheila empezó a llorar de nuevo.

—No estaba en sus cabales —dijo ella—. Él nunca...

Nos quedamos un rato sin hablar; solo los sollozos de Sheila y unos leves hipidos que parecían brotar de su garganta interrumpían el silencio.

Noté que Shannon se estaba preparando para decir algo. Cuando vives con alguien mucho tiempo, llegas a percibir ese tipo de cosas. Incluso antes de que hablara, supe lo que iba a decir. Para eso habíamos hecho ese viaje.

—¿Alguna vez preguntó por su familia biológica? ¿Intentó averiguar de dónde procedía?

«¿Sabía que yo existía? —Era lo que quería preguntar en realidad—. ¿Sabía lo que yo hice?»

Sheila negó con la cabeza.

—Sabía que era adoptado, claro. Y sabía que su familia biológica había sido muy... —miró a Shannon con expresión inquieta— muy disfuncional, y que por eso lo enviaron lejos para que lo adoptaran. Barbara, nuestra asistente social, nunca nos dio el apellido de la familia biológica. Dijo que era mejor que no lo supiéramos. No nos contó el motivo, pero supusimos que se debía a su aparición en las noticias. Así no podríamos buscarlo. Ewan preguntó por su familia varias veces a lo largo de los años, pero no a menudo. Sabía que me alteraba. —De pronto, Sheila tendió la mano para tocar la cara de Shannon, acariciándole la mejilla con dedos temblorosos—. Lo siento, cariño, es que te pareces mucho a él. Eres tan tan guapa...

Y ahora, en ese anónimo hospital psiquiátrico de alta seguridad, Shannon está a disposición de descubrir hasta qué punto se parecen su hermano y ella, y sé que la idea le resulta aterradora.

—¿Estás bien? —le pregunto, y me inclino sobre la butaca, en la sala de visitas, para ponerle una mano en la rodilla.

Ella asiente con la cabeza.

—¿Sabrá siquiera quién soy, mamá? Va a estar muy sedado, ¿no?

He usado mi privilegio profesional para averiguar en qué consiste el tratamiento de Ewan Johnson. A través de mis contactos en el Reino Unido, sé que el tribunal lo envió a ese lugar porque demostraba pruebas irrefutables de psicosis. Por la información que he podido recabar, la medicación y la terapia diaria han conseguido controlar la psicosis, pero ahora la posibilidad de que se autolesione es tan alta que preocupa al personal médico. Nos reunimos un momento con la abogada de Ewan ayer por la tarde, una mujer de aspecto cansado que no dejaba de juguetear con su alianza mientras hablaba con nosotras en la entrada de su despacho, como si fuera un amuleto de la buena suerte para repeler los aspectos más desagradables de su trabajo. No pudo, o no quiso, decirnos mucho, y se escudó en la confidencialidad que le debía a su cliente, pero sí confirmó que estaba trabajando en una defensa basada en las facultades mentales disminuidas cuando su caso llegara a juicio. Pareció interesarse por Shannon, ya que la observó con sus ojos cansados y ojerosos, y le preguntó si estaría dispuesta a testificar a favor de Ewan si decidían recurrir a la familia biológica disfuncional. Supe lo que estaba pensando: mi hija quedaría estupenda en el estrado.

—Sí, le están dando medicación bastante fuerte —le confirmo—. Pero debería poder razonar sin problemas. Solo estará algo más lento de lo normal.

Nos quedamos en silencio, pensando en el bebé a quien no querían lo suficiente para llamarlo por su nombre, en el niñito que Kowalsky y Oppenheimer declararon lo bastante equilibrado para que un nuevo comienzo pudiera borrar las grietas que el maltrato había dejado en su psique.

—Ay, Dios mío, viene alguien.

Shannon está medio incorporada, sin saber qué hacer. Oigo cómo traga saliva. Yo tengo la boca seca como la suela de un zapato, ya que recuerdo al niño de cara seria que vi a través de un cristal, hace tantos años.

La puerta se abre y entra un celador, con su uniforme azul oscuro y una expresión seria. Me mira y luego a Shannon. Y la mira una vez más.

—Estaré fuera —le dice, como si yo no existiera.

Acto seguido, se da media vuelta y alguien más pasa por la puerta. Alguien alto que me mira con los ojos de Shannon, como si me reconociera. Cuando la puerta se cierra tras él, desvía la mirada hacia Shannon y los dos se observan un buen rato. Pienso que ha perdido esa pose ufana de las fotografías que vi en casa de Sheila y Neil. Sigue teniendo los hombros anchos, pero está más delgado que cuando apareció en las noticias, y la sudadera le cuelga como si estuviera en una percha. Nunca he visto a alguien tan perdido.

Pienso en todo lo que tuvo que soportar en aquel sótano. Pienso en la jaula. Pienso en que antes de los tres años nunca oyó una palabra amable ni experimentó una caricia humana. Y pienso en la niñita que creció consciente de estar haciendo algo equivocado, algo malo, pero sin saber qué era ni cómo impedirlo. Pienso en mi madre y en cómo escogió la bebida antes que escogerme a mí, y en cómo es posible joderle la vida a un niño de tal manera que diez, veinte e incluso cuarenta años más tarde sigue sin entender lo que ha pasado.

Shannon se ha levantado, da dos pasos y extiende los brazos, y su hermano se deja caer hacia ellos como el bebé que nunca le permitieron ser.

Y en ese momento, solo en ese momento, el amor es total. El amor lo es todo.

Cierro los ojos.

Epílogo

Julia Tomlinson-Harris experimentó esa sensación que la acompañaba siempre que estaba nerviosa, emocionada o, como en ese caso, ambas cosas a la vez. Aunque tenía varias carpetas abiertas en su mesa, su mente no estaba en los informes que debería estar leyendo, sino que su mirada tendía a desviarse una y otra vez hacia el cristal que separaba su nuevo despacho de las mesas emplazadas en la oficina donde se encontraban los miembros del equipo que había heredado.

Los había conocido al llegar esa mañana, aunque el encuentro había sido muy breve. Mark Hamilton la había acompañado hasta la oficina y había reunido al personal para que la saludaran, tras lo cual pronunció un breve discurso.

Las palabras «desafortunado», «lamentable» y «trágico» habían protagonizado la primera parte de dicho discurso, si bien luego fueron reemplazadas por «superar», «recomponer» e incluso, si no le fallaba la memoria, por «trascender», que había usado en una ocasión. Se adentraban en un período emocionante, les aseguró Mark Hamilton. «El futuro comienza ahora», les dijo. Después, ella saludó a los miembros del equipo con un apretón de manos y ellos le fueron diciendo sus nombres; aunque, en realidad, ya los conocía por los informes personales que había analizado a fondo. Desde entonces se encontraba en su despacho, fingiendo trabajar, si bien lo que hacía era tratar de identificar a todos y captar el estado de ánimo general.

El hombre serio que estaba un poco apartado debía de ser Charlie. No parecía muy afable. Tenía toda la pinta de llevar el peso del mundo sobre sus hombros. Aunque claro, ¿no fue él quien sufrió una especie de ataque de nervios el mismo día que sucedió lo que Mark seguía denominando «la desafortunada tragedia»? ¿No se cortó el brazo? No fue una herida profunda, pero sí lo suficiente para que todos se alarmaran en un primer momento. Ese fue uno de los motivos por los que no se percataron de que los otros dos tardaban demasiado en volver.

—¿No te asusta un poco entrar en esa oficina después de todo lo que sucedió? —le preguntó su antigua asistente, Naomi, cuando le comunicó cuál sería su nuevo puesto.

—No sucedió en la oficina —le recordó Julia—. Y, obviamente, Ewan Johnson ya no está allí.

—Sí, pero es como ponerse en la piel de la mujer que murió, ¿no? Da un poco de repelús. —Fingió un escalofrío que agitó sus morenos y estrechos hombros por debajo de los tirantes del top.

Julia no se sintió en absoluto asustada cuando Mark Hamilton la tanteó para que aceptara el puesto de Rachel Masters. De hecho, se sintió halagada. Con todos los artículos periodísticos publicados durante el momento del «incidente» y después, durante el juicio, esa era con mucha diferencia la empresa de contratación de personal más mediática de todo el país, y le estaban pidiendo a ella que se encargara de uno de sus departamentos.

—Necesitan una mano —dijo cuando entregó el preaviso de que abandonaba el trabajo en su antigua empresa—. Alguien tiene que ayudarlos a recuperar la salud.

Mark había sido el encargado de dirigir el departamento desde la muerte de Rachel, junto con Paula Hibbs. A Julia no se le había escapado el detalle de que Paula no la miró a los ojos cuando le estrechó la mano esa mañana. Parecía acalorada y nerviosa. ¿Cómo se le ocurriría ponerse tanta ropa en un día tan caluroso? La mujer no había sido precisamente simpática. ¿Acaso había pensado que iban a ofrecerle el puesto a ella?

Sin embargo, aunque no estaba asustada antes de empezar en su nuevo trabajo, debía reconocer que sí había sucumbido a unos momentos de pánico cuando llegó esa mañana. Según su experiencia, cuando se asumía el puesto de otra persona, se percibía sutilmente la huella del anterior ocupante. Aunque ya no estuviera su nombre en la placa de la puerta ni hubiera una cajita de pañuelos de papel en el primer cajón de la mesa, siempre quedaba la impronta de la presencia de la persona anterior. La altura de la silla, la lista manuscrita con las extensiones pegada al teléfono, y con bolígrafo azul en vez de negro, que era el que ella prefería.

Aunque habían pasado seis meses desde el terrible final que sufrió Rachel Masters, Julia creía haber captado un olor muy sutil, una nota almizcleña y amaderada que no correspondía a su propio perfume. También había un gancho para colgar el abrigo detrás de la puerta que atraía su mirada constantemente al imaginar que Rachel colgaba allí sus entalladas chaquetas o un suave abrigo de cachemira. En realidad, no había llegado a conocer a su predecesora, pero había leído tanto sobre ella que era como si lo hubiera hecho.

Se sobresaltó cuando llamaron a la puerta.

—Siento molestarte.

La mujer que entró tendría treinta y pocos años, de pelo largo y oscuro y constitución grande. Los ojos de Julia se desviaron un instante hacia el cuaderno donde había escrito los nombres de su nuevo equipo. Amira. Debía de ser ella.

Le sonrió a la recién llegada y recibió una débil sonrisa en respuesta. En realidad no fue una sonrisa, más bien un tic nervioso en la comisura del labio. Su informe personal la describía como una mujer alegre y extrovertida. Pero la cara de Amira era tan neutra e inescrutable que parecía carente de toda expresión.

—Solo quería recordarte que tengo la tarde libre. Estamos de mudanza.

—Qué emocionante. ¿Adónde os mudáis?

—Volvemos a casa de mi madre.

—Ah. En ese caso no es tan emocionante.

Julia trataba de inspirar confianza, pero Amira le dejó claro que no pensaba explicar nada más. Sin embargo, perseveró.

—Ahora que estás aquí, tal vez puedas ayudarme a identificar a los demás. La mujer embarazada de allí es Sarah, ¿verdad?

La mirada de Amira siguió la dirección indicada por el gesto de la cabeza de Julia y se fijó en la mujer que se frotaba de forma distraída la barriga junto a la impresora. Julia había decidido que cuando Sarah se marchara para disfrutar de su permiso de maternidad, traería a Naomi para sustituirla. Refuerzos, eso era lo que necesitaba. Una cara amiga en la oficina supondría una enorme diferencia.

Pero Amira había fruncido el ceño.

—No. Sarah es esa —la corrigió, señalando hacia una mesa a la que se sentaba una pelirroja embarazadísima con la cara sonrojada.

En ese momento, a Julia se le encendió la bombilla y miró de nuevo a la mujer de la impresora.

—Ah, entonces esa debe de ser...

—Sí, Chloe.

Julia sintió un ramalazo de emoción. Así que esa era la chica que se había convertido en el centro de todas las especulaciones. Chloe insistía en que el padre de su hijo nonato era un estudiante extranjero con quien se enrolló una noche, pero eso no había puesto fin a los rumores. La semana anterior, Julia vio una foto suya en una revista bajo el titular: «¿Hijo ilegítimo del asesino de la sauna?»

Parecía muy joven y vulnerable. Sintió un afán protector hacia su hostigado y nuevo equipo. En el gremio, era conocida por demostrar una gran lealtad a sus subordinados. Sin duda esa era en parte la razón por la que Mark Hamilton la había buscado.

Después de que Amira se fuera, Julia se quedó pensativa. Esperaba que sus nuevos subordinados estuvieran nerviosos, tal vez incluso que se mostraran un poco hostiles. Pero no se había esperado esa educada reserva. Sin embargo, los conquistaría poco a poco. Solo necesitaba conocerlos y descubrir sus puntos débiles. Tal vez cambiara su mesa a la oficina. O los invitara a todos al pub o a comer en algún sitio. Había descubierto que el alcohol era el método más sencillo para derribar barreras.

Entró en el ordenador, siguiendo las instrucciones que

había garabateado el chico desgarbado del departamento de Informática en una nota adhesiva que había pegado al monitor. Después, tecleó la dirección de la empresa en un buscador local a fin de localizar restaurantes cercanos. Cogió el teléfono y marcó.

—Mesa para seis, por favor.

A 6.640 kilómetros de distancia, Noelle Egan miraba una revista con sus ojos inanimados e inexpresivos. Llevaba más de cinco años en libertad, ya que le habían reducido la cadena perpetua por haber colaborado con la fiscalía durante el juicio contra su marido. Había buscado a su hija desde el primer momento, pero Laurie había desaparecido. Al parecer, la habían adoptado en el extranjero y el sistema se la había tragado como si jamás hubiera existido.

Pero su hijo era harina de otro costal. A él lo había encontrado. Los informativos de la televisión se enzarzaban en continuos debates sobre si era un monstruo o una víctima de su infancia. Entrevistaban a los policías que habían trabajado en el caso que los llevó a Peter y ella a la cárcel. Y a uno de los psiquiatras que lo habían evaluado, un hombre muy alto y pomposo que parecía enamorado de su propia voz. Había visto a su hijo en las noticias y no había sentido nada. Ni siquiera la antigua repulsión. Nada de nada.

Sin embargo, esa foto de la revista lo cambiaba todo. Analizó la imagen de nuevo. La chica parecía todavía muy joven. Guapa. Pelo largo. Alta. Bien vestida. Pero no, a Noelle no le interesaba ella. Sus ojos se clavaron en la barriga que lucía por debajo de su caro abrigo. Su nieta. Porque sería una niña, estaba segurísima. Una niñita para reemplazar a Laurie.

Noelle recortó la fotografía con unas tijeras de manicura. Después de dejarlas en la mesa, cambió de opinión y las cogió de nuevo. *Chas*. Le cortó la cabeza a la chica. Así estaba mejor. Pegó la foto de la descabezada chica en la puerta del frigorífico y la contempló, ensimismada. Al contrario de lo que el mundo creía, había sido una buena madre. Una madre genial. Pero le robaron a sus hijos veinticinco años antes. Y ahora, por fin, tenía la oportunidad de reclamar lo que era suyo. Los niños no pertenecían al Estado. Eran una propiedad privada. Pertenecían a sus padres.

O a sus abuelos.

Se sentó ante el ordenador y entró en Facebook. Después de leer lo que ponía en el pie de foto, tecleó el nombre de Chloe Somerfield e inició la búsqueda, tras lo cual leyó los escasos detalles biográficos que encontró. No eran muchos, porque la cuenta tenía activados todos los ajustes de privacidad, pero sí los suficientes para empezar. Se fijó en la fecha de nacimiento. Muy joven todavía. Podría tener más hijos después de perder a esa. Abrió el buscador de Google y tecleó: «Solicitud de nuevo pasaporte.» Después, buscó un mapa del mundo y lo estudió un buen rato. No se había parado a pensar en lo lejos que estaba Londres. Ni en ese enorme océano. Nunca había viajado al extranjero. Durante un momento, su determinación flaqueó. Después, miró de reojo la fotografía del frigorífico y las dudas se desvanecieron.

Su nieta la necesitaría.

Al fin y al cabo, la sangre era más espesa que el agua.

Agradecimientos

Me gustaría dar las gracias a Emma Herdman por el tiempo y la energía que ha dedicado para ayudarme con este libro. Sus futuros escritores no saben lo afortunados que son. Como siempre, gracias también a Felicity Blunt, mi valerosa agente, y a Vivienne Schuster, Alice Lutyens, Sophie Harris, Katie McGowan y Luke Speed, de Curtis Brown.

Como de costumbre, el equipo de Transworld ha trabajado de forma incansable para transformar a esta mona vestida de seda. Gracias de corazón a mi brillante editora, Jane Lawson; a mi publicista, Sarah Harwood y a todos los que han colaborado en el libro, incluyendo a Katrina Whone, Alice Murphy-Pyle, Kate Samano, Larry Finlay y Bill Scott-Kerr. Y también a las mejores recepcionistas del mundo, Jeanette Slinger, de Penguin Random House, y Jean Kriek, de Transworld.

La blogosfera literaria me ha demostrado un apoyo inmenso durante estos últimos años. En primer lugar quiero dar las gracias a la maravillosa Anne Cater, que le ha prestado su nombre a una de las protagonistas del libro (aunque las similitudes acaban ahí) y que ha sido una amiga valiosa y una gran animadora. También quiero dar las gracias a Cleo Bannister, Liz Barnsley, Pam McIlroy, Victoria Goldman y, por supuesto, a la famosa e infatigable Tracy Fenton, que fundó The Book Club en Facebook.

Aunque ha pasado mucho tiempo desde la última vez que trabajé en una oficina, el proceso de escribir este libro ha despertado muchos recuerdos de las distintas oficinas en que trabajé durante mi etapa como periodista, y me gustaría rendirles homenaje a los amigos y colegas con los que compartí aquellas interminables meriendas: Sharon Bexley, Jacky Hyams, Rupert Mellor, Bridget Freer, Sue Cocker, Sue Ricketts, Sue Garland, Graham Kerr, Philippa Gibson, Belinda Robey, Liz Garment, Suzy Barber, Maria Trkulja y Jonathan Bowman. Ahora mismo estoy brindando por vosotros, que estáis alrededor de una imaginaria mesa, con un vaso (de plástico) de vino blanco.

La ciencia que investiga la memoria durante las primeras etapas de la vida está en una evolución constante y se podrían escribir varios libros sobre ella. Estoy segura de que las licencias literarias que me he tomado para aunar varias teorías de forma concisa a fin de que encajen con el argumento del libro me habrán llevado a cometer algunos errores garrafales, de manera que me disculpo de antemano. Muchísimas gracias al doctor Jez Phillips, decano de la facultad de Psicología de la Universidad de Chester, por su paciente ayuda a la hora de explicarme algunas de las investigaciones más recientes en este campo. Cualquier error es completamente mío.

Dada la ausencia de un entorno laboral de oficina, dependo mucho de mis compañeros de trabajo virtuales cuando escribo un libro. Así que me gustaría dar las gracias a todos los integrantes de Crime Scene y de Killer Woen, y a los de Prime Writers. Y también a Amanda Jennings, Louise Millar, Louise Douglas, Cally Taylor, Emma Kavanagh, Clare Mackintosh, Marnie Riches y Susi Holliday.

Tampoco sería nada sin mis amigos, así que gracias de nuevo a Rikki Waller, Mel Amos, Juliet Brown, Roma Cartwright, Fiona Godfrey, Mark Hindley, Mike Wilcox, Sally Thompson, Steve Griffiths, Ed Needham, Jo Lockwood, Dill Hammond, Mark Heholt, Jos Joures y Renata Barcelos.

Y a mi familia: Sara, Simon, Colin, Emma, Paul, Margaret, Gaynor. Y, sobre todo, a Otis, Jake, Billie y Michael, e incluso a Doris. Os envío otra vez mi amor y mi gratitud.